# IDENTIDADES EM FUGA:
# PERSONAGENS-ESCRITORAS NO ROMANCE BRASILEIRO DO SÉCULO XXI

**MARGEM DA PALAVRA**
SELO DA EDITORA URUTAU
rua maestro demétrio kipman, 210,
jardim américa, bragança paulista — sp,
brasil
12902-130

avenida peirao besada, 6, 2D,
poio (pontevedra)
36163
espanha

Tel. [ 55 11] 94859 2426
[ 34 ] 644 951 354

contato@margemdapalavra.com.br
www.margemdapalavra.com.br

Dados Internacionais de Catalogação na Publicação (CIP)
— Odilio Hilario Moreira Junior, CRB-8/9949

P856h Arruda, Helena Maria de Souza Costa
Identidades em fuga: personagens-escritoras no romance brasileiro do século XXI / Helena Maria de Souza Costa Arruda. — Bragança Paulista-SP: Margem da Palavra, 2021.
276 p.; 15,5x21 cm.

ISBN: 978-65-87814-06-3

1. Literatura brasileira. I. Título.

CDD 869.8992
CDU 821.134.3(81)

Índice para catálogo sistemático:
1. Literatura brasileira 869.8992
2. Literatura brasileira 821.134.3(81)

# IDENTIDADES EM FUGA: PERSONAGENS-ESCRITORAS NO ROMANCE BRASILEIRO DO SÉCULO XXI

HELENA ARRUDA

**MARGEM DA PALAVRA**
2021

edição | Debora Ribeiro Rendelli e Wladimir Vaz
coordenação editorial | Tiago Fabris Rendelli
preparação de texto e revisão | Alexandra Resende
diagramação | Victor Prado
capa | Wladimir Vaz

SUMÁRIO

*Talvez eu seja*
*O sonho de mim mesma.*
*Criatura-ninguém*
*Espelhismo de outra*
*Tão em sigilo e extrema*
*Tão sem medida*
*Densa e clandestina*

Hilda Hilst

# DEDICATÓRIA

Para Eloisa Helena e Carlos Frederico, duas pontas da mesma linha, motivos da minha existência, e para os dois Josés: o que me trouxe ao mundo (em memória), por todo o ensinamento, e o que caminhou comigo até aqui, companheiro de jornada.

Para Marielle Franco, pela luta e pela resistência.

Para todas as mulheres vítimas da violência — simbólica e não-simbólica. Para todas as mulheres vítimas da invisibilidade, do abandono e da opressão. Para todas as mulheres vítimas de governos patriarcais e desumanos. Para todas as mulheres exiladas políticas. Para todas as mulheres refugiadas. Para todas as mulheres mutiladas em suas mais diversas formas de mutilação. Para todas as mulheres doentes. Para todas as suicidas. Para todas as sãs. Para todas as mulheres órfãs de seus filhos. Para todas as mães. Para todas as mulheres em sua sabedoria ancestral. Para todas as mulheres de todos os gêneros, de todas as etnias, de todas as classes, de todas as crenças, sem crenças, de todas as culturas, de todas as tradições e traduções. Para todas as mulheres apátridas. Para todas as mulheres vítimas do feminicídio. Para todas as mulheres trabalhadoras. Para todas as desempregadas. Para todas as mulheres vítimas da exploração sexual. Para todas as mulheres vítimas do câncer. Para todas as mulheres que lutam por justiça social, para as artistas, por representarem as dores e as alegrias, para as poetas, por sentirem as dores e dizê-las ao mundo, para todas as pesquisadoras de todas as áreas do conhecimento, especialmente para as professoras, as filósofas, sociólogas, antropólogas, psicanalistas, críticas literárias e todas que me ajudaram a chegar aqui. Para todas as mulheres escritoras, por conseguirem dizer-se, dizendo todas as outras que as habitam. Enfim, para todas as mulheres brasileiras, latino-americanas, sírias, indianas e africanas.

Para todas as mulheres do mundo.

# APRESENTAÇÃO

Este livro teve sua gênese na tese de doutorado defendida na Faculdade de Letras da Universidade Federal do Rio de Janeiro, em julho de 2019, e, apesar de algumas adaptações, procurei manter a fidedignidade ao trabalho de pesquisa original, que se refere essencialmente às condições das personagens femininas que transitam no espaço ficcional em busca de sentido para suas vidas, acabando por descobrir na escrita uma forma de transgressão, de existência real, para além do papel coadjuvante que desempenham numa sociedade forjada pelo androcentrismo.

Partindo da análise de sete romances da literatura brasileira contemporânea, publicados entre os anos de 2007 e 2018, todos de autoria feminina, e de um *corpus* teórico alicerçado na teoria literária, na filosofia, na sociologia e na psicanálise, busco comprovar a importância da escrita literária como arma de libertação e de subversão às regras impostas pelo poder patriarcal. Para isso, selecionei seis personagens centrais de seis dos romances eleitos e quatro personagens, também centrais, de um único romance, já que esse é constituído de uma voz polifônica por meio da genealogia de mulheres de uma mesma herança familiar. Logo, o que busco analisar são personagens-escritoras construídas por meio da *autorreflexividade* de suas autoras. Personagens-escritoras que necessitam buscar matéria de escrita na experiência do *fora*, do *outsider*, como apontam, entre outros teóricos, Blanchot e Todorov, sem dispensarem, contudo, a posição de *insider*, ou seja, o olhar de *dentro* da sociedade, numa experimentação em que a memória e o presente se mesclam ao espaço topofílico, como quer Bachelard, e também geográfico, afetando seus corpos sempre em trânsito, deslocados ou (in)adaptados conforme as vivências do imigrante, do estrangeiro. São identidades em constante fuga, fragmentadas, portanto, em conflito dentro de um mundo cosmopolita e globalizado, onde as fronteiras se diluem e o hibridismo cultural passa a ser uma necessidade.

Assim, a pesquisa que deu origem a este livro está fundamentada sobre quatro grandes eixos temáticos que dialogam entre si, interligando-se: o protagonismo da mulher refletido na personagem-escritora; o corpo feminino vítima da violência e da opressão, espelhado na escrita das personagens; o espaço da mulher numa sociedade machista e patriarcal e a necessidade da fuga, do "teto", conforme Woolf, para a busca identitária, para a retotalização e libertação do *Eu* e do *Outro*, uma vez que, segundo Rimbaud, *Je est un autre* ("Eu é um outro" — tradução literal). A escrita, portanto, uma forma de sobrevivência e afirmação do *éthos* da mulher.

Vale ressaltar que, mesmo diante de tantas descobertas ao longo do meu percurso como pesquisadora, nunca deixei de ter o olhar atento para a maneira como as personagens femininas vêm sendo concebidas nas últimas décadas, porque o que mais interessa é o lugar de reafirmação das potencialidades da mulher como dona absoluta do seu processo de estar no mundo. Não à toa trago para o livro questões complexas que, infelizmente, ainda são inerentes à mulher do século XXI, como a violência doméstica, a violência simbólica e mesmo o feminicídio. Questões que ultrapassam a literatura, mas que dela também não se desgrudam e são temas fundamentais de debate, eu diria.

Por toda a luta, porque a vida é mesmo um campo de batalhas quotidianas, aproveito para agradecer a algumas pessoas que foram essenciais para que este trabalho pudesse florescer e frutificar: Stefania Chiarelli, que me conduziu à escrita em primeira pessoa, pelos pertinentes conselhos, pela leitura sempre atenta dos meus escritos e pela orelha linda; Eurídice Figueiredo, pelas pesquisas fundamentais sobre literatura de autoria feminina, pela leitura de um poema de minha autoria na abertura da defesa da minha tese, e pelo prefácio deste livro; Jorge Marques, pelas pesquisas essenciais acerca de personagens femininas; e Godofredo de Oliveira Neto, pelas valiosas contribuições enquanto orientador desta pesquisa, por sonhar comigo meus sonhos, por compartilhar seus conhecimentos de forma generosa, do mestrado ao doutorado, e pela amizade.

Agradeço também aos professores: Alcmeno Bastos, Anélia Pietrani, Rosa de Carvalho Gens, Armando Gens, Laíse Ribas, Marcos Pasche e Ana Paula Carvalho (que me ensinou uma terceira língua), e às autoras: Susana Fuentes (pela amizade nascente), Luciana Hidalgo, Maria Valéria Rezende, Paloma Vidal, Carola Saavedra, Tatiana Salem Levy e Elvira Vigna (em memória), pela criação desses seres de papel, mulheres desdobráveis em seus mais absolutos devires.

Por fim, agradeço à editora Urutau e ao selo Margem da Palavra, por meio dos editores Débora Ribeiro Rendelli e Wladimir Vaz, pela oportunidade, pela valorização da pesquisa acadêmica, porque, ao selecionarem minha tese de doutorado num concurso da editora, possibilitaram sua publicação e tornaram realidade um sonho.

Helena Arruda

# PREFÁCIO

**EURÍDICE FIGUEIREDO**[1]

A publicação em livro de teses de doutorado de qualidade é um projeto relevante porque dá acesso, de maneira mais agradável, a textos bem escritos, bem organizados, com análises bem feitas, que ficariam um pouco esquecidos no banco de teses da CAPES. Tive o prazer de participar da banca e de ler em primeira mão esta bela tese de Helena Arruda, que entrelaça, numa escrita fluida e elegante, sete romances de escritoras brasileiras publicados entre 2007 e 2018: *Mar azul,* de Paloma Vidal, *Luzia,* de Susana Fuentes, *A chave de casa,* de Tatiana Salem Levy, *Quarenta dias,* de Maria Valéria Rezende, *Rio-Paris-Rio,* de Luciana Hidalgo, *Por escrito,* de Elvira Vigna e *Com armas sonolentas,* de Carola Saavedra.

O eixo principal da análise é a figura da escritora, como fica claro desde o título. Nos romances analisados, com exceção de *Rio-Paris-Rio*, as protagonistas escrevem ou desejam escrever. Todavia, é preciso fazer uma distinção entre os vários tipos de escrita de cada uma dessas personagens, porque a narradora de *A chave de casa* é claramente uma escritora que precisa se libertar do fardo que carrega para poder viver e escrever. Anna Mariani, de *Com armas sonolentas*, aparece como autora da peça por ela encenada num capítulo que constitui uma *mise-en-abyme* do próprio romance,

[1] Professora do Programa de Pós-Graduação em Estudos de Literatura da Universidade Federal Fluminense/Pesquisadora do CNPq.

porque conta, em miniatura, parte de seu enredo. Luzia, traumatizada pelo estupro, narra-o em pedacinhos de papel quando criança e, mais tarde, adulta, vai-se libertar tornando-se atriz/dançarina, e a autora da própria obra. Já a personagem de *Mar azul* escreve em palimpsesto no caderno do pai após a sua morte, mas não tem, propriamente, um projeto de tornar-se escritora. A escrita é um resgate da memória. Alice de *Quarenta dias* é uma diarista que registra em um diário, ao longo dos quarenta dias, as agruras do seu cotidiano em Porto Alegre. Em *Por escrito*, como em grande parte dos romances de Elvira Vigna, a protagonista é uma pessoa que tem a intenção de escrever. Em todos os casos, trata-se de uma forma ampla de expressão para significar a função catártica da escrita ou da arte. Nesse sentido, podemos dizer que as personagens se tornam sujeitos plenos, não só donas de seus destinos, mas vozes capazes de articular a passagem do vivido ao escrito. Há, portanto, uma reflexão sobre a autonomização das vozes das mulheres na literatura brasileira contemporânea.

O livro tem quatro capítulos, divididos em subcapítulos, além da introdução (na qual Helena Arruda "traça as rotas", demonstrando o porquê de suas escolhas) e da conclusão, nos quais a autora aborda o protagonismo feminino, as geografias do afeto, as cartografias do corpo e as identidades em fuga, utilizando-se de uma vasta bibliografia que lhe dá sustentação teórico-crítica.

Sua abordagem do corpo é um dos pontos altos do livro, pois, como ela escreve, "o corpo da mulher é um mapa de muitos lugares, povoados e despovoados, ditos e silenciados. Falar do corpo biológico é falar também do corpo discursivizado, pois é através do discurso que as mulheres irrompem na sociedade".

Helena Arruda, que é também poeta e ficcionista, escolhe com maestria as epígrafes que pontuam os capítulos, inserindo, inclusive, alguns de seus poemas, como este, muito significativo, intitulado *Mulheres*:

> O meu mundo é habitado por
> Mulheres

Parideiras, rainhas, princesas e gatas borralheiras
O meu mundo é habitado por
Mulheres
Sofridas, vendidas, comidas, vividas
O meu mundo é habitado por
Mulheres
Guerreiras, bandidas, prostituídas, mutiladas, desguarnecidas
O meu mundo é habitado
O meu mundo é
Se não for, invento um mundo
Invento um mundo que seja
Um mundo só
Um mundo
Um mundo pra mim.

Um aspecto que mereceu destaque nas análises desses romances de autoria feminina foi a tematização da memória, tanto a individual quanto a coletiva, pois todas essas personagens estão sempre se lembrando, de seus traumas e, ao mesmo tempo, de sua elaboração do luto através do discurso (e, no caso de *Luzia* e de *Com artes sonolentas*, através de formas artísticas, como dança, cinema, teatro). Como afirma Elódia Xavier, citada pela autora, existe uma disputa pela memória coletiva: "Os esquecimentos e os silêncios da história são reveladores desses mecanismos de manipulação da memória coletiva". A rememoração da ditadura militar, por exemplo, perpassa todo o livro, desde o depoimento dado na introdução, passando por vários dos romances analisados. A perspectiva da autora e das autoras analisadas é a de resistência a todas as formas de opressão, o que se pode ler no poema *Das mortes que me ressuscitam*, do livro *Corpos-sentidos* (Editora Patuá, 2020), de Helena Arruda, do qual extraio um trecho:

eu nasci assustada berrando perguntando
pra minha mãe o que significava aquilo e
ela me dizia
é a barbárie da ditadura militar
[minha filha]

e você será uma mulher resistente
[minha filha]
uma grande mulher
então o meu pai chegou no hospital
pra me conhecer
com as duas mãos queimadas e
desempregado porque os militares invadiram
a fábrica nacional de motores
onde ele trabalhava e eu
eu nunca mais parei de lutar e
de nascer e
de morrer e
de escrever e
hoje
hoje eu nasci de novo
pra continuar na luta
contra a morte
que assola o brasil.

As vozes femininas de resistência ecoam no ato de escrita e ressoam no ato de leitura, porque um não existe sem o outro. Os escritores necessitam de leitores que prossigam na tarefa, incansável, de assumir posições de luta contra os que tentam nos dominar pelo medo, pelos preconceitos, pela violência simbólica e pela violência física. O livro de Helena Arruda traz uma visão perspicaz, inteligente e afetuosa dos entrelaçamentos das questões que nos instigam no presente.

CAPÍTULO 1

# TRAÇANDO ROTAS, FAZENDO ESCOLHAS

## CRIANDO MUNDOS POSSÍVEIS

> *São meus aqueles pés parados no pó de uma rua. Sou eu, aqueles, aquela, precisando de um tempo para decidir se o melhor é ir para a esquerda ou... Não tenho o tempo. Tenho de decidir... Não posso ficar parada de pé nesta rua empoeirada porque arrisco desmoronar inteira. Virar uma só, eu e a rua.* Elvira Vigna.

> *Se você não cabe no mundo, invente um no qual você caiba.* Susana Fuentes.

Se eu não caibo no mundo, como me diz a personagem Luzia, de Susana Fuentes (2011), devo "inventar" um mundo no qual eu caiba. Pois é a invenção desse novo mundo, ou a luta por esse novo mundo, onde caibam todas as mulheres em igualdade de direitos com os homens, que vem chamando minha atenção há algumas décadas. É esse o mundo que (re) invento para mim e para todas as mulheres todos os dias e é sobre ele que este livro vai tratar. Um mundo onde caibam desejos, sonhos e realizações. Um mundo de lutas, de coragem, de ousadia, de possibilidades, mas também de certezas. Um mundo plural, híbrido, onde caibamos todas e todos, sem exploração sexista e sem opressão. Um mundo feminista, real, sem utopias vitimizadoras.

Sendo mulher, e feminista, vejo-me duplamente autorizada a defender uma causa que é também minha, legado de tantas outras mulheres. Posso dizer que fui me tornando feminista paulatinamente, ao entender que os mecanismos de dominação masculina estavam sempre indo de encontro à minha liberdade e à minha própria voz. Confesso que não foi tarefa fácil chegar até aqui e, como diria bell hooks:

> Feministas são formadas, não nascem feministas. Uma pessoa não se torna defensora de políticas feministas simplesmente por ter o privilégio de ter nascido do sexo feminino. (HOOKS, 2018, p. 25)

Mas adere a tais políticas por "escolha e ação" (p. 25), por entender o quão necessário é estar e manter-se no espaço público e/ou privado. Por isso, é imprescindível reafirmar o movimento feminista de forma ampla e irrestrita, abrangendo políticas públicas e institucionais, já que nossa sociedade continua tendo:

> primordialmente uma cultura 'cristã', multidões de pessoas continuam acreditando que deus ordenou que mulheres fossem subordinadas aos homens no ambiente doméstico [...]. (HOOKS, 2018, p. 18)

E a isso se estende o mercado de trabalho, mesmo com tantos avanços. Hoje sabe-se que o feminismo não é uma política "anti-homem"; ao contrário, para bell hooks, "Um homem despojado de privilégios masculinos, que aderiu às políticas feministas, é um companheiro valioso de luta [...]" (HOOKS, 2018, p. 31). Portanto, segundo a autora, "compartilhar pensamentos e práticas feministas sustenta o movimento feminista. O conhecimento sobre o feminismo é para todo mundo" (HOOKS, 2018, p. 48).

Para Rose Marie Muraro (reconhecida pela Lei nº 11.261, de 30 de dezembro de 2005, como patrona do feminismo brasileiro), em declaração dada em 1992,

> Em vinte anos, o feminismo conseguiu mais do que poderia. Em vinte anos conseguiu botar metade das mulheres do mundo na força de trabalho. E é irreversível, quem bebeu do mel dos deuses não esquece. (TOSCANO E GOLDENBERG, 1992, p. 90).

Por ser irreversível, o movimento feminista ganha cada vez mais adeptas. Ainda que haja contradições e contrariedades dentro do movimento, o fato é que as mulheres vêm ganhando cada vez mais autonomia e poder, e, apesar do alarmante índice de violência contra a mulher nos últimos anos, especialmente no Brasil, o movimento continua a crescer, e as mulheres vêm tomando coragem para denunciar publicamente seus agressores. Mais um dado interessante a ser pensado. Portanto, foi assim, bebendo desse "mel" oferecido pelas feministas desde os anos de 1970, que outras tantas mulheres ocuparam e continuam a ocupar espaços representativos na sociedade brasileira, espaços que antes eram tipicamente dominados pelos homens, entre esses a literatura. Reafirmar esses espaços representacionais é uma conquista das feministas do Brasil e do mundo, tanto que hooks afirma que

> Em todas as esferas da escrita literária e da bibliografia acadêmica, trabalhos produzidos por mulheres haviam recebido pouca ou nenhuma atenção, uma consequência da discriminação de gênero. Notavelmente, quando o movimento feminista expôs preconceitos na composição e currículos, muitos desses trabalhos esquecidos e ignorados foram redescobertos. [...] A chamada grande literatura produzida por homens é criticada apenas para mostrar preconceitos presentes na abordagem de valores estéticos. [...] Críticas feministas de cânones acadêmicos ou trabalhos literários totalmente masculinos expõem o preconceito baseado em gênero. É importante notar que essas exposições foram essenciais para estabelecer um local de recuperação do trabalho de mulheres e um lugar contemporâneo para a produção de novos trabalhos por e sobre mulheres. (HOOKS, 2018, p. 47-48)

É por acreditar no trabalho produzido por mulheres, ou seja, na escrita de autoria feminina para a composição do cânone literário brasileiro contemporâneo, que esta pesquisa vem, portanto, somar-se a outras no campo do feminismo. Ela não tem, contudo, o caráter de verdade absoluta, tampouco de ser algum tipo de manual, mas de ajudar a compor, com seu pequeno recorte, tantas outras pesquisas que têm sido construídas em torno de temas como identidade e gênero, no que tange à teoria literária nas últimas décadas no Brasil.

Posso dizer, ainda, que sempre me interessei profundamente pelos caminhos percorridos pelas mulheres, especialmente pelas mulheres brasileiras, que convivem tão de perto com todas as formas de violência, simbólica e não simbólica. Sempre quis, desde muito jovem, entender as formas de dominação masculina, talvez por eu ter nascido no auge da ditadura militar brasileira, ter estudado disciplinas que tentavam vendar meus olhos, como Educação Moral e Cívica e/ou Organização Social e Política Brasileira, entre outras, em colégio religioso, o que me levou desde muito cedo a questionar, entre tantas outras coisas com as quais não concordava, por que não havia espaço para as mulheres no contexto social, político e econômico brasileiro, sem falar das outras áreas, como ciência, tecnologia ou cultura, por exemplo. Sempre foram pouquíssimas as mulheres que se destacavam nesses cenários e, quando ocorria, eram logo substituídas pelos homens. Ter vivido num cenário de dominação masculina me fez ver de perto as agruras que sofríamos todas, especialmente com o país comandado por generais fardados e seus subordinados.

Filha de pais muito presentes (uma mãe professora de História e um pai que, embora amoroso, muitas vezes reproduzia o *status quo* do poder patriarcal, em se tratando da educação das três filh*as*), cresci tentando entender e me rebelando contra os mecanismos disciplinadores do poder, como me ensinariam Foucault e Bourdieu, muitos anos depois. O que eu tinha absoluta certeza é de que, como outras mulheres, eu precisava me libertar das garras da opressão. Acho que me "tornei mulher" muito cedo, no sentido a que se referiu Simone de Beauvoir, tendo sido por ela ratificada anos mais tarde.

Assim, cresci, sabendo que tinha um árduo caminho de leituras, o qual precisava descobrir sozinha, pois jamais teria acesso, via escola, e, depois, na universidade católica, àquilo que sabia que existia, mas que era impedida de conhecer, já que vivi vinte anos de ditadura militar, o que significou toda a minha infância, adolescência e início da vida adulta. Tudo isso foi um processo muito sofrido, pois, nascida em plena ditadura e crescendo sob o domínio do silêncio, só sabia que tal leitura não podia, que tal autor era proibido. No silêncio das respostas, ou no sussurro delas, cresci questionando o meu entorno, e com um *mal-estar* que precisaria ser sanado, pois sempre fui curiosa com aquilo que me era "proibido".

Na verdade, é possível perceber que minha geração cresceu num vazio absurdo, numa bolha, sem maiores explicações. Éramos crianças no meio das prisões, torturas e assassinatos e tentávamos compreender, sem maiores explicações, o que se passava no Brasil. Mas desde cedo eu sabia o lado que me cabia, de onde me posicionaria, e sinto uma enorme gratidão pelas pessoas que lutaram por mim, por nós. Não quis deixar de dizer da minha gratidão aqui, porque há em mim, desde menina, uma necessidade premente de deixar tudo registrado, por escrito, como me diria mais tarde a personagem vigniana. Parece que há um medo de que as palavras fujam e de que nunca mais eu consiga capturá-las. Assim, depois dos cinquenta anos, eis que tenho esta oportunidade de guardá-las, de aprisioná-las para, em seguida, libertá-las, neste estudo.

Considero sempre a oportunidade da geração perdida (que é a minha) — entre os tiros de fuzis e as mentiras ensinadas nas escolas — de agradecer às pessoas que lutaram e/ou tiveram de partir para seus exílios individuais ou coletivos para que pudéssemos, então, dizer-nos. Dessa forma, pude perceber, desde muito jovem, já nas entrelinhas, que a vida não seria fácil, que teria que buscar soluções e, para isso, tive que mudar muitas vezes a direção da minha pequena *frota de barquinhos de papel*. Não nasci em berço de ouro, e meu pai ficou desempregado quando os militares tomaram o poder e invadiram, em março de 1964, um ano antes do meu nascimento, a hoje extinta Fábrica Nacional de Motores (FNM), onde ele trabalhava. A vida foi dura com ele. A vida foi dura conosco, como foi com milhares de brasileiros, especialmente com as mulheres.

A vida foi então me levando para outros caminhos, mas meus *barquinhos de papel* estavam lá comigo, pois sempre tive na leitura e na escrita minha fonte de renovação. Segui escrevendo poemas. Eles eram para mim alguma forma de libertação, de dizer os interditos. A psicologia explicará melhor que eu. Versos *libertários* sempre me perseguiram e me constituíram enquanto eu buscava alguma outra rota, outra direção, novos itinerários. Muitos anos mais tarde, já casada e mãe, embora bem jovem, comecei a desvendar os meandros que me faziam infeliz. Precisava estudar, aprender filosofia, sociologia, dedicar-me à literatura, ver o mundo de perto, ouvir outras canções longínquas. Entender o que me fora negado durante a infância e a juventude, até mesmo dentro da universidade. Precisava preencher uma lacuna no meu conhecimento. Sem saber por onde começar e como retomar a academia, decidi fazer duas pós-graduações *lato sensu* com intervalo de alguns anos entre uma e outra. Lecionava em muitas escolas e, mesmo de posse de minhas leituras e levando o pensamento de Paulo Freire para as minhas salas de aula, eu precisava de mais. Tinha muito desejo de aprender. Só anos mais tarde, com o filho adulto, mais precisamente em 2011, pude, enfim, mudar minha direção. Segurei o leme com força, rumei para a Argentina, para a Universidade Nacional de Rosário, para outra vida. Retornei, poucos anos depois, cheia de livros e de ideias.

Prestei o exame para o Mestrado em Letras Vernáculas — Literatura Brasileira — na UFRJ, em 2013. Fui aprovada. As "mulheres" continuavam lá, na minha cabeça. Todos os dramas que também eram meus: trabalho, maternidade, desejos, aprendizagem, sonhos, mundos possíveis. Precisava fazer algo com tudo aquilo que me rondava quotidianamente. Hoje percebo claramente que não fui eu quem escolheu o tema da minha pesquisa de doutoramento, mas, ao contrário, fui escolhida por ele, como me ratificou a professora e socióloga Heleieth I. B. Saffioti, quando afirmou em seu livro *Gênero, patriarcado, violência* que:

> a história de vida de cada pessoa encontra-se com fenômenos a ela exteriores, fenômeno denominado *sincronicidade* por Jung, e que permite afirmar: ninguém escolhe seu tema de pesquisa; é escolhido por ele. (SAFFIOTI, 2004, p. 43)

Entretanto, para ser "escolhida" por tal tema que sempre me perseguiu, mudei algumas rotas, desenhei novos percursos, fiz algumas escolhas que me foram fundamentais.

Ao entrar na UFRJ, realizei um dos meus maiores sonhos. Os outros vieram como consequência desse. Pude então conhecer meu orientador e todos os outros professores e professoras com quem tive aula desde o mestrado até o doutorado, durante seis longos anos de trajetória acadêmica. Professores que me encheram de esperanças, de conhecimento e de sonhos. Pessoas que me fizeram ver que eu estava trilhando mais uma rota importante na minha vida pessoal e profissional, que acreditaram em mim e me ratificaram ao compreender minhas ideias, como fez, com tanto afeto, meu orientador. Assim, pude continuar caminhando de forma decisiva em direção às minhas escolhas de acordo com as minhas crenças.

A ideia de investigar personagens femininas me acompanha desde o meu mestrado em literatura brasileira, quando, em 2013, na UFRJ, tive aulas com a Professora Anélia Montechiari Pietrani, quem primeiro me apresentou questões relativas ao gênero e à autoria feminina, além da leitura de algumas teóricas feministas. Desde então, apresentei minhas ideias ao professor Godofredo de Oliveira Neto, que conheci primeiro como ficcionista, ao ler seus romances. E, numa conversa informal entre a leitora e o escritor, ele me disse a seguinte frase: "Na ficção podemos ser quem/o que desejamos, pois, se literatura é arte, arte é libertação." Com essa frase martelando na cabeça, eu, que já escrevia poemas, decidi me aventurar pelos caminhos da ficção, escrevendo e publicando alguns contos em antologias diversas e, posteriormente, sendo convidada para fazer parte do movimento internacional das mulheres que escrevem, o *Mulherio das Letras*, fundado pela escritora Maria Valéria Rezende (por cuja obra já havia me apaixonado), em 2017, em João Pessoa, Paraíba, como uma forma de dar visibilidade às mulheres que produzem escrita. Esse encontro com tantas mulheres escritoras e com Maria Valéria endossou ainda mais minha crença de que eu estava indo no caminho certo: o da autoria feminina e o das personagens femininas.

Assim, entendendo e acreditando no caráter não apenas estético da literatura, mas, essencialmente, no seu caráter ético, transformador e libertador, minha pesquisa olha para duas direções concomitantes: para a ficção e para a realidade, uma vez que as mulheres ficcionalizadas em suas mais diversas condições são reflexos daquelas que vivem seus dramas diários, pequenas alegrias e tragédias individuais e coletivas. Sem esquecer das que estão do lado de cá da vida, analiso as que foram "aprisionadas" do lado de lá, escritas com a tinta da melancolia, como diria Jean Starobinski (2016), com imaginação e fantasia, ou seja, mulheres feitas de papel, mas que não podem mais ser apagadas, porque, cunhadas com dor, muito mais que com alegria, já se fixaram na literatura brasileira contemporânea, especialmente na literatura de autoria feminina.

Dessa maneira, partindo de alguns eixos temáticos, e já tendo lido algumas teóricas e algumas ficcionistas, que me foram apresentadas anteriormente pela Professora Anélia durante suas aulas, comecei a olhar com mais atenção para o processo de criação das personagens femininas. Entretanto, o mote inicial para a realização das minhas pesquisas foram duas personagens que já haviam sido estudadas por mim, ambas criadas pelo romancista Godofredo de Oliveira Neto: Muriel, do romance *Amores exilados* (2011), a qual, entre outras personagens, pesquisei durante o meu mestrado, em 2013, e Nikki, personagem central da obra *A ficcionista* (2013), acerca da qual apresentei trabalho acadêmico inédito no frescor do lançamento do romance, na Universidade de Caxias do Sul, RS, e, posteriormente, escrevi alguns artigos acadêmicos.

A leitura do romance *A ficcionista*, de Godofredo de Oliveira Neto, despertou-me a ideia de trabalhar a questão das identidades móveis, do corpo e do espaço da mulher no romance brasileiro contemporâneo e, mais que isso, de compreender como essas temáticas são abordadas a partir de personagens que também são escritoras, já que Nikki, a personagem central da obra, é uma *flâneuse* às avessas, que larga tudo para viver num posto de gasolina abandonado, às margens de uma rodovia catarinense, além de ser uma ficcionista, que tenta vender sua história, como já está explícito no título da obra. Uma mulher que protagoniza sua vida. Desse modo, após muitas leituras de outros autores e autoras, percebi que possuía um capital de leitura acumulado sobre a temática que gira em torno das questões de gênero, que sempre despertaram meu interesse pessoal, como leitora e, posteriormente, como pesquisadora, pois, durante o meu mestrado, apresentei uma dissertação acerca do tema, intitulada: *O sujeito feminino e suas representações na construção do romance brasileiro*, para a qual pesquisei quatro romances brasileiros que considero fundacionais para a questão de gênero na literatura brasileira, num recorrido entre os séculos XIX, XX e XXI: *Lucíola* (1862), de José de Alencar, em que destaco a personagem central Lúcia, a prostituta que acaba por se regenerar, seguindo os princípios do Romantismo; *Dom Casmurro* (1899), de Machado de Assis, no qual enfatizo o poder de Capitu sobre Bentinho e sobre outras personagens; Ópera dos mortos (1967), de Autran Dourado, em que destaco, em meio à polifonia do romance, a voz de Rosalina, a mulher em toda a sua dualidade; e, por fim, *Amores exilados* (2011), de Godofredo de Oliveira Neto, com ênfase para a francesa Muriel, personagem libertária que rouba para si todas as cenas da narrativa e que vive um triângulo amoroso com dois brasileiros exilados em Paris, nos anos de chumbo do Brasil. Tal pesquisa transformou-se no meu primeiro livro de ensaios, *Mulheres na ficção brasileira: aproximações e distanciamentos*, lançado no Rio de Janeiro, pela Editora Batel, em 2016, o que me trouxe grande desejo de novos sonhos. Então, com a certeza de querer continuar a pesquisar personagens femininas, agora sob a ótica da mulher escritora (autoria feminina e personagem-escritora), decidi percorrer novos itinerários.

Posso então afirmar que foi pelo meu próprio trajeto como mulher, escritora e leitora que pude fazer minhas escolhas e dar início àquilo que me motivaria a seguir adiante: pesquisar personagens femininas nos romances contemporâneos escritos por mulheres. Queria saber o que dizem as mulheres escritas por mulheres e acho que faz tempo que passou da hora de ouvi-las.

## OS ROMANCES

Pensar a identidade da mulher no cenário contemporâneo brasileiro é pensar o espaço que ela ocupa, ou pretende ocupar, em uma sociedade ainda recoberta por anos de poder patriarcal, centrada no machismo, na violência simbólica e não simbólica que permeiam todas as esferas e todas as classes. Embora existam pesquisas relacionadas ao sujeito fragmentado na era da pós-modernidade, é recente o pensamento que enfoca as identidades de gênero em suas inter-relações na sociedade. Assim, pensar as identidades de gênero é entender o trânsito desses sujeitos femininos moventes em sua busca por inúmeras realizações, abstrações, lugares fixos e, até, por lugar algum, permanecendo nas margens e nos "não-lugares", conforme Marc Augé (2007).

Com as novas contingências políticas, econômicas, sociais e geográficas, o que se vê é o fenômeno da desterritorialização, da quebra de fronteiras e da diáspora. São esses novos sujeitos diaspóricos que vão ocupar grande parte da narrativa brasileira contemporânea, e é a respeito deles que este livro irá tratar, tendo em vista que são sujeitos femininos, criados por escritoras.

Dada a volumosa produção literária dos últimos anos, não foi fácil escolher os romances que fariam parte do *corpus* desta pesquisa. Depois de ler um número muito grande de escritoras brasileiras, optei por trabalhar nomes que não apenas constavam de catálogos de editoras grandes e médias, como também de algumas escritoras que concorreram, foram finalistas, ou ganharam premiações importantes nas últimas décadas, o que de certa forma prova que a mulher, ainda que com muito esforço, devido às desigualdades sociais, de gênero, classe ou etnia, tem conseguido alcançar uma fatia do mercado que antes era genuinamente masculina, como será possível ver mais adiante na crítica literária de outras pesquisadoras, como Regina Dalcastagnè (UNB) e Eurídice Figueiredo (UFF), por exemplo.

Diante de um *corpus* literário vastíssimo, vi-me obrigada a revisar a literatura e a fazer recortes que me foram fundamentais para as temáticas que este estudo aborda. Portanto, como toda presença pressupõe uma ausência, posso afirmar que muitas obras de altíssima qualidade ficaram de fora desta pesquisa. Dessa forma, buscando privilegiar pelo menos um romance de cada autora eleita, acabei escolhendo sete romances lançados a partir de 2007. Das sete autoras, cinco fazem alusão ao período da ditadura militar (brasileira e/ou argentina) e lançam mão do tema, ainda que nas entrelinhas, o que é fundamental para destacar aspectos importantes das personagens: Tatiana Salem Levy, Susana Fuentes, Paloma Vidal, Maria Valéria Rezende e Luciana Hidalgo.

Dos sete romances, seis deles (à exceção de *Rio-Paris-Rio*) trazem narradoras protagonistas que também são escritoras, numa dupla narrativa (em primeira pessoa): a da autora empírica e a da autora ficcional, além de alguns trazerem traços autobiográficos importantes, como *A chave de casa*, *Luzia*, *Mar azul*, *Rio-Paris-Rio*, por exemplo. Outro ponto interessante que pude observar em entrevistas informais com algumas das escritoras é que a maioria teve importantes relações com outros países, seja para morar, estudar ou para se refugiar do regime ditatorial brasileiro. Três das escritoras mantêm vínculos fortes com outros países, como é o caso de Paloma Vidal, que é argentina, vinda para o Brasil aos dois anos de idade, Carola Saavedra, que é chilena, vinda para cá também na infância, e Tatiana Salem Levy, que é neta de judeus turcos que vieram para o Brasil, filha de brasileiros e nascida em Portugal, quando os pais saíram do Brasil à época da ditadura. Filha de várias pátrias, portanto.

Assim, pude perceber que há uma interligação importante entre as escritoras: duas delas, Elvira e Maria Valéria, são nascidas na década de 1940, tendo sido muito amigas (o que descobri em conversa informal com Maria Valéria Rezende). Ambas lutavam por causas sociais; todas as outras são filhas da ditadura militar brasileira, como eu, nascidas entre os meados dos anos 1960 e fins dos anos 1970. Portanto, mulheres inseridas em muitas frentes, em muitas lutas.

Seguem, em ordem cronológica, a partir da data da primeira publicação, os romances abordados na pesquisa e os prêmios a que concorreram e/ou fizeram jus:

*A chave de casa* (2007), de Tatiana Salem Levy, vencedor do Prêmio São Paulo de Literatura 2008, na categoria de melhor livro de autor estreante; Prêmio Jabuti 2008, além de ter sido finalista do Prêmio Zaffari & Bourbon de Literatura 2009.

*Luzia* (2011), de Susana Fuentes, finalista do Prêmio São Paulo de Literatura 2012, lançado pela Editora 7Letras.

*Mar azul* (2012), de Paloma Vidal, finalista do Prêmio Jabuti 2013, lançado pela Editora Rocco.

*Por escrito* (2014), de Elvira Vigna, finalista do Prêmio Oceanos 2015; finalista do Prêmio Rio de Literatura 2015, lançado pela Editora Companhia das Letras.

*Quarenta dias* (2014), de Maria Valéria Rezende, vencedor do Prêmio Jabuti 2015: Livro do Ano de Ficção, lançado pela Editora Objetiva.

*Rio-Paris-Rio* (2016), de Luciana Hidalgo, concorreu ao Prêmio São Paulo de Literatura 2017, lançado pela Editora Rocco.

*Com armas sonolentas* (2018), de Carola Saavedra (recém-lançado no período de escrita da tese), lançado pela Editora Companhia das Letras.

A partir da leitura dos romances supracitados, procurei desenvolver a escrita em blocos maiores, ou capítulos, que abrangessem várias temáticas em comum. Portanto, este estudo foi estruturado em cinco grandes capítulos, além da Conclusão, sendo este o primeiro deles, no qual introduzo minhas ideias e procuro explicar os motivos que me levaram a eleger este objeto de pesquisa, além de fundamentar a importância deste estudo para a contribuição dos estudos literários.

No segundo capítulo, cujo título é *Protagonismo feminino*, analiso os caminhos percorridos pela autoria feminina, questões concernentes à autobiografia, à criação das personagens femininas, à dupla escritura (personagens femininas que também são escritoras), além de abordar questões relacionadas ao gênero, aos deslocamentos, ao processo narrativo, ao tipo de narradores, ao tempo da narrativa, à recepção da obra de arte, entre outras.

No terceiro capítulo, *Geografias do afeto,* busco mostrar o quanto os espaços e os lugares (entre-lugares e não-lugares, na concepção de Augé; 2007) são importantes para a construção das personagens femininas, pois elas se relacionam afetivamente com os espaços por onde transitam, ou seja, situam-se nos espaços felizes, ou topofílicos, como apontou Bachelard (2010) ou nos espaços da dor, ou topopáticos, como observou o professor Borges Filho (2007) em seus estudos, podendo esses se dividir em espaços claustrofóbicos ou agarofóbicos. Pude perceber também que as personagens não existem fora dos seus espaços, pois a eles se vinculam como uma "segunda pele", um "segundo corpo", e têm a necessidade da *flanerie*, de estarem em contato com os "labirintos" da urbe para sua busca identitária. Os espaços da dor são necessários para que haja a libertação do corpo (enclausurado), pela escrita.

No quarto capítulo, volto meu olhar para questões relacionadas ao corpo da mulher, e verifico que o mapa da violência no Brasil só aumenta, com um número alarmante de violência doméstica e de feminicídios. Violência gerada pela dominação masculina, segundo Pierre Bourdieu (2017), e refletida em todos os romances deste estudo, sem exceção. Nesse capítulo, intitulado *Cartografias do corpo*, me reporto às questões da violência simbólica e não simbólica como forma de controle e de repressão sexual contra a mulher e recorro à historiografia, embasada em pesquisas de Mary Del Priore (2011), entre outras, para traçar um panorama dessa violência desde o período colonial brasileiro, que tem no patriarcado seu maior aliado. Lançando mão desses estudos, faço um retorno aos fins do século XIX e início do século XX para citar as mulheres que subverteram o *status quo*, publicando romances, crônicas, contos, poemas e crítica literária em jornais e livros. Mulheres que, desde o início do século passado, lançaram a semente do feminismo sem saber que estariam abrindo as portas para várias gerações.

No capítulo cinco, *Identidades em fuga*, abordo questões relacionadas não só às identidades móveis e ao gênero, mas ao trânsito, ao refúgio, ao exílio, ao hibridismo, ao multiculturalismo, à memória, à representação, à melancolia, ao imaginário, ao esquecimento, vinculadas à globalização excludente. Lugares necessários para se produzir escrita. Tomo como base para esse capítulo estudos teóricos de Bauman, Todorov, Canclini, Arfuch, Hall, Said, Starobinski, Ricoeur, Bhabha, Le Goff, entre outros que abordam temáticas tão atuais do mundo globalizado e cosmopolita, em que fronteiras vêm sendo diluídas e o homem ficando à mercê de sua própria sorte. Um mundo que se liquefaz e perde sua fraternidade com a mesma intensidade com que o ser humano perde sua identidade e caminha sem cessar à procura de um lugar que o acolha, ao qual possa "pertencer" e, quiçá, chamar de "seu".

Para escrever a tese, base deste livro, recorri à pesquisa bibliográfica, tanto do *corpus* literário quanto do *corpus* teórico. Portanto, a metodologia utilizada foi comparativa-contrastante, através da qual busco comparar e contrastar os romances entre si e com a teoria sobre a qual me ancoro, aventando questões sociológicas, filosóficas, psicanalíticas juntamente com a crítica literária em geral e a crítica literária especializada, isto é, a que se volta para os romances de autoria feminina e de personagens femininas. Para tanto, procuro dar visibilidade a todos os romances, em todos os capítulos propostos, por meio de uma tessitura de ideias que dialogam entre si, cruzando os fatos que pude observar e tecendo novas considerações.

Dessa maneira, com o presente trabalho, pretendo demonstrar a tese de que as personagens femininas só existem porque seus corpos estão vinculados a um espaço próprio, como forma de representação do ser, e que são as identidades transitórias, em constante fuga, portanto, as responsáveis pela constituição desse ser movente que necessita buscar sua história para (re) escrevê-la, como forma de representação de uma nova mulher que emerge do século XXI: a mulher-escritora, aquela que protagoniza sua história, que subverte o poder patriarcal, libertando também seu corpo, passando de *insider* à posição de *ousider*, como já apontava bem antes Todorov.

Logo, considerando a novidade do tema, no que concerne a personagens-escritoras escritas por mulheres, esta pesquisa tenta também comprovar que as personagens deste estudo só conseguem subverter o *status quo* porque escrevem, porque saem de seu confinamento em busca de respostas, e que, talvez, a dupla escritura seja, de alguma forma, um "pacto autobiográfico", não só com o leitor, como pretende Leujene, mas entre a personagem e a escritora ficcional, e, indo mais longe, entre a personagem e sua autora empírica, numa voz polifônica que clama por justiça social, por amor, por respeito, por dignidade, por mudança.

O estudo ora proposto, tem, portanto, como objetivo principal, traçar um panorama das personagens-escritoras, tendo em vista a importância da identidade e sua relação com o espaço e o corpo como representações inerentes da mulher, bem como alguns aspectos concernentes à autoria e à recepção da obra de arte. Logo, ao considerar as perspectivas sob as quais analiso as obras descritas, esta investigação insere-se na linha de pesquisa dos Estudos da Narrativa Brasileira, em que a questão do espaço ficcional me remete a olhar para os dilemas que envolvem território e/ou desterritorialização e a ver tais personagens sob a égide de seu constante trânsito, seja este interno — da alma — ou externo — do corpo.

Com a finalidade de situar o leitor, segue uma (brevíssima) síntese sobre cada personagem central. Faço a ressalva de que, no romance *Com armas sonolentas*, de Carola Saavedra, aparece uma voz polifônica, não havendo somente uma personagem central, mas várias.

1. A personagem sem nome, de *A chave de casa* (2007) — aqui foi considerado o ano de lançamento do romance, muito embora o romance analisado neste estudo seja a 4ª edição, lançada em 2009, pela Editora Rocco —, de Tatiana Salem Levy, é uma personagem transfixada pela dor, uma dor gigante, que atravessa toda a narrativa. A dor da morte da mãe, com câncer em estágio terminal, com quem mantém por meio de seu *alterego* um monólogo interior, uma intimidade lúdica, um amor incondicional e uma amizade linda; a dor da perda do namorado, um cara por quem ela se apaixona, mas que, sendo agressivo e sádico, a violenta para, em seguida, abandoná-la. Há ainda a dor causada pela memória, pela herança, pela tradição, pela busca de suas origens. A dor ancestral, que ela busca curar. A narradora é nascida no exílio, em Portugal, mas é filha de pais brasileiros que se envolvem com a militância durante a ditadura militar brasileira. A mãe é filha de judeus turcos, saídos de Esmirna. Há todo um retorno à sua ancestralidade, o que a faz sofrer um processo de perdas e, ao mesmo tempo, de busca identitária, pois, sendo turca-portuguesa-brasileira e judia, é também uma mulher que precisa entender dentro de que dentro está a sua voz, o seu corpo, a sua integralidade. Para isso, há uma retomada de sua herança cultural, na qual está a viagem até Esmirna, na Turquia. A "chave de casa" é a metáfora de que necessita para saber em que "casa" ela deve estar, como habitar seu corpo paralisado pela dor de tantas perdas, de tanta violência. É, portanto, uma narrativa memorialística, em que digladiam Tânatos e Eros. É uma narrativa impactante, corrosiva e de desconstrução, seguida da reconstituição da memória, de onde a personagem escritora parte para libertar-se da dor corpo impingida pela dor do espírito.

2. Luzia, personagem do romance homônimo (2011) de Susana Fuentes, é uma menina órfã de mãe aos nove anos, abandonada pelo pai — um pesquisador dos astros e da física quântica —, criada pelos tios e abusada sexualmente na infância pelo sócio do tio. Mulher que encontra na escrita, nos palcos e na música uma forma de libertar-se das amarras do passado que insiste em rondá-la com frequência muito maior do que ela supõe. Amarras que são, ao mesmo tempo, responsáveis pelo seu fazer artístico, por suas viagens, principalmente à cidade de Esperanza, na ilha de Maraberto, onde busca por si e por suas origens. Susana Fuentes se utiliza da prosa poética para falar das dores que perpassam Luzia, iniciando e fechando o romance com um poema. O romance — narrado por Luzia e por seus alteregos, suas outras, uma delas Dora, a filha morta, fruto do estupro, e que lhe faz companhia em seus momentos mais sombrios e de solidão — está interposto entre o poema. Um poema de dor e de libertação. Há toda uma simbologia na linguagem de Susana Fuentes, especialmente nos nomes próprios (pessoas e lugares), de alguma forma interligados entre si.
3. A conturbada personagem inominada do romance *Mar azul* (2012), de Paloma Vidal, é a representação de duas pátrias: Brasil e Argentina. A língua espanhola perpassa todo o romance de Vidal, e a personagem central dá pistas ao leitor de que sua pátria muda de lugar, conforme suas necessidades. O romance narra a conturbada relação entre a personagem central e seu pai, um homem culto e estudioso que abandona a filha por um projeto de construção de uma cidade moderna, onde ele vai morar mais tarde. Contudo, o cerne do romance é a ditadura militar argentina, que separa famílias. O romance se inicia por meio do diálogo entre duas amigas: a personagem central e Vicky, sua melhor amiga, que mais tarde se envolverá na militância e desaparecerá misteriosamente. A protagonista vai morar com a amiga e a mãe dela, pois o pai parte e a abandona quando ela ainda é pré-adolescente. Mais adiante, o leitor perceberá que a redenção da filha estará justamente nos "cadernos

azuis" deixados pelo pai, com uma série de listas e de datas, sua única herança. É a partir desses cadernos que ela terá um contato maior com o pai, já morto, numa tentativa de entender sua história de vida e de abandono. É por esses cadernos que ela rememorará sua vida e produzirá seus próprios escritos, num afã de responder às provocações da escrita enigmática do pai, e que ela insiste em desvendar. Num processo de "entrelinhas", a personagem-escritora vai tecendo sua narrativa e deixando para o leitor pistas que o conduzem a entender que ela é deixada pelo pai com o intuito de protegê-la dos perigos impostos por um regime ditatorial. O mar azul é o mote para as únicas memórias ao lado do pai. O romance é construído em cima de silêncios que dizem, uma vez que a personagem central carrega também o trauma de ter sido silenciada pelo pai inúmeras vezes ainda na infância. *Mar azul* é, portanto, um romance de dor. A dor do abandono, a dor da violência física (estupro), a dor do silêncio, a dor de ter vivido no vazio de uma bolha, a dor da solidão.

4. Valderez, do romance *Por escrito* (2014), de Elvira Vigna, narra sua história por meio de uma linguagem fragmentada, repleta de ausências e de lacunas, desconstruindo-se à medida que vai narrando para reconstruir-se de uma forma nada convencional, pois, sendo uma viajante, do tempo e do espaço, está sempre em "solo móvel". É uma mulher em constante trânsito, uma vez que o trabalho que escolhe já faz dela uma *flâneuse*, que habita aeroportos, bares, quartos de hotéis e camas diversas, buscando a sua história para recontá-la, para deixá-la, de vez, por escrito. É por meio de uma narrativa memorialística, de idas e vindas, que Valderez mescla presente com passado, traumas e o abandono sofrido pela mãe, a quem chama pelo apelido, Molly, numa tentativa de afastamento, já que não se relacionam bem. Valderez é mulher de poucos amigos e encontra em Pedro, seu único irmão, o melhor amigo, seu confidente. A narrativa se desenrola a partir da ida de Valderez para Paris, para o casamento do irmão com um homem

bem mais velho. É a partir de um porta-retratos na sala do apartamento de Pedro que ela rememorará todos os acontecimentos que a fizeram transitar por caminhos difíceis. Uma das descobertas de maior impacto para ela é saber que é fruto de uma violência sexual, quando a mãe, Molly, "mulher de fibra", foi violentada ainda na adolescência pelo marido da patroa, que a tinha como "filha", no interior do nordeste. Posta para fora de casa, Molly chega ao Rio de Janeiro disposta a mudar sua vida. É, portanto, uma história impactante e de grandes revelações, e que tem no matriarcado seu cerne. Valderez, à medida que narra, desconstrói sua linguagem, bem ao estilo vigniano. Sem dúvida, uma das maiores escritoras do século XXI.

5. Alice, do romance *Quarenta dias* (2014), de Maria Valéria Rezende, é uma sexagenária professora aposentada de João Pessoa, na Paraíba, que vê sua vida devastada por um desejo da filha única que vive em Porto Alegre: mudar-se para a cidade sulista para cuidar do neto que vai nascer. O neto é ainda um projeto na cabeça da filha Norinha, que é uma doutoranda, com uma vida muito atribulada. Alice descobre-se uma escritora a partir do momento em que vê em *Barbie* — um caderno amarelado, tendo na capa a figura da boneca homônima — sua única interlocutora. Para ela, Alice conta e reconta suas experiências na cidade de Porto Alegre à medida que as vivencia, durante os quarenta dias em que permanece na cidade, decidindo também viver como indigente pelas ruas em busca de Cícero Araújo, um homem que talvez jamais tenha existido. Como a Alice de Lewis Caroll, a Alice nordestina "cai" em inúmeros becos e vielas, marquises, degraus, jardins, praças, viadutos, casas abandonadas, periferias, rodoviárias, hospitais etc. em busca de sua verdadeira história, que tem em Cícero sua maior fantasia. Alice decide, então, deixar registradas, em *Barbie*, suas memórias, a fim de libertar-se da dor de ter deixado para trás sua vida convencional e pacata. O romance aborda ainda questões raciais, linguísticas, culturais,

ou seja, os dois brasis bem diferentes dentro do mesmo país: o branco, europeizado, e o de tradições africanas.

6. Maria, do romance *Rio-Paris-Rio* (2016), de Luciana Hidalgo, é uma personagem da burguesia carioca. Maria é enviada a Paris para estudar na Sorbonne na época em que o Brasil vive os anos de chumbo. A personagem é neta de militar e, de alguma forma, tem vergonha de dizer isso a Arthur, o misterioso namorado revolucionário que também vive em Paris. Maria se divide, então, entre o confinamento no pequeno apartamento, as ruas de Paris, os estudos de Filosofia e a incerteza de um amor idealizado no meio de uma história de tiros e fugas, vivendo o dilema de revelar ou não ao namorado sua verdadeira identidade. Maria parece carregar uma ingenuidade e uma leveza que a fazem quase levitar pelas paisagens da urbe. Apesar de esse ser o único romance narrado quase que totalmente em terceira pessoa, é possível perceber traços autobiográficos de sua autora, além, é claro, de Maria se inscrever no texto como produtora de sua própria história. Por essa razão esse romance foi escolhido para compor este estudo, já que Maria, de alguma forma, "escreve" sua história junto de seu poeta misterioso, para só então romper a bolha de ingenuidade dentro da qual fora colocada pelo avô.

7. Anna Mariani, 8. Maike, 9. A Avó, personagens centrais do romance *Com armas sonolentas* (2018), de Carola Saavedra. Na verdade, são quatro as personagens centrais, porque há a mãe de Anna Mariani, que é citada a todo momento, mas a ela se mescla a voz de sua própria avó, bisavó de Anna e tataravó de Maike, fundindo as vozes na cabeça do leitor. Por isso, passo a considerar, para este estudo, quatro e não três as personagens do romance (como se expressam nos títulos dos capítulos). O romance narra histórias independentes que se interconectam. Dividido em duas partes centrais, *O lado de fora* e *O lado de dentro*, Saavedra inova à medida que o leitor busca pela conexão entre as personagens, que estão do lado de fora e, ao mesmo tempo, do lado

de dentro de uma mesma história, numa circularidade que impressiona. A narrativa é ancorada em gerações de mulheres que têm na ancestralidade, representada pela figura indígena da Avó, a recuperação de laços que foram rompidos no passado, e que têm como foco central uma sucessão de abandonos entre mães e filhas. O romance fala do sonho da liberdade já no título, *Com armas sonolentas*, verso do poema *Primero sueño* de sor Juana Inés de la Cruz, considerada a fênix da América Latina, por seus sonhos feministas. É um romance que fala das dores das perdas e, também, da possibilidade dos encontros, da retomada da vida paralisada pelo rompimento de elos sanguíneos.

*

Todas as personagens deste estudo são escritoras que buscam matéria de escrita em suas próprias *histórias de vida*, ocorrendo, dessa forma, uma escrita totalmente *autobiográfica* entre a personagem e a escritora que ela acaba se tornando dentro da ficção, isto é, a autora ficcional. A autobiografia se aplica então duplamente: entre as personagens e as autoras ficcionais e entre estas e as autoras empíricas. É através de seus deslocamentos, de suas fragmentações identitárias que a escrita acaba por florescer, subvertendo os mecanismos disciplinadores do poder patriarcal, tornando-se uma necessidade premente, uma nova forma de ser e de dizer o mundo caótico e fragmentado que é este no qual todos estamos.

## Mulheres

O meu mundo é habitado por
Mulheres
parideiras, rainhas, princesas e gatas borralheiras
O meu mundo é habitado por
Mulheres
sofridas, vendidas, comidas, vividas
O meu mundo é habitado por
Mulheres
guerreiras, bandidas, prostituídas, mutiladas,
desguarnecidas
O meu mundo é habitado
O meu mundo é
Se não for, invento um mundo
Invento um mundo que seja
Um mundo só
Um mundo
Um mundo pra mim.

CAPÍTULO 2

# PROTAGONISMO FEMININO

## MULHERES QUE ESCREVEM MULHERES-ESCRITORAS

> *Quando se começa a contar uma história, parece que uma luz é acesa em algum lugar.* Susana Fuentes.
>
> *Que garantia tenho de que não tropeçarei em mim mesma? [Não posso lhe garantir nada. Só posso prometer uma coisa: arrisque-se, e estarei sempre pronta a lhe estender a mão.].* Tatiana Salem Levy.

Com o chamado cosmopolitismo, eis que surge um novo tipo de sujeito feminino: múltiplo, fragmentado, que se move em todas as direções, mas que, em contrapartida, necessita tomar as rédeas de sua vida, de seu eu, de suas vontades e desejos, quem sabe até fixar-se em algum lugar. Surge assim uma nova mulher, fruto das mudanças promovidas pelo século XXI, com os movimentos feministas em favor da liberação dos direitos da mulher em todos os campos: legal (implantação da Lei Maria da Penha), da saúde (tramitação de projeto de lei para a liberação do aborto), profissional, social, político, cultural, ideológico. É essa nova mulher que aparecerá nas narrativas contemporâneas dos anos 2000 em diante. Uma mulher, preferencialmente, escrita por outra mulher, com um novo olhar diante da globalização e das transformações recorrentes do mundo pós-moderno, em que os movimentos transculturais estão em ebulição, devido ao processo migratório, diaspórico, e à quebra de fronteiras. Essa mulher que surge no romance brasileiro, fruto das constantes mudanças geopolíticas, impacta a produção literária, tornando-se, além de matéria de criação ficcional, matéria de pesquisa em várias instituições universitárias no Brasil e no exterior. É dessa Mulher escrita por tantas outras mulheres e revisitada por intelectuais de renome nacional e internacional que este capítulo vai tratar, uma vez que venho observando nos meus estudos acadêmicos uma mudança de foco no que concerne à posição da mulher na atualidade.

No Brasil, por exemplo, ao mesmo tempo em que assistimos às várias conquistas feministas, às passeatas e às inúmeras manifestações pelos direitos da mulher, vimos também, em contraposição, assombrados, enquanto pesquisadores, o aumento impressionante da violência contra a mulher, com incontáveis casos de feminicídio registrados pela polícia e noticiados pela grande mídia. Contudo, ao que parece, a mulher está disposta mesmo a mudar seu cenário, pois ela vem enfrentando, sem medo de represálias, o chamado de milhares de outras mulheres, que se organizam pelo Brasil e pelo mundo, clamando aos quatro cantos do planeta, em todas as mídias, por seus direitos em campanhas universais, como o recente *#metoo*, por exemplo, entre outras, que põem em evidência não só a questão do assédio sexual, como também a da violência doméstica. Com isso, milhares de mulheres vêm ganhando força para superar seus fantasmas e seus lutos, o que inclui o incentivo de mulheres famosas, como atrizes que se manifestam e se expõem publicamente nas redes sociais e em outras mídias, como a televisão, para falar das agressões sofridas por seus companheiros e/ou parceiros profissionais. Todo esse cenário de coragem e determinação vem também impactando a literatura contemporânea, de modo geral, e a brasileira, em particular, pois nada pode ser deixado de fora pela crítica literária, para que se possa compreender com grandeza o mundo cosmopolita e contemporâneo no qual estamos imersos.

De acordo com Gayatri Spivak (2000), (apud ALMEIDA, 2010), crítica feminista de origem indiana, o sujeito do período colonial era um sujeito marcadamente de classe, o sujeito do pós-colonialismo é centrado na raça, e o sujeito da globalização é um sujeito gendrado. O que significa dizer que, se antes o foco estava nas questões de classe e raça, na atualidade, conforme pesquisas da professora Sandra Regina Goulart de Almeida (UFMG):

> a mulher se torna objeto de interesse de sociedades civis internacionais e, consequentemente, é incorporada como uma parte integrante do projeto global para o estabelecimento de uma nova ordem social e econômica. (ALMEIDA, 2010, p.13)

Vale ressaltar que o que interessa nessa nova ordem é o papel que as mulheres irão desempenhar, ainda que tal papel não seja um todo coeso, uma vez que questões de ordem social, política e cultural serão experenciadas de formas diversas e em contextos variados, de acordo com os novos sentidos de desterritorialização e de pertencimento. Essa mulher que surge, preocupada com seu entorno e consigo mesma, dentro dessa diáspora, travará um novo diálogo acerca de questões concernentes não só à raça, etnia e classe, mas, sobretudo, ao gênero, tornando-se sujeito de suas ações e voltando suas preocupações para o estabelecimento de seu protagonismo, sufocado durante séculos pela sociedade patriarcal e falocêntrica. Com essa mudança de paradigmas, a mulher passa a assumir novos papéis sociais segundo sua mobilidade no mundo contemporâneo globalizado, assumindo certo cosmopolitismo, conforme aponta Bruce Robbins (1998):

> [...] o cosmopolitismo oferece algo mais que uma galeria de identidades virtuosas, elegíveis. Aponta, em vez disso, para um domínio de políticas contestatórias [...] (a cosmopolítica) como uma área ao mesmo tempo dentro e além da nação. (apud ALMEIDA, 2010, p. 14)

É, portanto, nesse novo cenário que emerge uma literatura de autoria feminina centrada em personagens femininas deslocadas, desterritorializadas, estrangeiras, exiladas, fragmentadas ou em constante trânsito no espaço ficcional. Personagens "cosmopolitas" que se utilizam de um discurso contestatório em conformidade (em alguma medida) com o discurso de suas criadoras, estabelecendo em alguns dos romances estudados o que Philipe Lejeune (2014) denomina de "pacto autobiográfico", que nesse caso não ocorre apenas com o leitor. Cabe ressaltar, ainda, que, mesmo que alguns romances tenham uma vertente autobiográfica e outros não, todos assumem esse tom cosmopolita e contestatório do mundo globalizado, destacando-se um lugar de enunciação nitidamente feminino, preocupado com questões relativas ao gênero num espaço multicultural e híbrido, em que as noções preestabelecidas de identidade nacional cedem lugar a outras formas de estar no mundo, mais adaptadas, como já nos apontava Tzvetan Todorov (1999) em relação às identidades culturais. Na visão de Todorov, as identidades culturais extrapolam a nacionalidade, pois há muitas formas de estar no mundo e ligar os grupos: idade, sexo, profissão, meio social são alguns exemplos. Para o sociólogo,

> todos já vivemos, ainda que em níveis diferentes, esse reencontro de culturas no interior de nós mesmos: somos todos híbridos. A origem cultural nacional é simplesmente a mais forte de todas, porque nela se combinam os traços deixados — no corpo e no espírito — pela família e pela comunidade, pela língua e pela religião. [...] Para alcançar a transculturação antes é preciso passar pela aculturação; para poder se desligar com sucesso de uma cultura, é preciso começar pelo autodomínio, pelo "falar". (TODOROV, 1999, p. 26-27)

Todorov, ele mesmo, passou pela experiência sobre a qual teoriza, pois, nascido na Bulgária, deixou seu país aos 24 anos para estudar na França, onde viveu desde 1963. Naturalizou-se francês, adaptando-se totalmente ao país, passando, paulatinamente, da posição de *outsider* à posição de *insider*. Ao retornar à Bulgária em 1981, após 18 anos, descobriu que não era mais um estrangeiro em Paris, mas também não era um francês, pois havia adquirido uma vida no interior de duas culturas e duas sociedades diferentes. A transculturação, então, serve ao que Todorov chama de "desenraizamento", em todos os sentidos da palavra, pois, segundo ele,

> o homem desenraizado, arrancado de seu meio, de seu país, sofre em um primeiro momento: é muito mais agradável viver entre os seus. No entanto, ele pode tirar proveito de sua experiência, aprende a não mais confundir o real com o ideal [...]. (TODOROV, 1999, p. 27)

Porém, de acordo com o teórico, para que se esteja em sintonia com uma cultura adquirida, é necessário muito tempo de aprendizagem, já que não acredita "nas virtudes do nomadismo sistemático, da acumulação ilimitada dos empréstimos culturais" (TODOROV, 1999, p. 28). Ele, por exemplo, seguiu se deslocando por três diferentes países: Bulgária, onde nasceu, cresceu e teve sua experiência constitutiva de indivíduo face a um regime totalitário; França, país em que viveu por muitos anos, estudou e ao qual esteve "ligado de coração" (TODOROV, 1999, p. 28), pois foi onde se sentiu um "cidadão" (TODOROV, 1999, p. 28), e Estados Unidos, lugar onde exerceu a profissão e reencontrou mais "colegas do que compatriotas" (TODOROV, 1999, p. 28). Portanto, conforme Todorov, "transculturação" é a aquisição de um novo código sem que o antigo se tenha perdido, por isso ele viveu num espaço singular, ao mesmo tempo "fora e dentro", já que muitas vezes se sentiu um "estrangeiro" em sua própria casa, em Sófia, e totalmente adaptado (em casa) "no estrangeiro", em Paris. Para Todorov, sentir-se em casa significa estar no lar, mesmo que esse lar seja em outro país, em um lugar distante do de origem. É, portanto, nos temas referenciados por Todorov acerca de deslocamento, desenraizamento, transculturação, hibridismo de culturas que pretendo debruçar minha pesquisa a fim de discorrer sobre personagens-escritoras, escritas por mulheres, pois, ao longo dos meus estudos, pude perceber, por meio de conversas informais com algumas das romancistas (e de algumas leituras acerca de suas biografias), que todas se deslocaram, e ainda se deslocam, vivendo fora e dentro do país, seja para estudar, seja por razões políticas, seja por terem dupla nacionalidade, seja por questões de trabalho; todas têm a experiência de *outsider*, o que se evidencia, de alguma forma, em suas personagens femininas, ou seja, todas trouxeram para seus romances a experiência da metrópole, à moda baudelaireana, já que, ao produzirem escrita, viveram antes a experiência da *flânerie*, do trânsito.

Segundo estudos da professora Sandra Regina Goulart de Almeida (2010), acerca das escritoras contemporâneas dessa nova diáspora,

> não basta simplesmente destacar, em suas obras, o espaço geopolítico no qual habitam, ou o suposto "lar" sobre o qual nos falam. Suas narrativas muitas vezes privilegiam filiações múltiplas, móveis e deslizantes. (ALMEIDA, 2010, p.15)

Logo, muitos são os lares a serem habitados na contemporaneidade. Lar aqui entendido como um espaço mais amplo, um espaço de encontros múltiplos para além dos muros da casa; um espaço globalizado e interconectado, incluindo mídias sociais e digitais, ou seja, um lar-mundo, conforme estudos de Néstor García Canclini (2015), em que habitar significa interconectar-se, levando-se em conta três noções básicas:

> a) a "estrangeiridade" como perda de um território próprio; b) a experiência de ser "estrangeiro-nato", ou seja, sentir-se diferente na própria sociedade; c) a experiência de sair de uma cidade ou de uma nação que asfixia e escolher ser distinto ou minoria em uma sociedade ou uma língua que nunca vamos sentir como inteiramente própria. (CANCLINI, 2015, p. 47; livre tradução minha).

Num mundo multicultural e globalizado, somos todos convidados a viver novas experiências. São essas novas experiências que têm perpassado a literatura contemporânea brasileira, especialmente a literatura produzida por mulheres, uma vez que algumas dessas questões trazidas pelo mundo cosmopolita ganharam ênfase nas últimas décadas, especialmente questões concernentes ao feminismo.

Com os novos paradigmas da sociedade, a mulher, que antes se sentia uma forasteira, privada de muitos direitos e de autonomia, passa a ser revisitada, principalmente por autoras que trazem à tona as inúmeras questões aventadas por Canclini e por Todorov, entre outros, no que concerne ao estrangeirismo, ao desenraizamento, ao deslocamento, às identidades culturais na pós-modernidade.

Conforme estudos de Almeida (2010) com relação à abordagem de personagens femininas por escritoras contemporâneas nas últimas décadas, é possível observar um número crescente de personagens femininas que habitam "espaços de movência". Ela ainda acrescenta que

> várias escritoras antes voltadas para narrativas prioritariamente intimistas e com forte teor autobiográfico têm abordado questões mais abrangentes, mas não menos problemáticas, com relação à presença da mulher nesse novo contexto sociocultural. (ALMEIDA, 2010, p. 12)

Em que questões como identidade e pertencimento, como já advertira Bauman:

> não têm a solidez de uma rocha, não são garantidas para toda a vida, são bastante negociáveis e revogáveis, e que as decisões que o próprio individuo toma, os caminhos que percorre, a maneira como age [...] são fatores cruciais. (BAUMAN, 2005, p.17)

Nesse contexto, destacam-se as identidades de gênero, uma vez que no mundo globalizado e cosmopolita, perpassado pelo processo de multiculturalismo, o que há é uma falsa ideia de pertencimento, ou um pertencimento temporário, já que as identidades se fragmentam por estarem em constante fluxo migratório, afetando e sendo afetadas pelos movimentos transnacionais, modificando, pela quebra das fronteiras, tanto os sujeitos "moventes" quanto os sujeitos "enraizados". Assim, sob esse ponto de vista, "identidade e espaço são conceitos imbricados na ambivalente experiência dos sujeitos em trânsito nas sociedades cosmopolitas" (ALMEIDA, 2010, p. 13). Cabe ressaltar então que a questão identitária está intimamente relacionada à movência, pois

> estar total ou parcialmente 'deslocado' em toda parte, não estar em lugar algum [...], pode ser uma experiência desconfortável, perturbadora, [mas], sempre há alguma coisa a explicar, desculpar, esconder, ou, pelo contrário, corajosamente ostentar, negociar, oferecer e barganhar. Há diferenças a serem atenuadas ou desculpadas ou, pelo contrário, ressaltadas e tornadas mais claras. (BAUMAN, 2005, p. 19; grifo meu)

Logo, é possível falar de um processo contínuo de estar no mundo, em que não há uma identidade individual, mas múltiplas identidades, conforme a experiência do indivíduo. É esse sujeito — gendrado, feminino, fragmentado, híbrido, perturbado e corajoso ao mesmo tempo, com uma cidadania transitória, em constante deslocamento em busca de algo — que transbordará em parte das narrativas contemporâneas de autoria feminina nas primeiras décadas do século XXI. É sobre esse novo protagonismo emergido da autoria feminina que este capítulo irá tratar. Para tanto, foram analisadas dez personagens femininas saídas da ficção contemporânea, de 2007 para cá, a partir de uma visão comparatista com os percursos das mulheres reais do século XXI.

## A TRAJETÓRIA DOS SERES DE PAPEL

A começar por tentar definir a personagem, lanço mão da seguinte indagação: quem é afinal o *ser de papel* que compõe as narrativas contemporâneas de autoria feminina?

Partindo do pressuposto de que uma personagem é um *ser de ficção*, portanto sem existência no mundo real, mas com existência real no mundo imaginário (e aqui a palavra "imaginário" refere-se ao mundo linguístico, ao mundo literário, sendo utilizada com intuito de contrapor realidade e ficção) e tendo em vista que a personagem para existir no mundo ficcional tem de ser verossímil, ou seja, tem de ser construída em conformidade com os princípios a que se propõe o texto, este estudo objetiva mostrar como estão sendo produzidos esses seres de papel que vêm ganhando uma força extraordinária nos romances de autoria feminina por apresentarem questões do âmbito da realidade, antes consideradas impróprias ou proibidas, tais como: violência doméstica, violência sexual, homossexualidade, aborto, repressão, entre tantas outras temáticas que sempre existiram, mas que estão vindo à tona com muita intensidade no século XXI, em que não há mais espaço para abnegações e represálias.

Segundo estudos teóricos de Luís Alberto Brandão Santos e de Silvana Pessoa de Oliveira (2001) acerca do sujeito, tempo e espaço ficcionais, um texto verossímil

> não é necessariamente aquele que cria um mundo parecido com o real, mas o que desenvolve uma coerência própria, uma lógica específica, segundo a qual, mesmo inferências a princípio absurdas [...] fazem sentido para quem lê. (SANTOS, OLIVEIRA, 2001, p. 28)

A personagem, encarada dessa forma, pode causar no leitor aproximação ou estranhamento, já que é possível que ele se reconheça nela ou dela se distancie completamente, tendo em vista que a ela se ligam ideias convencionais ou, ao contrário, surpreendentes e imprevistas.

A personagem, então, precisa ser encarada como "o resultado de um processo no qual se imagina um ser que transita nas fronteiras do não-ser" (SANTOS, OLIVEIRA, 2001, p. 28). Ou seja, a personagem orbita na relação entre um ser vivo e um ser fictício por meio de semelhanças e diferenças. Porém, a noção de um ser (personagem) elaborada por outro ser (autor/leitor) é sempre fragmentada, tendo em vista que enquanto leitor "autorizado" o que se vê são os fragmentos das personagens — atos ou sequência de atos, diálogos, pensamentos, emoções etc. — e não um todo contínuo.

Conforme Candido, cada fragmento da personagem "mesmo considerado como um todo, uma unidade total, não é uno nem contínuo [...]" (CANDIDO, 2014, p. 54), ao contrário:

> permite um conhecimento mais ou menos adequado ao estabelecimento da nossa conduta, com base num juízo sobre o outro ser;

> permite uma noção conjunta e coerente desse ser, mas essa noção é oscilante, aproximativa e descontínua. (CANDIDO, 2014, p. 54)

Então, para que haja verossimilhança, a organização do contexto é decisiva para o estabelecimento da *verdade* dos seres de papel. É, portanto, "o princípio que lhes infunde vida, calor e os faz parecer mais coesos, mais apreensíveis e atuantes do que os próprios seres vivos" (CANDIDO, 2014, p. 80). Daí se estabelece a força e a credibilidade naquele ser fictício apresentado ao leitor pelo narrador. Muitas vezes, no entanto, há uma complexa relação entre os seres humanos e os seres de papel. Segundo Oswald Ducrot e Tzvetan Todorov, acerca das personagens, uma

> leitura ingênua de obras ficcionais pode confundir personagens e pessoas [...]. Entretanto, recusar toda a relação entre personagem e pessoa seria absurdo: as personagens representam pessoas, segundo modalidades próprias da ficção. (DUCROT, TODOROV, 1972, p. 286)

Ainda que a personagem seja o elemento mais atuante e mais comunicativo do romance, como nos apontaram obras dos séculos XVIII, XIX e XX, a personagem só adquire força e plenitude no enredo.

> Houve, a partir do século XVIII, uma transformação que substituiu os enredos complicados, povoados por personagens muito esquemáticas, recheados de ações mirabolantes, por enredos de pouca importância, em que a ação torna-se (sic) menos física e mais psicológica, e em que as personagens apresentam um maior grau de complexidade. Foi provavelmente tal transformação que levou ao surgimento da famosa classificação que distingue as personagens planas — que são tipos superficiais, quase caricaturas, marcados por traços fortes e invariáveis — das personagens esféricas — aquelas que apresentam uma caracterização mais analítica, mais sofisticada, uma forma de atuação cheia de nuances e contradições. (SANTOS, OLIVEIRA, 2001, p. 28-29).

A personagem não vive fora do enredo. Enredo e personagem existem juntos, indissociáveis, pois

> quando pensamos no enredo, pensamos simultaneamente nas personagens, quando pensamos nestas, pensamos simultaneamente na vida que vivem, nos problemas em que se enredam, na linha do seu destino [...]. (CANDIDO, 2014, p. 53).

É no enredo que nasce a personagem; é nele que ela se desenvolve por meio de suas ações e pensamentos. Logo, "Enredo e personagem exprimem, ligados, os intuitos do romance, a visão da vida que decorre dele, os significados e os valores que o animam" (CANDIDO, 2014, p. 53-54).

No entanto, é a partir do século XIX, com o avanço dos estudos da psicologia e da psicanálise, que se torna possível vislumbrar a complexidade da mente humana e o quanto essa complexidade interferirá na criação de tipos ficcionais, uma vez que os escritores tenderão a embasar-se nas novas estratégias científicas para o conhecimento pleno do ser humano, investigando formas narrativas capazes de dar conta das relações conflituosas vivenciadas pelas personagens. De acordo com Candido,

> Através de técnicas como o fluxo de consciência, a escrita automática surrealista, a percepção total dos cubistas, buscava-se uma espécie de "realismo do ser", em que a palavra realismo designa não mais a descrição objetiva de um universo externo ao sujeito, mas o esboço da maneira como esse universo se transforma em subjetividade. (CANDIDO, 2014, p. 29).

Contribuem também para isso, além de concepções psicológicas, voltadas para o desvendamento da personalidade humana, concepções filosóficas, como o Marxismo, que observa a sociedade em partes e/ou em sua totalidade, surgindo daí personagens distintas e, também, fragmentadas, de acordo com o mundo que habitam.

> [...] o romance, ao abordar as personagens de modo fragmentário, nada mais faz do que retomar, no plano da técnica de caracterização, a maneira fragmentária, insatisfatória, incompleta, com que elaboramos o conhecimento dos nossos semelhantes. [...] na vida, a visão fragmentária é imanente à nossa própria experiência; é uma condição que não estabelecemos. No romance, ela é criada, é estabelecida e racionalmente dirigida pelo escritor, que delimita e encerra, numa estrutura elaborada, a aventura sem fim, que é, na vida, o conhecimento do outro. Daí a necessária simplificação, que pode consistir numa escolha de gestos, de frases, de objetos significativos, marcando a personagem para a identificação do leitor, sem com isso diminuir a impressão de complexidade e riqueza. (CANDIDO, 2014, p. 58)

Pode-se então afirmar que a construção da personagem abarca a questão linguística, uma vez que um ser de ficção não existe fora das palavras, do contexto literário, pois a personagem só representa uma pessoa segundo as modalidades próprias da ficção.

> [...] a verdade da personagem não depende apenas, nem sobretudo, da relação de origem com a vida, com modelos propostos pela observação, interior ou exterior, direta ou indireta, presente ou passada. Depende, antes do mais, da função que exerce na estrutura do romance, de modo a concluirmos que é mais um problema de organização interna que de equivalência à realidade exterior. (CANDIDO, 2014, p.75)

Assim, torna-se impossível usar a literatura como reprodução *exata* do espaço do ser humano, justamente porque o ser não é uma substância abstrata, ou algo que pode ser apreendido em sua totalidade, mas que pode ser apreendido em partes, fragmentariamente. Para decifrar uma personagem, o leitor terá de encarar a construção do texto, ou seja, "a maneira que o autor encontrou para dar forma às suas criaturas, e aí pinçar a independência, a autonomia e a 'vida' desses seres de ficção" (BRAIT,

2006, p. 11). Porém, dados autênticos podem parecer irreais se a lógica organizacional do autor não os justificar.

> Se as coisas impossíveis podem ter mais efeito de veracidade que o material bruto da observação ou do testemunho, é porque a personagem é, basicamente, uma composição verbal, uma síntese de palavras sugerindo um certo tipo de realidade. Portanto, está sujeita, antes de mais nada, às leis de composição das palavras, à sua expansão em imagens, à sua articulação em sistemas expressivos coerentes, que permitam estabelecer uma estrutura novelística. (CANDIDO, 2014, p. 78)

De acordo com alguns estudos críticos, como os apontados por Santos e Oliveira, a "ideia de *profundidade* das personagens perdeu a primazia. Sobretudo porque se reconhece que toda personagem está submetida à voz do narrador, é uma miragem projetada pelo olhar daquele que narra" (SANTOS E OLIVEIRA, 2001, p. 30). Seguindo esse raciocínio, percebe-se que a literatura contemporânea tende a percorrer caminhos que indicam que a personagem é um produto puramente verbal, um ser de ficção a quem "o narrador pode brincar de conceder autonomia. Nesse sentido, toda personagem é plana, pois existe somente na superfície escorregadia e vacilante da linguagem" (SANTOS, OLIVEIRA, 2001, p. 30-31).

No entanto, a respeito das personagens contemporâneas, Regina Dalcastagnè destaca que elas ganharam vida própria, insubordinando--se diante do "autor", por meio da figura do narrador, pois segundo a pesquisadora,

> As personagens contemporâneas, sejam elas feitas do material que for (em Avalovara, de Osman Lins, por exemplo, há uma jovem cujo corpo é composto de cidades, um senhor construído apenas com próteses, uma mulher feita de outras personagens), são chamadas à obra para viver experiências que dizem respeito aos homens, e às mulheres. Talvez, já não sejam mais realistas, mas insistem em sua própria existência [...], negando-se a si o desconfortável papel de herói ou de vítima passiva (e tomando punho à condução da

> própria história...), insubordinando-se diante do "autor" e exigindo tratamento mais adequado a seu tempo ou a sua vontade. (DALCASTAGNÈ, 2012, p. 94)

Logo, percebe-se que o narrador contemporâneo, com suas estratégias, tenta conquistar o leitor e, para isso, discute-se "a busca da constituição de um sentido para a vida a partir do domínio do discurso sobre si, quanto a tentativa, explícita, de apagamento, na narrativa, de tudo que poderia causar a desconfiança do leitor" (DALCASTAGNÈ, 2012, p. 77). Com efeito, o narrador contemporâneo passa a ser um dos elementos narrativos mais discutidos, já que, por trás do narrador, há não apenas o narratário, mas o leitor. Diante disso, indaga-se: quem é, então, o narrador contemporâneo?

De acordo com estudos de Regina Dalcastagnè,

> se por um lado, somos obrigados a reconhecer que todo texto é político, como dizia Eagleton (1994), por outro, cada leitor interpretará tal texto partindo de critérios bastante subjetivos, como já advertia Sartre (1989). (DALCASTAGNÈ, 2012, p. 77)

Por isso

> o narrador, e também o leitor da literatura contemporânea não são sujeitos comprometidos apenas com a matéria narrada. De um modo geral, não importa mais saber quem traiu quem dentro da narrativa, mas, sim, desvendar o que nós acreditamos ser uma traição, esclarecendo nossos mecanismos de adesão ao mundo social e afetivo. Ou seja, o leitor, refletido no narrador, torna-se personagem de uma discussão — que, sem dúvida, será tão mais rica quanto mais consciente de si, de seus valores e seus preconceitos for esse leitor. (DALCASTAGNÈ, 2012, p. 77)

Entretanto, o filósofo Walter Benjamin, em seu conhecido ensaio a respeito do narrador, não apenas aponta caminhos sobre a narrativa enquanto fonte de experiências individuais e coletivas, como também analisa indícios do que chama de "morte da narrativa", devido ao surgimento da imprensa.

> O primeiro indício da evolução que vai culminar na morte da narrativa é o surgimento do romance no início do período moderno. O que separa o romance da narrativa (e da epopeia no sentido estrito) é que ele está essencialmente vinculado ao livro. A difusão do romance só se torna possível com a invenção da imprensa. A tradição oral, patrimônio da poesia épica, tem uma natureza fundamentalmente distinta da que caracteriza o romance. O que distingue o romance de todas as outras formas de prosa — contos de fada, lendas e mesmo novelas — é que ele nem procede da tradição oral nem a alimenta. [...] O narrador retira da experiência o que ele conta: sua própria experiência ou a relatada pelos outros. E incorpora às coisas narradas à experiência de seus ouvintes. O romancista segrega-se. A origem do romance é o indivíduo isolado, que não pode mais falar exemplarmente sobre suas preocupações mais importantes e que não recebe conselhos nem sabe dá-los. Escrever um romance significa, na descrição de uma vida humana, levar o incomensurável a seus últimos limites. (BENJAMIN, 1986, p. 201)

Benjamin parece levar às últimas consequências a questão da "morte da narrativa" quando põe em xeque o problema da tradição oral de contar histórias, ou experiências, uma vez que, sem a presença do narrador, que relata, "vivencia" suas experiências (no texto), o que resta é um processo isolado do autor. Daí que podemos perceber que Benjamin parece ratificar a importância do leitor ou do ouvinte para a continuidade do processo narrativo a que se refere Dalcastagnè (2012). Entretanto, o ato de ficcionalizar a realidade é um processo inerente do ser humano, como já nos apontava Iser (2013) em seus estudos sobre o leitor e a recepção da obra de arte.

Nesse sentido, o romance contemporâneo evidencia a grande variedade de diálogos apontada por Bakhtin (1988). Diálogos que se estabeleceram com a sociedade dentro da qual foi concebida a obra: com sua história, sua cultura, com outras obras literárias, outros gêneros discursivos.

> Diálogos com o gênero, a etnia, a classe social a que pertence o escritor — ou aquela a que faz parte o narrador e seus protagonis-

> tas — com o próprio campo literário e com a produção anterior do artista. (DALCASTAGNÈ, 2012, p.77)

Assim, com o intuito de reafirmar as teorias expostas e insistir nos diálogos, conforme Dalcastagnè (2012), como única forma de contato entre a obra e o leitor, elegi para esta pesquisa romances brasileiros contemporâneos que dialogam entre si, com outras obras e também com o momento atual, a cultura e a sociedade, abordando temáticas que são próprias do mundo globalizado, além de dialogarem comigo enquanto leitora e pesquisadora.

> Ao interromper suas atividades e abrir um romance, o leitor busca, de alguma maneira, conectar-se a outras experiências de vida. Pode querer encontrar ali alguém como ele, em situações que viverá um dia ou que espera jamais viver. Mas pode ainda querer entender o que é ser o outro, morar em terras longínquas, falar uma língua estranha, ter outro sexo, um modo diferente de enxergar o mundo. [...] Reconhecer-se em uma representação artística, ou reconhecer o outro dentro dela, faz parte de um processo de legitimação de identidades, ainda que elas sejam múltiplas. Daí o estranhamento quando determinados grupos sociais desaparecem dentro de uma expressão artística que se fundaria exatamente na pluralidade de perspectivas. (DALCASTAGNÈ, 2012, p. 147)

Questões relativas a gênero, hibridismo, multiculturalismo, cosmopolitismo, deslocamentos da era pós-moderna e suas consequências serão, portanto, investigadas a partir da visão das personagens-escritoras escritas por mulheres, o que passo a denominar de uma "dupla visão", ou uma forma duplicada/espelhada de ver o mundo e de estar nele, protagonizando-o, o que é inovador na literatura contemporânea, especialmente na literatura de autoria feminina, pois pesquisas de Regina Dalcastagnè, realizadas na Universidade de Brasília entre os anos de 1990 e 2004, apontam para um mapa de ausências nos romances brasileiros, não apenas em relação às personagens, mas também em relação à autoria.

> Se negros e pobres apareciam pouco como personagens, como produtores literários eles são quase inexistentes. A partir dessas ausências foram-se constatando outras, entre as personagens mesmo — das crianças, dos velhos, dos homossexuais, dos deficientes físicos e até das mulheres. Se eles são pouco presentes no romance atual, são ainda mais reduzidas as suas chances de terem voz ali dentro. Os lugares de fala no interior da narrativa também são monopolizados pelos homens brancos, sem deficiências, adultos, heterossexuais, urbanos, de classe média... (DALCASTAGNÈ, 2012, p. 148)

Dalcastagnè apontou também a questão de que grandes editoras (Companhia das Letras, Record e Rocco) publicam, em sua maioria, literatura produzida por homens brancos. A pesquisa é muito extensa: foram analisados 258 romances. Segundo a pesquisadora, "Não é possível dizer se as mulheres escrevem menos ou se têm menos facilidade para publicar nas editoras mais prestigiosas (ou ambos)" (DALCASTAGNÈ, 2012, p. 158). No entanto, venho percebendo que uma mudança gradual tem ocorrido na segunda década deste século, no que concerne à autoria feminina, pois, além de os romances aqui analisados retratarem problemas representacionais da mulher do século XXI, refletidos em suas personagens, todas as escritoras foram publicadas por grandes e médias editoras e receberam premiações ou a elas concorreram. Claro que não posso falar de dados estatísticos em um estudo com apenas sete romances, contudo percebo que as autoras vêm ganhando uma fatia ainda pequena, mas representativa, do mercado editorial brasileiro.

Encontrando eco na fala da professora e pesquisadora Eurídice Figueiredo no seu livro *Mulheres ao espelho* (2013), a respeito do seu propósito ao analisar romances contemporâneos, minha intenção vai ao seu encontro por pretender também "percorrer várias narrativas com um certo olhar direcionado para a maneira como a escritora fala da mulher, seja de uma personagem ficcional, seja dela enquanto personagem de si própria" (FIGUEIREDO, 2013, p. 11). Ou seja, os romances escolhidos para análise têm muito a dizer sobre as *escritas de si*, num processo autoficcional ou autobiográfico.

> Em romances recentes, de jovens escritoras (sobretudo), mesmo quando se trata de puras ficções, alguns elementos biográficos presentes no paratexto [...] e/ou no próprio texto, indicam uma escrita de cunho autobiográfico ou uma autoficção. (FIGUEIREDO, 2013, p. 13)

Para este estudo, portanto, como já dito anteriormente, os seguintes romances serão analisados, ordenados aqui de acordo com a cronologia de sua publicação, apenas com o intuito de situar o leitor: *A chave de casa* (2007), de Tatiana Salem Levy; *Luzia* (2011), de Susana Fuentes; *Mar azul* (2012), de Paloma Vidal; *Por escrito* (2014), de Elvira Vigna; *Quarenta dias* (2014), de Maria Valéria Rezende; *Rio-Paris-Rio* (2016), de Luciana Hidalgo; *Com armas sonolentas* (2018), de Carola Saavedra. Obras que dialogam entre si por abordarem os mesmos eixos temáticos, vistos sob óticas distintas.

## O LEITOR E A COAUTORIA

Os diálogos entre as obras, com o leitor e, consequentemente, com a sociedade, são responsáveis por inserir o romance no seu tempo e nos tempos futuros. Ou seja, são essenciais para fincarem as raízes do romance e estabelecerem-no, por assim dizer, dentro da literatura, como canônico. Uma vez que, conforme Benjamin (1986), contar histórias sempre foi a arte de recontá-las, ou seja, para se contar uma história é necessário ouvir antes a mesma história, para tecê-la com novos pontos de vista. Para isso, o ouvinte/leitor deve estar atento para dar espaço ao que é ouvido, ao que é narrado.

> A narrativa, que durante tanto tempo floresceu no meio artesão — no campo, no mar e na cidade —, é ela própria, num certo sentido, uma forma artesanal de comunicação. Ela não está interessada em transmitir o "puro em-si" da coisa narrada como uma informação ou um relatório. Ela mergulha a coisa na vida do narrador, como a mão do oleiro na argila do vaso. Os narradores gostam de começar

> sua história como uma descrição das circunstâncias em que foram informados dos fatos que vão contar a seguir, a menos que prefiram atribuir essa história a uma experiência autobiográfica. (BENJAMIN, 1986, p. 205)

O que Benjamin preconiza nada mais é que a capacidade humana de recontar, ou de rever o visto; de ficcionalizar o existente. A partir do momento em que o homem reconta, ele escreve, por assim dizer, sua própria história, através de seu olhar e de sua capacidade de ouvir. Transferindo para o plano do romance, é o leitor-"ouvinte" quem atuará junto com o narrador para descortinar a realidade ficcionalizada através do prazer que o texto lhe proporciona, como nos diria Barthes (2004). O leitor necessita encontrar no texto algo que lhe proporcione um desejo de seguir adiante, de dialogar com o narrador, com as personagens, com o enredo. Mas esse diálogo poderá causar no leitor "prazer" ou "fruição", conforme mecanismos de identificação, ou de ruptura.

> Texto de prazer: aquele que contenta, enche, dá euforia; aquele que vem da cultura, não rompe com ela, está ligado a uma prática confortável de leitura. Texto de fruição: aquele que põe em estado de perda, aquele que desconforta (talvez até um certo enfado), faz vacilar as bases históricas, culturais, psicológicas do leitor, a consistência de seus gostos, de seus valores e de suas lembranças, faz entrar em crise sua relação com a linguagem. (BARTHES, 2004, p. 20-21)

Muito embora alguns estudiosos coloquem na figura do narrador a maior carga — daí que esse narrador é visto sob vários aspectos —, autor, texto e leitor não são categorias autônomas. Não é possível se conceber um texto que não esteja vinculado a um contexto de produção e de recepção. Um autor só concebe um texto para um leitor.

> Todo texto pressupõe o gesto de escrita e o de leitura. O sentido não está em um único lugar — não está na intenção autoral, nos dados imanentes da linguagem, nem no olhar puramente subjetivo do leitor. Os sentidos estão sempre em circulação, em trânsito pelos

três espaços. A significação é um processo, no qual entram em constante diálogo gestos de concepção, realização e reconfiguração. (SANTOS, OLIVEIRA, 2001, p. 17)

## AS VOZES NARRATIVAS

Muitos estudos têm se voltado para o ponto de vista da narrativa ou para o olhar do narrador, ou seja, para o lugar de onde se enuncia o discurso narrativo. Sendo assim, a narrativa é construída por meio de uma série de convenções que se revelam a partir de um narrador. Foco, visão, ponto de vista, perspectiva são palavras comumente usadas para designar a posição do narrador de acordo com o modo como ele se relaciona com o mundo, com a coisa narrada, aproximando-se ou distanciando-se, imprimindo ou não sua subjetividade.

Gérard Genette (1979), por exemplo, definiu o narrador, de acordo com sua diegese, em heterodiegético, autodiegético e homodiegético. E, seguindo os parâmetros de Genette, heterodiegético é o narrador que tem uma visão por detrás do texto, ou seja, aquele que é privilegiado, que é onisciente. Esse narrador tanto pode saber tudo da trama como do psicológico das personagens. É ele quem controla todas as ações das personagens, mas, sendo estranho à narrativa, não compartilha tais ações, uma vez que não integrou nem integrará o universo diegético em questão. Mais comum no século XIX, exprime-se em terceira pessoa e possui certa autoridade sobre o texto que narra, já que sabe tudo o que se passa na história. Nessa classificação poder-se-ia enquadrar a narradora do romance *Rio-Paris-Rio*, contudo a narradora não cabe apenas nessa classificação, devido a outros critérios de avaliação do romance.

O narrador autodiegético vivencia a narrativa, com uma visão do lado de dentro do texto, narrando em primeira pessoa, participando das ações como personagem e se utilizando do monólogo interior. Relata suas próprias experiências como personagem central da história. Encaixam-se aqui quase todas as personagens dos romances eleitos para este estudo, à exceção da narradora do romance hidalguiano.

Homodiegético é o narrador que possui uma visão de fora e que, mesmo fingindo saber menos que as outras personagens, retira da história da qual participa informações necessárias para construir seu relato, descrevendo atitudes e características das personagens sem, contudo, fazer julgamentos explícitos. Algumas personagens, como Alice, de *Quarenta dias*; Luzia, de *Luzia*, e Valderez, de *Por escrito*, parecem se enquadrar nessa classificação; porém, como transitam também na anterior, fica difícil, na literatura recente, haver uma classificação única para a personagem narradora.

Para Todorov (1976), nenhuma "visão" do narrador existe em estado puro, o que torna problemática qualquer classificação. Ele, então, desloca a questão da "visão" para a questão da "voz" do narrador, com suas variações e graus de intervenção no texto. Segundo ele, uma das formas mais frequentes dessa intervenção ocorre quando o narrador se encontra representado no próprio texto. Em muitos casos, ele não é uma personagem comum, e desempenha o papel de escritor.

Todas as personagens analisadas cabem na classificação todoroviana. São personagens que se reescrevem nas suas narrativas, em geral narrando em primeira pessoa: a personagem sem nome, de *A chave de casa*; Alice, de *Quarenta dias*; Luzia, de *Luzia*; Valderez, de *Por escrito;* a personagem sem nome de *Mar azul*; Anna Marianni, Maike e a Avó, de *Com armas sonolentas* e a própria Maria, de *Rio-Paris-Rio.* De toda maneira, nessa classificação, o narrador pode aparecer estrategicamente representado, como protagonista, ou pode, simplesmente, aparecer como testemunha discreta, alguém que olha a cena e conta o que vê, como ocorre com Maria, que, apesar de ser protagonista, não só vivencia as cenas como reconta em terceira pessoa suas vivências, e com a Avó, de *Com armas sonolentas*, que aparece constantemente na cabeça da narradora, como uma segunda voz, representando uma genealogia de mulheres.

Das teorias de Todorov às teorias contemporâneas, o que vemos é a evidente "crise" em torno da figura do narrador, à medida em que são problematizados o sujeito que narra e o modo como narra.

> Atualmente, afirma-se que a posição de um sujeito pleno é cada vez mais insustentável, porque se torna impossível para o sujeito dominar a complexidade que envolve os campos do saber, do poder ou da História. (SANTOS, OLIVEIRA, 2001, p. 9)

Estaríamos, então, assistindo à morte do narrador? A resposta seria: sim, se esse narrador for o "dono absoluto" da narrativa, com todas as certezas e saberes. Não, se pensarmos em narradores fragmentados, de acordo com o mundo onde estão inseridos, como é o caso das sociedades contemporâneas, cosmopolitas, multiculturais. O narrador contemporâneo é um narrador que reflete seu tempo, sua subjetividade:

> [...] o narrador é um conjunto de pontos para onde confluem várias forças — confluências que se potencializam. No texto, superfície de encontros e cruzamentos em que todas as vozes são simuladas — livres e nômades —, assiste-se à agonia da linguagem idealizada e à dissolução daquele que tem a pretensão de detê-la. Não são estáveis nem o que é dito, nem aquele que diz: a subjetividade é uma forma de imaginação. (SANTOS E OLIVEIRA, 2001, p. 10)

Ratificando esse pensamento, o homem contemporâneo é um ser descentrado, que transita entre inúmeras possibilidades de vida. Um ser que, ao se deslocar, pode tanto se perder como pode se encontrar. Um ser inseguro, acuado, deprimido, angustiado, melancólico, mas que necessita, em alguma medida, de um ponto de equilíbrio, de um eixo. Um ser que, ao buscar esse eixo e uma (nova?) identidade, transita no limite do não-ser. Fruto do desespero e da desordem existencial, esse narrador-personagem contemporâneo precisa "escrever-se", precisa "falar-se", numa tentativa às vezes frustrada de juntar seus pedaços, de inteirar-se.

> Essa perda de um "sentido de si" estável é chamada, algumas vezes, de deslocamento ou descentração do sujeito. Esse duplo deslocamento — descentração dos indivíduos tanto de seu lugar no mundo social e cultural quanto de si mesmos — constitui uma "crise de identidade" para o indivíduo. (HALL, 2015, p.10)

Daí que Santos e Oliveira nos apresentam o narrador contemporâneo, ou, como eles mesmos insistem em dizer, o narrador-copista, ou seja, "aquele que lê e escreve ao mesmo tempo" sem ser "um simples glosador de textos alheios, porquanto faz uso da reelaboração incessante do material sedimentado pela tradição" (SANTOS, OLIVEIRA, 2001, p. 39), modificando-o por meio do seu discurso. Esse é, então, o narrador-leitor que se utiliza do "pastiche", que lhe permite um duplo movimento: repetir transformando e acrescentando seu ponto de vista, sua (re)leitura.

> Há um entrelaçamento do par escrever/ler, ou seja, a leitura torna-se uma forma de escrita e vice-versa. O copista realiza um passeio pela memória cultural e, através do intercâmbio de textos, aponta para a leitura interminável. É no jogo do ler/reler/escrever/reescrever acoplado ao jogo de esquecer/lembrar, que a escrita do narrador-copista se faz. (SANTOS, OLIVEIRA, 2001, p.41)

Interessante lembrar que todas as personagens femininas estudadas aqui são narradoras e protagonistas que escrevem suas histórias, ou, pelo menos, têm a intenção de escrevê-las. Todas estão munidas de leituras e releituras de suas *vidas* para "tornar públicas" suas *experiências* (trata-se, assim, de vida ficcional, fora do mundo real); são, portanto, personagens-escritoras.

## ESPELHO, ESPELHO MEU, EXISTE MAIS ALGUÉM ALÉM DO "EU"?

Há uma tendência crescente de as autoras empíricas utilizarem em suas narrativas personagens centrais que são também escritoras num processo de dupla escritura ou dupla narrativa (a escritura do autor e a do narrador duplicado: aquele que narra e é também escritor; ou seja, narra sua própria "realidade", reinventando-a), pois parecem, em alguma medida, utilizarem-se de tal recurso para ficcionalizarem-se a si mesmas, criando autobiografia ou autoficção, conforme já apontado por Figueiredo (2013).

Personagens-escritoras que se reinscrevem no texto são *seres de papel* que produzem outros *seres de papel*, uma vez que (re)produzem suas próprias histórias, baseadas nas suas "realidades" (ficcionais). Dessa forma, lanço mão da expressão cunhada por Lejeune (2014), "pacto autobiográfico", por entender que há um pacto entre os sujeitos ficcionais que escrevem e são escritos, e desses para com os seus leitores, uma vez que são reflexos das autoras empíricas das obras.

São mulheres espelhadas, (re)inventadas, tendo em vista que são (re) escritas pelas próprias personagens de acordo com seus desejos e necessidades, em conformidade com o que buscam do lado de fora. Desejos e necessidades como *espelhismo* umas das outras. Novamente encontro eco nas pesquisas de Eurídice Figueiredo quando ela afirma que

> Apesar de ser difícil fazer a separação clara entre personagem/narradora/autora em muitos dos romances analisados, deve ficar claro que mesmo a figura da escritora já é uma ficcionalização, porque não há como escrever sem organizar, selecionar, dar ênfase, ocultar ou velar, criar um certo suspense de maneira a manter o interesse do leitor; em suma, a escrita literária exprime paradoxalmente, a verdade e a mentira. (FIGUEIREDO, 2013, p. 10-11)

Igualmente, o que pude perceber, ainda, é uma mudança paradigmática nas narrativas, desde os séculos passados. Se antes a mulher era o objeto para o qual se dirigia a narrativa como forma de explorar seus anseios de "mocinhas casadoiras" do século XIX (que tinham no lar, no casamento e no sofrimento por um amor idealizado o centro absoluto das atenções, reproduzindo um *status quo* do poder patriarcal) e, mais tarde, no século XX, outras formas de representação, como as personagens sofridas e solitárias, ou mulheres que tinham na loucura uma forma de libertação (séculos XIX e XX), na narrativa do século XXI o que há são narradoras-escritoras, mulheres que protagonizam suas vidas, mulheres que (re)escrevem (literalmente) suas vidas, que subvertem o *status quo* pela escrita, já que escrever é, por si só, um dos mais importantes atos subversivos. É uma conquista da mulher contemporânea poder dizer-se; poder (re)afirmar sua identidade, pois, como esclarece Figueiredo,

> Ao criar a personagem escritora, que se desdobra em vários papéis, as autoras encontraram a estratégia narrativa para se colocar em cena de maneira especular, já que se veem como uma outra que escreve, como um outro duplo de si. A particularidade da imaginação autobiográfica reside em sua capacidade de desdobramento narcisístico, o que permite para o sujeito inventar para si um duplo e tornar possível uma forma de autoficcionalização. (FIGUEIREDO, 2013, p. 74)

O ato de escrever como uma forma de reafirmação da vida, depois da palavra oral, ou junto com a palavra oral, é uma manifestação de que é preciso não só mostrar que "*se*" *existe* no meio do caos, mas *para que "se" existe/vive*. O mundo só existe pela palavra, pelo verbo. É a palavra a única forma de diferir o ser humano, de libertá-lo. Similarmente, para o crítico e romancista argentino Ricardo Piglia, há uma relação intensa entre a palavra escrita e a vida.

> De todo modo, a escrita tem uma vantagem sobre a vida, porque a escrita permite que façamos "apagamentos". [...] Pensamos haver vivido o que vivemos como se fosse um "apagamento", algo que pode ser transformado. A escrita é o lugar onde os "apagamentos" da vida são possíveis, talvez por isso, se faça literatura. Agora, isso, ao mesmo tempo, é muito ridículo. Isso é ser um palhaço, porque supõe algo tão irrisório como pretender que seja possível reconstruir em uma espécie de laboratório, e com palavras, a experiência. E é ridículo, porém, tem, todavia, uma carga de paixão que faz com que escrever seja uma das experiências mais intensas da vida. Isso explica essa ambiguidade [...]. (PIGLIA, 2014, p. 105; livre tradução minha)

É, portanto, nessa "paixão" de dizer-se e apagar-se e dizer-se de novo, passando-se a limpo, a que Piglia que se refere, que está a escrita como reflexo da realidade na qual a mulher atual se insere, reescrevendo-se quantas vezes forem necessárias. É essa personagem-escritora que, numa espécie de "pacto autobiográfico" com o leitor, autoproclama-se numa dupla narrativa refletida, ou "especular", a sua e a de sua criadora, como aponta Philippe Lejeune (2014), uma vez que, segundo o estudioso, não há isenção total do autor sobre sua criação, além de que é o leitor o único que fielmente idealizará tal pacto, que já está posto à medida que o pacto é a "afirmação no texto da identidade do autor, remetendo, em última instância ao *nome* do autor, escrito na capa do livro" (LEJEUNE, 2014, p.30). Lejeune refere-se também ao que trata de "romance autobiográfico", isto é, textos de ficção nos quais

> o leitor pode ter razões de suspeitar, a partir de semelhanças que acredita ver, que haja identidade entre autor e *personagem*, mas que o autor escolheu negar essa identidade, ou, pelo menos, não afirmá-la. (LEJEUNE, 2014, p. 29)

Nos romances em primeira pessoa, em que há personagens protagonistas que narram e escrevem ao mesmo tempo, parece haver mais nitidamente esse duplo pacto: o da personagem-escritora (ou sujeito ficcional) com a autora empírica, e o da personagem com o leitor, pois, ao haver uma personagem que também escreve, haverá uma mudança de foco no que Lejeune denomina de "contrato" entre leitor e autor.

> A importância do contrato pode ser, aliás, comprovada pela própria atitude do leitor que é determinada por ele: se a identidade não for afirmada (caso da ficção), o leitor procurará estabelecer semelhanças, apesar do que diz o autor; se for afirmada (caso da autobiografia), a tendência será tentar buscar as diferenças (ERROS, deformações etc.). Diante de uma narrativa de aspecto autobiográfico, a tendência do leitor é, frequentemente, agir como um cão

> de caça, isto é, procurar as rupturas do contrato (qualquer que seja ele). (LEJEUNE, 2014, p. 31)

Assim, haverá por parte do leitor grande interesse em desvelar o que está por trás das estruturas narrativas. "O leitor é convidado a ler os romances não apenas como ficções remetendo a uma verdade da "natureza humana", mas também como *fantasmas* reveladores de um indivíduo" (LEJEUNE, 2014, p. 50).

Na difícil esteira de separar autobiografia de autoficção, Figueiredo destaca que:

> Na autoficção biográfica o escritor está no centro da intriga, a história contada se oferece ao leitor como sendo verdadeira, ou ao menos, plausível, verossímil. [...] Nesse tipo de autoficção o autor usa frequentemente o nome próprio, o que é muito valorizado atualmente; no entanto, é de se observar que muitos escritores já fizeram isso em todos os tempos, com a diferença que não tinha o mesmo peso que tem nos dias de hoje, em que o nome próprio (associado à identidade) e a exposição da imagem estão em evidência. Vincent Colonna considera que o aparecimento do termo "autoficção" pode ser servido para dar novo impulso ao romance autobiográfico, um gênero que estava em baixa. [...] Na autoficção especular o escritor está presente, porém não é o protagonista da história. [...] Na autoficção intrusiva (ou autorial) o escritor está à margem da intriga, porém através do narrador, ele comenta a ação ou faz uma digressão [...]. (FIGUEIREDO, 2013, p. 64-65)

Dos romances analisados, há ainda aqueles narrados em primeira pessoa nos quais não aparecem os nomes das personagens-escritoras, ou seja, são personagens centrais sem nome, como em *A chave de casa*, de Tatiana Salem Levy, e em *Mar azul*, de Paloma Vidal, intensificando ainda mais o caráter autobiográfico e/ou autoficcional (não farei a distinção classificatória), já que a autoficção, conforme Figueiredo, é

> um romance autobiográfico pós-moderno, com formatos inovadores: são narrativas descentradas, fragmentadas, com sujeitos instáveis que dizem "eu" sem que se saiba exatamente a qual instância enunciativa ele corresponde. (FIGUEIREDO, 2013, p. 61)

Para Ana Cláudia Viegas,

> As narrativas em primeira pessoa em que narrador e autor empírico se hibridizam pela presença de referências biográficas reiteram ainda mais esse trânsito entre vida e obra, atuações públicas do escritor e sua escrita. Daí o conceito de "autoficção" como discursos que, ao mesmo tempo, não têm um referente extratextual, mas também não se desligam completamente dele. (VIEGAS, 2006, p. 16)

Segundo Antoine Compagnon, a literatura é capaz de reunir muitas particularidades em torno dela, "as crenças, as emoções, a imaginação e a ação, o que faz com que ela encerre um saber insubstituível, circunstanciado e não resumível sobre a natureza humana, um saber de singularidades" (COMPAGNON, 2009, p. 45). É esse saber de singularidades captado pelo leitor a forma mais importante de "preservar e transmitir a experiência dos outros, aqueles que estão distantes de nós no espaço e no tempo, ou que diferem de nós por suas condições de vida" (COMPAGNON, 2009, p. 47).

## O *SUJEITO RESSUSCITADO* BUSCA UM LAR

Com a "morte do autor" barthesiana, em 1960, o autor perde a primazia sobre seu texto. O texto e o leitor passam a ser tratados como entidades autônomas, ressaltando-se a linguagem e a impessoalidade da escrita. Para Beatriz Sarlo (2007), a grande contribuição de Lejeune diz respeito à "guinada subjetiva", ou ao retorno do autor à cena, pois, com o "pacto autobiográfico", estabelecido entre leitor e autor, proposto por Lejeune, o que ocorre é o que Sarlo (2007) chama de "sujeito ressuscitado", ou seja, o sujeito ressurge como figura central do debate epistêmico das últimas décadas:

> [...] produziu-se no campo dos estudos da memória e da memória coletiva um movimento de restauração da primazia desses sujeitos expulsos durante os anos anteriores. Abriu-se um novo capítulo que poderia se chamar 'O sujeito ressuscitado'. (SARLO, 2007, p. 30)

Cito, a seguir, trechos dos romances estudados, nos quais as personagens centrais, numa narrativa auto e/ou homodiegética, conforme os parâmetros de Genette (1979) e, de acordo com sua voz, como observou Todorov (1976), ilustram essa visão de dentro do ato de narrar, porque, conhecedoras das histórias, inserem-se nelas para (re)contá-las, (re)afirmá-las, registrá-las de acordo com sua ótica, já que delas são protagonistas, ou, parafraseando Beatriz Sarlo (2007), são "sujeitos ressuscitados" que narram por meio das "escritas de si".

Alice, de *Quarenta dias*, de Maria Valéria Rezende, se reinventa à medida que decide escrever sua própria história, ficcionalizando partes que não são "reais", numa dupla narrativa, uma vez que precisa encontrar a si mesma, encontrar o seu eixo, e não sabe por onde começar, já que sua vida está um caos.

> Entrei neste apartamento — ainda não consigo dizer "em casa", tento, mas não há jeito — agora há pouco, exausta, carregando um furdunço no peito, sem saber onde despejar essa balbúrdia de imagens, impressões, sentimentos acumulados por quarenta dias, dei de olho na Barbie e soube logo em quem vou descarregar tudo isso. Por sorte o caderno estava ali mesmo, perto da porta de entrada, na mesinha do telefone onde eu deixei desde que desfiz as malas, sem ter o que fazer com ele. [...] E aqui estou vomitando nestas páginas amareladas os primeiros garranchos com que vou enchê-los até botar tudo pra fora e esconjurar toda essa gente que tomou conta de mim e grita e anda pra lá e pra cá e chora e xinga e gargalha e geme e mija e sorri e caga e fede e canta e arrenga e escarra e fala e fode e fala e vende e fala e sangra e se vende e sonha e morre e ressuscita sem parar. (REZENDE, 2014, p. 14-15)

Chama atenção no trecho acima também a questão da "casa" no sentido de lar, pois Alice não se reconhece naquele apartamento, naquela cidade, naquele lugar onde foi "posta" pela filha. Há, então, a necessidade de achar um sentido para sua "nova" vida, para seu "estar no mundo" com sua solidão, longe de sua antiga casa, pertences, amigos e/ou parentes. Longe de sua outra vida, Alice precisa reinventar-se, precisa também ser outra. Nessa reinvenção, o não reconhecimento do espaço no qual está inserida, ou seja, aquela determinada "casa", é um fator primordial para a fuga, e, consequentemente, para levar adiante seus planos, o que inclui produzir escrita. Ser protagonista de sua história é uma necessidade premente para Alice, uma vez que será pela escrita que ela terá condições para suportar todas as adversidades e a sensação de não-pertencimento, de um não-lar.

Marc Augé, em seus estudos antropológicos sobre o que diferencia os "lugares" dos "não-lugares", afirma que

> O personagem está em casa quando fica à vontade na retórica das pessoas com as quais compartilha a vida. O sinal de que se está em casa é que se consegue fazer entender sem muito problema, e ao mesmo tempo se consegue entrar na razão de seus interlocutores sem precisar de longas explicações. O país retórico de um personagem para onde seus interlocutores não compreendem mais as razões que ele dá de seus fatos e gestos, nem as queixas que ele formula ou as admirações que manifesta. Uma perturbação de comunicação retórica manifesta a passagem de uma fronteira, que é preciso, é claro, ser representada como zona fronteiriça, um limite, mais do que como uma linha bem traçada. (AUGÉ, 2007, p. 99)

Alice acaba por caminhar para essa fronteira com o intuito de ultrapassá-la, já que se sente "despertencida" e inadaptada em Porto Alegre e também naquele "tabuleiro de xadrez" que é o apartamento moderno com o qual ela não se identifica e do qual é uma "peça" solta, que não se encaixa. Alice ganha as ruas. Flana por quarenta dias à procura de sua história, de pertencimento, de acolhimento.

> Paciência, metade de suas páginas ainda estão vazias e eu começando a contar o segundo dos meus quarenta dias, e desse dia ainda me lembro, acho, os percursos e paradas que fiz. Não se preocupe, nem que eu queira vou conseguir contar tudo direitinho, dia por dia, porque na medida que fui me tornando mais e mais gaudéria, vagando solta e sem bússola nenhuma, a não ser meu fugidio Cícero Araújo, tudo foi perdendo a nitidez, o compasso, o ritmo e só me deixou na memória uma longa procissão de rostos e dores [...]. (REZENDE, 2014, p. 157)

Alice não é somente a narradora de *Quarenta dias*: ela se insere duplamente, mostrando ao leitor empírico que é ela quem controla sua história. É ela a autora ou o sujeito ficcional, ou seja, o que percebi nesse — e nos outros — romances é uma tentativa de subversão à narrativa, a partir do momento em que as narradoras e personagens centrais escrevem-se a si mesmas nos textos, tornando-se (co)autoras de suas histórias, intensificando a ideia do sujeito ficcional. A esse respeito, Sérgio de Sá (2010) nos aponta Rimbaud, pois *Je est un autre*. De acordo com Sá, a esse respeito,

> Eu é um outro reelaborado no discurso literário, eu reinventado, eu-ficção, eu me comunico comigo, sem mediações massivas, eu-emissor interpretado por eu-receptor via literatura. Na elaboração desse duplo do autor (e não do escritor), a viagem é o próprio traçado contraditório da escrita. Viagem ao umbigo, de onde tudo (se) partiu. Durante o trajeto, o romance escreve a vida do narrador e do autor. O leitor lê o romance que está sendo escrito. Construção e leitura progridem com o virar das páginas e essa é a viagem literária: o caminho que se faz ao caminhar, frase a frase, palavra a palavra, pontuação a pontuação. Sendo assim, a viagem interna mais uma vez se sobrepõe. A geografia da subjetividade romanesca acaba por ser mais importante. (SÁ, 2010, p. 135)

Valderez, de *Por escrito*, faz o mesmo, na tentativa desesperada de registrar suas vivências, de fazer com que suas experiências se tornem "reais":

> E ponho isso por escrito porque posso não estar presente aí, para te falar. Você e o cachorro, minhas frases na tela do teu computador, na tua frente. Pode ser que eu não esteja. Ou sou eu que me obrigo a deixar essa possibilidade sempre aberta. (VIGNA, 2014, p. 308)

A personagem dá indícios de que escreve, logo no início da narrativa, pois toma nota de tudo que lhe ocorre: "Depois, no aeroporto, vou tomar nota do passeinho da manhã e é fácil dizer que não sei por que tomo nota, mas eu sei" (VIGNA, 2014, p. 10). Ou também: "Não disse nem para mim mesma. Mas fotografo tudo, anoto tudo, os detalhes. Para que não sumam, para que não acabem (VIGNA, 2014, p. 11).

Valderez guia o leitor e lhe dá pistas de que possui controle absoluto sobre os acontecimentos, que vêm a sua mente como cenários que não permitem qualquer mudança, mas que ao fim e ao cabo poderão ser substituídos de acordo com o lugar para onde ela se deslocará: "Primeiro cenário: eu anuncio mal entro no escritório: adeus. Ou mais provável: eles me despedem [...] ou ambos" (IBID., p. 11).

A linguagem vigniana de desconstrução de imagens vai se afirmando nas lacunas e entrelinhas ao mesmo tempo em que a personagem-escritora vai escrevendo e se inscrevendo no texto. É uma linguagem trabalhada no limite da fragmentação, da diluição, em *flasbacks*, resgatando o passado e trazendo-o para o presente. Valderez avança junto com a fragmentação e a fluidez de sua linguagem, entre idas e vindas, partidas e chegadas, aeroportos e rodoviárias, degraus e cadeiras, quartos de hotéis e estações de metrô, observando cenas, à moda de um *vouyer*, ao mesmo tempo em que anota tudo em seus bloquinhos. As cenas se passam como fotografias, com a rapidez de um *click*, pois, conforme Barthes, a fotografia é

> contingência pura e só pode ser isso (é sempre alguma coisa que é representada) — ao contrário do texto, que pela ação repentina de uma única palavra, pode fazer uma frase passar da descrição à reflexão —, ela fornece de imediato esses detalhes que constituem o próprio material do saber etnológico. (BARTHES, 1984, p. 49)

Passado, presente e futuro mesclam-se na narrativa, fazendo com que o leitor mergulhe cada vez mais fundo na tentativa de compreender a alma humana, talvez de fotografá-la, como a narradora, a fim de compreendê-la, aprisionando detalhes, momentos, lembranças.

Com um estilo próprio, Elvira Vigna leva o leitor às últimas consequências, absorto em banalidades que, na verdade, são verdadeiras teses sobre o comportamento humano em todas as suas fragilidades. Essa é, aliás, uma característica presente em todos os romances vignianos. Ressalto que o universo vigniano diz respeito a indivíduos problemáticos num mundo também cheio de incertezas e inseguranças, que desliza (e desmorona) tanto quanto desaparecem as pegadas de seus habitantes; talvez, por isso, a ideia dos lugares fixos seja quase uma obsessão no romance *Por escrito*. É a partir dessa mobilidade do mundo que as personagens cambaleiam para se manter em pé, indo em busca de algo mais. Daí a ideia de que a fotografia poderia fixar impressões, mas, ao mesmo tempo em que Valderez deseja olhar o mundo através das lentes, ela tem a necessidade de narrar esse mundo de *dentro* e de *fora,* de dar mobilidade a ele, registrando o movimento através das palavras.

A respeito de problematizar a vida das personagens, Georg Lukács teoriza sobre as diferenças entre o mundo real e o mundo ideal a que estão submetidos os indivíduos, pois há um "abismo intransponível entre a realidade do ser e o ideal do dever-ser [...]" (LUKÁCS, 2009, p. 79). Daí ele aponta para uma forma de "autoaniquilação" ou de "autocrítica" como algo positivo para a busca da interação entre o mundo exterior e a interioridade do indivíduo:

> Quando o indivíduo não é problemático, seus objetivos lhe são dados com evidência imediata, e o mundo, cuja construção os mesmos objetivos realizados levaram a cabo, pode lhe reservar somente obstáculos e dificuldades para a realização deles, mas nunca um perigo intrinsecamente sério. O perigo só surge quando o mundo exterior não se liga mais a ideias, quando estas se transformam em fatos psicológicos subjetivos, em ideais, no homem. Ao pôr

> as ideias como inalcançáveis e — em sentido empírico — como irreais, ao transformá-las em ideais, a organicidade imediata e não problemática da individualidade é rompida. Ela se torna um fim em si mesma, pois encontra dentro de si o que lhe é essencial, o que faz de sua vida uma vida verdadeira, mas não a título de posse ou fundamento de vida, senão como algo a ser buscado. (LUKÁCS, 2009, p. 79)

É esse "algo a ser buscado" apontado por Lukács (2009) que perpassa as personagens deste estudo, uma vez que, para se deslocarem pelo mundo exterior, precisam primeiro lidar com a subjetividade, com a representatividade, só alcançada quando interior e exterior se interconectam.

A personagem inominada de *Mar Azul*, de Paloma Vidal, também assume seu fluxo narrativo como escritora:

> Para quem escrevo? A pergunta em algum momento tinha que ser feita. Por mim, já que não aparece nas páginas dele que agora tenho entre as mãos e que ele deixou jogadas numa caixa para alimentar o tempo. (VIDAL, 2012, p. 61)

Ela escreve para resolver (o que está dentro, oculto) o dilema do abandono, pois, ao ler os "cadernos azuis" de seu pai, que era também escritor, ela se procura naquelas páginas, as quais ele escrevia para preencher o tempo.

> Para mim meu pai era uma pergunta. Que eu tenha acostumado com essa suspensão talvez seja o dado mais singular da minha infância. Mas houve um momento em que soube e aceitei que a resposta não viria; que meu pai não viria, não retornaria para me encontrar, que ele havia abandonado sua cidade para sempre, supondo isso, a existência naquelas ruas, naquele bairro, entre casas baixas e desiguais, com meninas que à tarde se sentavam para esperar o tempo passar, entre um carro esporádico e outro, um velho indo ao armazém, uma bicicleta oscilante nas calçadas rotas, supondo que isso fosse para ele uma realidade em que ele se reconhecia. Supondo isso sem saber. (VIDAL, 2012, p. 61-62)

A personagem sem nome, que decide escrever, procura incessantemente por algum vestígio seu, algo que diga sobre sua existência, mas o pai não lhe deixa quase nada. Tudo são impressões, devaneios, um amontoado de códigos com os quais ela tenta dialogar:

> Passo a vista. Viro as páginas. Rapto uma ou outra frase. Me intrigam principalmente as listas de datas. 1902, 1917, 1924, 1925, 1932, 1946, 1956. [...] De repente uma espécie de descrição ou declaração: *la pulsión de irse*. (VIDAL, 2012, p. 110)

Enquanto procura, escreve, reconta, já que narrar é contar de novo, conforme Benjamin (1986). Assim, ela vai mesclando passado e presente num resgate à memória. É uma mulher idosa e solitária que escreve seu passado de abandono, silêncios e imprecisões. Mulher que parece ter congelado sua vida nas lembranças, pois não há novos acontecimentos a ser ditos no presente.

> São duas da manhã e não consigo dormir. Fico me perguntando o que vai acontecer quando estes cadernos acabarem. Percebo que minha letra aumentou nos últimos anos. Ela fica maior quando escrevo sobre sonhos e diminui com as lembranças mais antigas, como um peculiar efeito de perspectiva. Agora o tamanho é intermediário, porque estou no presente. É onde quero me manter ainda que cansada. Nele há bastante silêncio. Minha mente está tranquila. Meus pés não doem. A terra gira sobre seu próprio eixo a cerca de 1670 quilômetros por hora. (VIDAL, 2012, p. 117)

Confessa querer escrever no silêncio do presente as recordações do passado. Sua vida é monótona e vazia, sem amigos, sem qualquer companhia, sem atividades, a não ser a escrita, ir a médicos e às aulas de natação. Gosta de estar em contato com a água para reequilibrar-se, para tentar permanecer no presente. É uma nadadora exímia. A água e a cor azul têm ambas uma simbologia muito grande na narrativa da personagem-escritora de Vidal, pois constituem um resgate de sua memória infantil, quando, em companhia do pai durante as férias escolares, viu pela primeira vez o "mar azul".

Há muitas significações simbólicas para a água. Aqui, a meu ver, significa a "infinidade dos possíveis", ou seja,

> mergulhar nas águas para delas sair sem se dissolver totalmente, salvo por uma morte simbólica, é retornar às origens, carregar-se de novo num imenso reservatório de energia e nele beber uma força nova: fase passageira de regressão e desintegração, condicionando uma fase progressiva de reintegração e regenerescência. (CHEVALIER, GHEERBRANT, 2006, p. 15)

> O azul é a mais profunda, pura, imaterial e fria das cores. Representa o infinito, diante de uma perpétua fuga, o vazio, a transparência. Pode também, em linguagem popular, significar perda, falta, ablação e castração. (ibid., p. 107-109)

Portanto, a cor azul possui conotações positivas e negativas, podendo ser vista no texto de Vidal de ambas as formas.

Luzia, de Susana Fuentes, escreve desde a infância, desde que sofre o estupro. Recorre à memória, para trazer de volta o passado, numa tentativa de "desengavetar" as lembranças e continuar viva. Para isso, decide retomar seu processo de escrita depois de décadas, já adulta, com mais de trinta anos. Precisa ouvir-se. Recorre aos seus duplos, ao seu *alterego*, como possibilidade de resgate de si mesma (a questão dos duplos se verifica "no conhecimento e na consciência de si mesmo, entre o *eu* cognoscente e consciente e o *eu* conhecido ou inconsciente" (OP.CIT., p. 353).

> O começo de uma história faz entrar em cena a paisagem que forra os meus sonhos e que é puro aconchego. O início, apenas. Porque depois posso ferir-me. É bom esquecer dos perigos, porque aí avanço, dou o primeiro passo. Não é a página em branco que me assusta, é tudo que virá nela. [...] Vejo aqui seus cadernos, Luzia. Tantos anos depois, desejo contar esta história, a sua história. Nesta profusão de folhas tento encontrar você. Você se espalha entre os cadernos, você se esconde. Uma forma de se ocultar é ficar bem à

> vista. Passo a mão no rosto. Cabe a mim inventar um início. Reunir pedaços. É todo o meu corpo que deseja começar. Porque foi nele que você começou a escrever. (FUENTES, 2011, p. 13)

Está clara na narrativa a forte presença dos duplos: Luzia é ela, a que sofre o abuso, e é a outra, a que escreve, a que rememora, a que lança mão da dor da outra para produzir escrita:

> Um dia vou-me daqui, Luzia, destas folhas. Mas você não. Você vai em frente. (Vou com o que aprendi de você. Entre assombros e susto de escrever. Você segue e vive, respira e vira as páginas. Quando terminar eu lhe deixo para ser outra. (FUENTES, 2011, p. 14)

Ainda sobre o processo de escrita, até a exaustão, como forma de libertar-se da culpa, de emergir das amarras que a prendiam no passado:

> Começava uma nova história. Criava precedentes. E desta vez trazia sua infância também para este mundo. Procurou na bolsa o caderno e abriu numa página em branco. Pediu às páginas: vejam como podem amparar meus atos. Senão, meus atos se sentem culpados, espionados, vencidos. E esperou vir a primeira frase. [...] No Rio, o mar invadiu a cidade, arredondou as praias e as montanhas. Chegar de viagem é assim. Luzia escreve à exaustão, já, já preenche o caderno até o final. (FUENTES, 2011, p. 143)

Está clara no trecho, a necessidade do deslocamento para produzir escrita. Luzia foi às origens e voltou para sua cidade natal, o Rio, com o intuito de buscar sua história (de vida). De posse de sua história, Luzia principia uma autobiografia.

A personagem sem nome do romance *A chave de casa*, de Tatiana Salem Levy, diz-se escritora desde a primeira página da narrativa. Só a escrita é capaz de libertá-la dos fardos do passado, da sua herança ancestral, da sua dor de carregar o mundo desde o nascimento. Mas a história ainda precisa ser escrita à medida que o passado é trazido para o presente. Através da memória da narradora, a escrita vai se tecendo, ponto a ponto, até estar totalmente pronta para ser dita publicamente.

> Escrevo de mãos atadas. Na concretude imóvel do meu quarto, de onde não saio há longo tempo. Escrevo sem poder escrever e: por isso escrevo. De resto, não saberia o que fazer com este corpo que, desde a sua chegada ao mundo, não consegue sair do lugar. [...] Nunca falo sozinha, falo sempre na companhia desse sopro que me segue desde o primeiro dia. [...] Não que eu seja uma pessoa triste. Não se trata de ser ou não ser feliz, mas de uma herança que trago comigo e da qual quero me livrar. Nem que para isso tenha que correr riscos sem medida [...] No entanto, as palavras ainda me escapam, a história ainda não existe. [...] Quem sabe aos poucos, quando eu conseguir dar os primeiros passos, quando eu conseguir me libertar do fardo, não consiga também dar nome às coisas? E por isso, só por isso escrevo. (LEVY, 2009, p. 9-10)

A personagem confessa por que escreve: para dar nome às coisas que sente, para libertar-se do peso que está *dentro*. A personagem sem nome diz claramente que sua escrita é autobiográfica, que é necessária, e a partir daí estabelece um pacto com o leitor. Ela já o adverte sobre os caminhos que escolheu. É um processo duplo de escrita: o da autora empírica e o da autora ficcional. Conforme Lejeune, "A identidade *narrador-personagem principal*, suposta pela autobiografia, é na maior parte das vezes marcada pelo emprego da primeira pessoa" (LEJEUNE, 2014, p. 18). Contudo, para haver autobiografia, é necessário que haja uma "relação de identidade entre o *autor*, o *narrador* e o *personagem*" (LEJEUNE, 2014, p. 18). Essa proximidade é muito evidente no romance *A chave de casa*. De acordo com estudos de Elódia Xavier,

> Tatiana Salem Levy, nascida em Lisboa, usa sua ascendência judaica para criar o que chama de autoficção, em que a memória se embaralha em várias temporalidades, formando um contexto denso de significados. São várias vozes presentes, sendo dominante, como sujeito da enunciação, a da narradora/autora. O eixo condutor da

> narrativa é a procura do passado representado pela chave da casa do avô, casa situada em Esmirna, na Turquia. (XAVIER, 2012, p.118)

A personagem-escritora narra/escreve porque precisa libertar-se não apenas do peso do passado da tradição judaico-turca, representada pela chave da casa do avô, metáfora que a faz retornar às origens, como para livrá-la do sofrimento causado pelo amor/sexo abusivo e violento, que a faz perder a mobilidade e entregar-se ao sofrimento da solidão de uma "cama fétida".

> Fui perdendo a mobilidade depois que o conheci. Depois que o amei: depois que conheci a loucura através do amor, o nosso. Foi o amor (excedido) que me tirou um a um os movimentos do corpo, que me deixou paralisada nessa cama fétida de onde hoje não consigo sair. (LEVY, 2009, p.133)

Outro motivo para sua escrita é a morte da mãe, com quem mantém, mesmo depois de morta, fortes laços e profundos "diálogos" (ou monólogos interiores). É pela insistência da mãe, por rememorar/imaginar o que ela lhe aconselharia, que a narradora consegue, com grande esforço, recomeçar a vida. A mãe "funciona" como seu *alterego*. É pelas lembranças das dores da mãe, torturada nos "porões da ditadura" e depois aprisionada por um câncer que a paralisa lentamente, degenerando seu corpo, sua visão e chega ao estágio terminal, é por tantas dores, que ela escreve, pois, segundo a narradora:

> Conto (crio) essa história dos meus antepassados, essa história das imigrações e suas perdas, essa história da chave de casa, da esperança de retornar ao lugar de onde eles saíram, mas nós duas (só nós duas) sabemos ser outro o motivo da minha paralisia. Conto (crio) essa história para dar algum sentido à imobilidade, dar uma resposta ao mundo e, de alguma forma, a mim mesma, mas nós duas (só nós duas) conhecemos a verdade. Eu não nasci assim. Não nasci numa cadeira de rodas. Não nasci velha. Nenhum passado veio me assoprar os ombros. Eu fiquei assim. Fui perdendo a mobilidade

> depois que você se foi. Depois que conheci a morte e ela me encarou com seus olhos de pedra. Foi a morte (a sua) que me tirou um a um os movimentos do corpo. Que me deixou paralisada nessa cama fétida de onde hoje não consigo sair. (LEVY, 2009, p. 62)

A imagem da "cama fétida" é recorrente em sua narrativa. A cama que a aprisiona e da qual precisa se libertar. Conforme Elódia Xavier,

> Essa paralisia na cama fétida, a que ela faz referências constantes, tem um caráter metafórico. Representa tudo que cerceou sua ação, tanto o fardo do passado, como o amor violento, e também a morte da mãe. (XAVIER, 2012, p. 120)

No romance *Com armas sonolentas*, de Carola Saavedra, o que temos é uma voz polifônica. Uma voz de todas as mulheres — Anna Mariani, Maike, a Mãe (utilizo inicial maiúscula por se tratar de uma personagem sem nome que se insere dentro da narrativa memorialística das outras personagens) e a Avó — em uníssono, mesclando realidade e fantasia (sonho e imaginação) para dar à trama a verossimilhança fundamental para a compreensão do todo contínuo. É um romance em que todas as vozes, mesmo separadas por capítulos, fundem-se e gritam pela liberdade.

Há três capítulos que se repetem na mesma ordem, nas duas partes do livro (*O lado de fora* e *O lado de dentro*), com os seguintes nomes: "Anna"; "Maike"; "(Avó)" — este entre parênteses —, representando a genealogia de mulheres. A "Mãe", contudo, é a mãe de Anna, avó de Maike e neta da grande "Avó" (uma índia com conhecimentos místicos e ancestrais e que lê para a neta, depois de morta, poemas em língua original amazônica). A "Mãe" é a empregada doméstica de D. Clotilde, levada para o Rio aos 14 anos de idade, para ser "escravizada" pelos brancos burgueses. Todavia a Mãe e a Avó se fundem, pois, numa polifonia absurda, o leitor acaba por perder-se na identificação da voz de uma ou de outra (ambas são avós).

Carola inova ao lançar mão de versos, em espanhol, de sor Juana Inés de la Cruz, religiosa, poeta e dramaturga mexicana, considerada uma das vozes feministas do século XVII na América Latina.

A respeito da poesia libertária de sor Juana Inés de la Cruz, o poeta e ensaísta mexicano Octavio Paz esclarece que, para a freira, "la gracia" (p. 147), mesmo quando vista como "um favor negativo" (PAZ, 1972, p. 147), é indispensável para restabelecer a liberdade do ser humano.

> Com isso, não se quer dizer que a graça substitui a liberdade, senão que a restabelece. [...] Ao enfrentar o "pouco ser" do homem com o pleno ser de Deus, a religião postula a vida eterna, redimindo-nos, assim, da morte; porém, faz da vida terrestre uma enorme pena e uma expiação do pecado original. Ao matar a morte, a religião "desvive" a vida. [...] A morte está presente na vida: vivemos morrendo. E a cada minuto que morremos, vivemos. Ao nos tirar o direito de morrer, a religião nos tira a vida. Em nome da vida eterna, a religião afirma a morte desta vida. (PAZ, 1972, p. 147; livre tradução minha)

Ao inserir poemas de Juana Inés de la Cruz no corpo do romance, Saavedra parece querer reafirmar o processo de liberdade da mulher desde séculos passados, processo esse castrado pelas religiões judaico-cristãs que impõem o sofrimento e a morte como consequências do pecado original. Tal sofrimento perpassa as quatro personagens do romance, pois o "castigo" passa de geração em geração, até poder ser expiado.

O romance, centrado nas histórias de várias mulheres, reflete a importância do conhecimento da herança ancestral, pois o que uma faz reflete diretamente no destino da outra, como o castigo pelo "pecado" cometido.

As personagens, contudo, são como as bonecas russas, *matrioskas*: o lado de *dentro* tem sempre outro *dentro* para ser explorado, descoberto, compreendido. Assim, a trama se desenrola como um novelo, pois está centrada numa grande história de abandonos, de perdas identitárias, de fragmentação, de desencantamento e de solidão. Contudo, para Lukács, "a solidão é algo paradoxalmente dramático: ela é a verdadeira essência do trágico [...]" (LUKÁCS, 2009, p. 43). O que significa dizer que ela é necessária, pois

> pressupõe um alto grau de comunhão desses solitários para manter-se polifônica, verdadeiramente dialógica e dramática. [...] A solidão não é simplesmente a embriaguez da alma aprisionada pelo destino e convertida em canto, mas também o tormento da criatura condenada ao isolamento e que anseia pela comunidade. (LUKÁCS, 2009, p. 43)

A princípio, há uma nítida sensação de distopia — trazida à tona por esse processo de solidão e de abandono — corrigida à medida que a narrativa avança e que se busca elucidar os mistérios, pois toda história tem dois lados: *O lado de fora* (Parte I) e *O lado de dentro* (Parte II). Em cada uma das partes, entretanto, há narradoras e histórias distintas, que se repetem na mesma ordem (circular) em três capítulos, para, no final, entrecruzar-se (personagens e enredo). Ou seja, as personagens "Anna", "Maike" e "(Avó)" — que também dão nome aos capítulos de cada uma das partes — têm que narrar do "lado de fora" da história o que primeiro ocorreu do "lado de dentro" de cada uma, o que se dá através de um processo memorialístico, mesclando e confundindo as vozes narrativas, mesmo com a divisão dos capítulos. A narrativa está perpassada pelos duplos.

A Avó, sendo mística, faz alusão a uma determinada "fita", uma fita de dois lados (fita de Moebios (ou de Möbius) ou faixa de Moebios, criada pelo matemático e astrônomo alemão August Ferdinand Möbius, em 1958, é um espaço topológico que desafia os matemáticos, pois, com ambas as pontas coladas, o lado de fora e o lado de dentro são sempre um mesmo lado; ou seja, é o símbolo do infinito, que desafia as leis da física), e a uma casa perto de um determinado rio, "onde o lado de dentro e o lado de fora eram o mesmo lado", como a fita (SAAVEDRA, 2018, p. 133). Tal metáfora dá a ideia de que as histórias não têm fim, que se repetirão infinitamente através das gerações de mulheres. Há uma grande mística na narrativa, já que a Avó é uma índia que tem conhecimentos ancestrais.

Na verdade, a história é uma saga, uma epopeia de mulheres que, como a "Fita de Moebios", não se explica e não tem fim, já que todas elas abandonaram "o sítio natal" (SAAVEDRA, 2018, p. 174), como uma espécie de "praga" rogada nas gerações.

A Mãe de Anna fica no entrelaçamento de vozes, mas não é menos importante que as outras três. Das personagens, apenas Anna tem a veia artística, atuando nos palcos e escrevendo sua própria história, que será representada por meio de um monólogo forte e catártico. Anna Mariani é a representação das outras vozes, é a reunião das vozes. É quem escreve e atua. A polifonia das vozes centra-se na personagem que é escritora e atriz, porque é a única capaz de dar conta da narrativa; de libertar todas as outras personagens pela escrita, de transgredir, de subverter um ciclo de dores ancestrais. Por isso, considero que a polifonia das vozes ancestrais está centrada na personagem que tem condições de resgatar o passado e de regenerar a dor das outras, trazendo à tona sua própria dor. Anna Mariani, portanto, ao se colocar como uma escritora-atriz, recupera, pela memória, a "escrita" (o discurso) das outras três.

> A história começa assim: uma mulher muito jovem abandona o seu bebê. (*Pausa. Anna se aproxima do público*) Tento ser mais específica: uma mulher muito jovem abandona o seu bebê de poucos meses num parque. (*Pausa. Anna se aproxima ainda mais, quase na beira do palco*) Não, a história não é bem assim, tento ainda ser mais específica: uma mulher abandona o seu bebê. (*Pausa*) Essa mulher sou eu. (SAAVEDRA, 2018, p. 169)

Anna (re)conta não apenas sobre o bebê que abandonou, mas, num retorno ao passado, busca resgatar toda a sua história de vida, sua relação conturbada com a mãe, uma empregada doméstica, trazida do interior do Acre aos quatorze anos, arrancada de sua mãe, dos irmãos, da avó, para ser escravizada na cidade do Rio de Janeiro. Estuprada pelo filho mais velho do patrão, ela engravida de Anna, a qual lhe é tirada por D. Clotilde, a patroa, que oferece à menina todos os bens que o dinheiro pode comprar: roupas, passeios, escola cara, restaurantes etc. Anna, posteriormente, abandona a mãe para realizar o sonho de se tornar atriz de sucesso. Anna se envergonha da mãe, de pele "escurecida" e com "poucos dentes". Anna faz de tudo para alcançar a fama, incluindo abandonar "o sítio natal" (SAAVEDRA, 2018, p.174) para ir morar na Alemanha com Heiner, um cineasta alemão famoso, que, todavia, não a transforma na atriz que ela tanto almeja ser. Ela não gosta de Heiner, mas engravida e só o descobre aos quatro meses, rejeitando aquela criança já na gestação. Ao cabo, tem o bebê e sofre de depressão pré e pós-parto, decidindo após alguns meses abandoná-lo num parque, na pequena cidade alemã onde vive. O bebê é uma menina batizada de Maike, uma garota que cresce numa família rica alemã, mas se sente inadequada, vazia, com uma sensação de não pertencimento. Maike estuda Direito, mas decide aprender português, por achar bonita a sonoridade da língua; quer conhecer o Brasil, participando de um intercâmbio da universidade. Enfim, trata-se de um romance de entrelaçamentos e com a forte presença do realismo fantástico, pois Maike é surpreendida por revelações inusitadas ainda na Alemanha e, posteriormente, no Brasil. É também um romance que fala do colonizador e do colonizado, do "exotismo" brasileiro na visão do estrangeiro, do alemão. Diz muito dos muitos brasis dentro do Brasil, o da burguesia e o da miséria, o Brasil que explora e o que é explorado, o que oprime e o que é oprimido. É um romance que tem muito a dizer sobre as dualidades a que os seres humanos são acometidos, pois

> Escrever é relembrar a educação alienante, fazer uma viagem no tempo para resgatar destroços de um "eu" estilhaçado, usar a memória para recuperar um saber ancestral; escrever é se rebelar e dizer "não" a todas as pressões/repressões/opressões sofridas. E, ao cabo desse processo de desnudamento interior, a mulher que escreve acaba descobrindo uma identidade própria — ainda frágil, mas decidida a lutar em favor de sua realização. (FIGUEIREDO, 2013, p. 83)

Maria, a protagonista do romance *Rio-Paris-Rio*, de Luciana Hidalgo, se diferencia das outras personagens porque não é a narradora da trama, nem escritora. Contudo, Maria é perpassada pelo processo de escrita de forma dupla, pois, sendo estudante de Filosofia na Sorbonne e namorada de um poeta e artista de rua, Maria é transfixada pelos poemas do namorado misterioso e tenta, por meio deles, entender a verdadeira identidade de Arthur, um militante exilado em Paris durante a ditadura militar brasileira. Ela tenta, de todas as formas, escamotear sua verdadeira identidade, já que está em Paris porque o avô, um general brasileiro, envia-a para bem longe dos "subversivos" brasileiros. No entanto, há na personagem alguma ingenuidade, parecendo, a princípio, que está numa espécie de bolha, de redoma —, pois o que lhe importa é o seu "mundinho cartesiano" ao qual se entrega.

> O quarto de Maria tem toda a perfeição e simetria que ela espera do mundo. Quadrado, minúsculo, é cortado por linhas retas, com ângulos e lados iguais. Ela mede cada centímetro para se certificar das dimensões exatas e senta no X riscado no meio do chão. Nesse ponto fixo gira sua odisseia. Rios, oceanos, continentes cabem em poucos metros quadrados: paisagens imaginárias inspiram aventuras imóveis. Sem sair do quarto, Maria sonha no banal o extraordinário. (HIDALGO, 2016, p. 7)

Num ir e vir com Arthur pelas ruas da Cidade Luz, Maria é lançada em conflitos que não são seus e histórias que não são suas, como Maio de 68, e é a partir de então que começa a compreender os outros percursos da vida, acolhendo o namorado no seu quartinho e compartilhando com ele outras experiências. Por meio de um processo de identificação, de espelhismo, Maria se descobre ao se ver em Arthur.

> O quadrado delimita grande parte do mundo que lhes é possível viver. Juntos leem Rimbaud, Neruda, Ginsberg. Arthur não atira mais poemas por baixo da porta de Maria, ele os cola diretamente nas paredes do quartinho em páginas impressas, de alto a baixo, e

> os lê em voz alta. Ela desfoca a filosofia, perde uma e outra aula. (HIDALGO, 2016, p. 29)

À exceção de *Rio-Paris-Rio*, de Luciana Hidalgo, que narra a história de Maria, em terceira pessoa do singular, todos os outros romances tratam de personagens-escritoras, que narram suas próprias histórias (de vida) e seu desejo de (re)contá-las, utilizando-se, para isso, do resgate da memória. Apesar de Maria ser uma personagem com uma carga emocional que a difere das outras (pertence a uma família abastada e burguesa, mora na zona sul carioca, está em Paris para estudar na Sorbonne, não tem noção do que está ocorrendo com a política brasileira, sofre de alienação, pois é neta de general do exército), ela protagoniza sua vida, faz suas escolhas e delimita o que quer e o que não quer. Por isso, subverte a ordem em que foi criada. Isso, contudo, só ocorre porque conhece o namorado. Sozinha, ela estaria na posição de estagnação em que foi colocada pelo poder patriarcal, representado pela figura do avô. É Arthur o libertário que a conduz a novas experiências e novas descobertas. Assim, Maria cresce e rompe a redoma de onde observava o mundo, saindo da posição de conformismo, de *insider,* e indo em direção à vida real, *outsider.* Porém, não é uma personagem feminista, porque não rompe a bolha sem a ajuda de um homem: ao contrário, necessita dele para que isso aconteça.

A respeito de narrativas em terceira pessoa, mas com teor autobiográfico, "é perfeitamente possível que haja identidade entre o narrador e o personagem principal sem o emprego da primeira pessoa" (LEJEUNE, 2014, p. 19).

Entendendo que Maria protagoniza sua história, ou melhor, que sua história só pode ser escrita à medida que é experenciada por ela, optei por incluir tal romance no rol das obras estudadas nesta pesquisa, uma vez que, ainda segundo Lejeune, a respeito do processo de identificação autor, narrador e personagem,

> Essa identidade, embora não seja mais estabelecida no texto pelo emprego do "eu", é estabelecida indiretamente, mas sem nenhuma

> ambiguidade, através da dupla equação: autor = narrador e autor = personagem, donde se deduz que narrador = personagem, mesmo se o narrador permanecer implícito. Este procedimento corresponde, ao pé da letra, ao sentido primeiro da palavra autobiografia: é uma biografia, escrita pelo interessado, mas escrita como uma simples biografia. (LEJEUNE, 2014, p. 19)

Dessa forma, busquei enquadrar Maria também como uma personagem-"escritora", uma vez que ela conduz — ainda que com a ajuda de Arthur — sua história de vida, narrando-a, ora em primeira pessoa (em alguns diálogos), ora em terceira.

O pesquisador Sérgio de Sá, em seu estudo sobre o "personagem-escritor", adverte que: "Nesse trânsito entre a narrativa ficcional autoespeculativa e o texto jornalístico autoexpositivo, o escritor tenta reinventar seu lugar e reconstruir sua história" (SÁ, 2010, p. 23). Para Sá, na tentativa de falar cada vez menos, alguns escritores criam personagens que "falam/escrevem" cada vez mais. Ou seja, segundo ele,

> Para examinar o conflito entre o dizer e o escrever na vida literária pós-moderna, dois caminhos foram tomados. Primeiro, a obra concreta de autores reais acerca de escritores imaginados. O personagem-escritor apresenta suas armas desde um ponto de vista social nada alentador, mas apostando na escrita como escudo. [...] Em seguida, a obra dos escritores construída nos *media*, a partir da entrevista, da reportagem, leva em conta a compreensão pelo leitor/espectador do que o intelectual diz, raramente do que escreve. [...] No estado das coisas, o escritor latino-americano, para se fazer apreciar, espera ser noticiado e comentado pela mídia, a fim de dialogar com um leitor que talvez nunca tenha sido isso, leitor cujas habilidades lhe concedem melhor a alcunha de (tel) espectador. (SÁ, 2010, p. 22)

Entretanto, as personagens-escritoras a que faço referência neste estudo em nada se igualam às personagens estudadas por Sá, como aquelas que têm "diante de si a mídia, uma máquina cultural poucas vezes vista — porque todas as outras engrenagens parecem girar em torno dela" (SÁ, 2010, p. 29). Ao contrário, as personagens-escritoras deste estudo não se utilizam das *mass media*, mas produzem escrita com suas próprias experiências quotidianas, as quais incluem a própria forma de encarar a vida e resolver os dilemas, como feridas abertas que precisam cicatrizar; por isso, são personagens que dialogam com outras formas de representação artística, como a música, a poesia e o teatro, por exemplo, e que aí, sim, encontram eco em Sá, pois passam a ter a "escrita como escudo" (SÁ, 2010, p. 22), não para que se protejam do mundo, mas para que, entendendo as causas de suas dores, consigam se defender de todas as formas de opressão e, mais que isso, consigam libertar-se das amarras da memória, deixando-as de vez, como diria, a personagem vigniana, "por escrito".

> No desenrolar temático das narrativas femininas, as personagens com frequência recorrem à memória, a fim de encontrar prováveis respostas para indagações em torno de suas verdades. Por conta das próprias circunstâncias em que viveram as mulheres tiveram e ainda têm necessidade de dar contínuo balanço nos percalços do seu percurso, a fim de melhor descobrirem o seu verdadeiro rosto, perdido na miragem dos espelhos abertos para as máscaras que fecharam e esconderam a expressão de um ser que não pôde ser. (CUNHA, 1997, p. 129)

Todas as personagens analisadas buscam *ser* e *estar*, porque acreditam nas suas verdades, portanto sentem-se capazes de tirar as máscaras que as fizeram reféns dos mecanismos de dominação para justamente protagonizarem suas vidas e preencherem espaços, antes ocupados tão somente pelos homens.

> Já existem mulheres que conseguem não apenas conciliar os códigos de tradição patriarcal com novos valores, mas sobretudo vivem numa postura de integração com elas mesmas. Como se a mulher partida das últimas décadas fundisse duas partes na criação de uma nova identidade, sem dilaceramento nem culpa. (CUNHA, 1997, p. 136)

## Espaços

Quando começo a pensar no espaço que ocupo,
penso nas palavras
e folhas em branco.
Meu espaço então se torna habitado,
porque o azul do infinito sobre ele
o preenche de riscos
que se entrecruzam
e formam palavras.
Se as palavras fazem sentido?
Não sei. Arrisco.
Aprendi a inventar mundos
e a ocupar espaços
com a tinta da imaginação
e o borrão da memória.
Nada mais.

CAPÍTULO 3

# GEOGRAFIAS DO AFETO

## O *CRONOTOPO* CONTEMPORÂNEO

> *Para escrever esta história, tenho que sair de onde estou, fazer uma longa viagem por lugares que não conheço, terras onde nunca pisei.* Tatiana Salem Levy.
>
> *Fica assim, meio imersa, deixando-se levar aos poucos pela corrente, numa velocidade lenta, mas firme. Saintes-Maries-de-la-Mer, Sete, Valras-Plage, Bunylus-sur-Mer, Barcelona, Valência, Málaga: o corpo boia solto, de país em país, cada vez mais veloz. Passa meio espremido pelo estreito de Gibraltar, margeia o Marrocos e toda a costa noroeste da África, escorrega pelo Atlântico Norte, cai no Atlântico Sul, atravessa o oceano, leste-oeste, desce o litoral do Brasil, norte-sul, quicando de capital em capital, e pega carona na onda que acaba de quebrar na areia em frente ao Posto 6: Copacabana.* Luciana Hidalgo.

O que é o espaço, afinal? O que é o lugar? Espaço e lugar são sinônimos, do ponto de vista da teoria literária? Em que *espaço-lugar* se insere a personagem feminina? Por onde ela transita? Por que se desloca para aquela e não para esta direção? Como o espaço afeta a personagem? O que leva uma personagem a se tornar estrangeira, exilada ou deslocada? Em que medida as *mulheres de papel*[1] se aproximam das ou se igualam às mulheres reais? Por que personagens femininas transitam pelo enredo em busca de

[1] Termo empregado por Luís Felipe Ribeiro em seu livro *Mulheres de papel: um estudo do imaginário em José de Alencar e Machado de Assis*, 2ª ed., 2008

algo que muitas vezes não lhes é palpável? O que as leva a *transgredir*? Em que medida o espaço é um constructo da própria personagem-escritora?

A começar pela tentativa de definir o que é o *espaço* e o que é o *lugar*, busquei nos estudos antropológicos de Marc Augé uma possível explicação para os termos: "Se um lugar pode se definir como identitário, relacional e histórico, um espaço que não se pode definir nem como identitário, nem como relacional, nem como histórico definirá um não-lugar" (AUGÉ, 2007, p.73). Ou seja, para Augé, a distinção de lugar e não-lugar passa pela oposição do lugar ao espaço. Ainda, conforme o estudioso:

> O lugar e o não-lugar são, antes, polaridades fugidias: o primeiro nunca é totalmente apagado e o segundo nunca se realiza totalmente — palimpsestos em que se reinscreve, sem cessar, o jogo embaralhado da identidade e da relação. (AUGÉ, 2007, p. 74).

Michel de Certeau (2003), no entanto, não propõe a oposição de lugares a espaços ou de lugares a não-lugares. Para ele, o espaço é um "lugar praticado", um cruzamento de forças motrizes. Ou seja, o lugar é um conjunto de elementos que coexistem dentro de uma determinada ordem, enquanto o espaço é a animação desses lugares. Retomando Marc Augé, ele nos afirma que como o termo "espaço" é eminentemente abstrato, é natural que seja feito um uso sistemático dele, ao passo que ao termo "lugar" pode referir-se "um acontecimento (que ocorreu), um mito (lugar-dito) ou uma história (lugar histórico)" (AUGÉ, 2007, p.77-78).

De acordo com estudos do professor Ozíris Borges Filho (UFTM), no livro *Espaço e Literatura: introdução à topoanálise* (2007), há somente duas definições para lugar, e as definições de lugar e espaço são praticamente as mesmas. A primeira, baseada na filosofia aristotélica, afirma que lugar é o limite de qualquer corpo, não importando a relação espacial com outros objetos ao redor; a segunda, bem mais moderna, define lugar como a relação (espacial) de um corpo com outros.

Os estudos de Borges Filho encontram eco na filosofia cartesiana, uma vez que, segundo o pensador Descartes:

> As palavras lugar e espaço nada significam de realmente diferente dos corpos que realmente afirmamos estarem em algum lugar, e indicam apenas o seu tamanho e forma, e como estão situados entre outros corpos. (apud ABBAGNANO, 1998, p. 632)

Logo, de acordo com Descartes, espaço e lugar são considerados como sinônimos, importando apenas sua relação com outros corpos. *Lugar* é sempre objetivado como o *espaço* que contém algo ou alguém, relacionando as partes.

A distinção de *lugar* e de *espaço*, portanto, dilui-se, uma vez que seu emprego dependerá das diferentes disciplinas, como a geografia, a antropologia ou a geometria, por exemplo. Nesse sentido, Borges Filho esclarece que

> a teoria literária não tem por obrigação repetir conceitos de outras disciplinas, mas pode ela mesma criar seus conceitos [...]. Por outro lado, nada obsta que ela se valha de conceitos usados em outras disciplinas e os aplique inclusive com os mesmos sentidos que aquelas. (FILHO, 2007, p. 14)

A pesquisadora Bella Josef, no entanto, ao analisar o papel que a dimensão espacial representa no âmbito de produção cultural da América, aponta para as diferenças entre espaço, lugar e território como sendo três manifestações distintas:

> O espaço, tomando um conceito do sociólogo Milton Santos, "(...) é aquele cujos focos e fluxos compõem o ambiente vivido pelos seres humanos de forma coletiva." [...] O lugar é uma porção de espaço significado que adquire sentido individual ou coletivo, o território, finalmente, é o espaço institucionalizado. [...] O território é sinônimo de apropriação, de subjetivação fechada sobre si mesma. Ele é o conjunto de projetos e das representações nos quais vai desembocar, pragmaticamente, toda uma série de com-

portamentos, de investimentos, nos tempos e nos espaços sociais, culturais, estéticos e cognitivos. (JOSEF, 2005, p. 119)

É possível perceber que a distinção de espaço e lugar proposta por Josef é praticamente a mesma. Opto, portanto, por não fazer tais distinções, empregando os termos espaço e lugar de acordo com a funcionalidade e possível necessidade de adequação. Outrossim, recorro também à utilização do termo *topos* para designar o lugar da personagem no espaço ficcional. Assim, busco em Gaston Bachelard (2010), Ozíris Borges Filho (2007), Regina Dalcastagné ([1996], [2012], [2015]), entre outras teorias, subsídios para esta pesquisa, uma vez que as relações das personagens com o espaço onde se inserem farão delas sua própria representação. Ou seja, de acordo com estudos bachelardianos (primeiro a utilizar a expressão *topoanálise* na filosofia), as relações de *topofilia* determinarão a forma como as personagens lidarão com o espaço onde estão situadas, incluindo espaços de alegria, de felicidade, e, mais tarde, como visto em Borges Filho (2007), a *topopatia*, ou seja, como as personagens lidarão com os espaços da dor. De acordo com estudos de Ozíris Borges Filho (2007), dentro da topopatia insere-se a topofobia, ou seja, relações do espaço com sentimentos de medo, donde se entrecruzam sensações de claustrofobia, ou seja, de medo do confinamento, e de agarofobia, medo do enfrentamento, medo da liberdade. Pensar, então, as representações da mulher no espaço ficcional significa pensar também o protagonismo feminino na literatura brasileira nos últimos anos, ou seja, o lugar da mulher desde os anos de chumbo da história do Brasil, época da liberação sexual, da pílula anticoncepcional, da quebra de uma sequência de paradigmas que envolvem considerações em relação à própria história do país e à história da mulher.

Quando decidi trabalhar nesta pesquisa de doutoramento questões relacionadas ao gênero (do ponto de vista da mulher), vi-me cercada de informações das mais variadas áreas do conhecimento. Mesmo que esta investigação pretenda lidar com a presença do feminino[2] dentro da literatura brasileira, mais especificamente dentro do romance de autoria feminina do século XXI, é impossível dissociá-la de outras temáticas que aventam diretamente indagações relacionadas às representações da mulher no mundo globalizado, especialmente aquelas acerca do lugar/espaço que a mulher ocupa ou que pretende ocupar na sociedade brasileira contemporânea, impactando noções sociológicas, históricas e filosóficas, já que é impossível dissociar noções relacionadas ao espaço e ao tempo onde se insere a mulher contemporânea. Tais indagações estão também ligadas ao próprio problema identitário dessa mulher que emerge com força no século XXI e que produz literatura, ao mesmo tempo em que é produzida por ela. É um processo representacional.

> A representação não é apenas um condutor do poder "escrito" como marca visível [...]. As relações de poder são dependentes da definição de certas identidades como hegemônicas. Os grupos subordinados contestam a hegemonia das identidades ditas "normais". As identidades "reprimidas" reivindicam não apenas seu acesso à representação, mas, sobretudo, seu direito de controlar o processo de sua representação. (JOSEF, 2005, p. 118)

Enquanto mulher e pesquisadora, sempre me vi bastante incomodada com as representações do sujeito feminino numa sociedade completamente absorvida pelo machismo, como é a brasileira, na qual um número cada vez maior de mulheres tem sofrido toda sorte de violência, desde a violência doméstica, o assédio sexual, passando pelo estupro, chegando ao feminicídio, temas também recorrentes na literatura brasileira contemporânea, porque a arte reflete exatamente seu tempo. Tempo em que os "holofotes" estão voltados para as representações da mulher, tempos globalizados

[2] Aqui, e todas as vezes que faço uso do adjetivo "feminino", refiro-me à mulher na sua totalidade, na sua integralidade de ser humano, ao gênero, e não ao feminino estereotipado, sinônimo de um "universo próprio para mulheres". Refiro-me, antes, a uma nova forma de estar no mundo, na qual a mulher contrapõe-se, obviamente, à dominação masculina.

em que todo tipo de abuso vem sendo veiculado pelas mídias. Tempos estranhamente doloridos, mas de grande luta e resistência. E, mesmo com todos os movimentos em favor do *empoderamento* da mulher, ela ainda é considerada "menos" que o homem em muitas alas conservadoras da sociedade brasileira, recebendo salários menores, não exercendo cargos de chefia, sofrendo todo tipo de assédio, sendo julgada e condenada "culpada" pelo seu gênero e/ou pelo seu sexo biológico, impedida de várias ações; continua sendo subjugada a todo instante por um sistema androcêntrico e violento. Todavia, ainda que a sociedade brasileira seja o reflexo do *status quo* do poder patriarcal, já é possível que se vejam muitas e significativas mudanças, devido à *sororidade* e ao próprio *empoderamento* feminino — termos, aliás, muito utilizados atualmente —, frutos de movimentos feministas, que têm causado grande impacto na sociedade contemporânea. E, mesmo que os movimentos feministas tenham surgido no Brasil desde os anos de 1970, é na contemporaneidade, diante de um avassalador quadro de violência nunca antes visto tão de perto na história do país — pois o número de feminicídios no Brasil é o maior da América Latina e do Caribe —, que o feminismo tem avançado. Dessa maneira, incontáveis questionamentos vêm sendo aventados em relação a esse lugar/espaço, ainda pequeno, conquistado a duras penas pelas mulheres, e é sobre esse espaço de produção da escrita, de construção dessa nova mulher — que renasce, incansavelmente, todos os dias —, que a literatura contemporânea vai também se debruçar.

Como estaria, então, sendo construída a personagem feminina do século XXI? Sob que aspectos vem sendo concebida? É possível perceber estereótipos dominantes entre personagens femininas criadas por mulheres e aquelas criadas por homens? Que espaços a personagem feminina vai ocupar, especialmente, a personagem-escritora? Como tem sido o espaço do mercado editorial para a escrita de autoria feminina? Estas são algumas indagações que, se não forem respondidas, merecem, ao menos, ser (re) pensadas, (re)consideradas.

Quando iniciei meus estudos — desde o meu mestrado na UFRJ —, sempre pensei muito mais na questão do espaço de representação da mulher, seja *topofílico* e/ou *topopático* dentro da narrativa, que na questão temporal, apesar de entender que tempo e espaço caminham juntos e nem sempre podem se dissociar.

De acordo com a teoria bakhtiniana, tempo/espaço constituem uma:

> unidade fundamental, exatamente como na percepção humana da realidade cotidiana. Essa 'conexão intrínseca das relações temporais e espaciais' conhecida pelo termo 'cronotopo' equivale à construção do mundo que está na base de todo texto narrativo [...]. (BEMONG, BORGHART, 2015, p. 17)

> No cronotopo artístico-literário, indicadores espaciais e temporais se fundem num todo concreto cuidadosamente pensado. O tempo como tal se concretiza, se encarna, se torna artisticamente visível; da mesma maneira, o espaço se torna carregado e responsivo aos movimentos do tempo, enredo e história. A intersecção dos eixos e a fusão de indicadores caracterizam o cronotopo artístico. (BAKHTIN, apud BEMONG, BORGHART, 2015, p. 17)

Portanto, volto o meu olhar para o "cronotopo" bakhtiniano aplicado à literatura, ancorando-me também, de certa forma, na realidade, uma vez que a questão do lugar e/ou da falta dele sempre me fizeram pensar no meu próprio espaço dentro de uma sociedade na qual a figura da mulher é vista de uma forma enviesada e míope. Parto, então, do desejo de dar visibilidade a um tema ainda considerado pouco explorado na literatura brasileira, apesar de estudos teóricos bastante impactantes sobre gênero, não só na sociologia e na filosofia como na crítica literária, como os das professoras Regina Dalcastagnè (UNB), Eurídice Figueiredo (UFF), Rita Terezinha Schmidt (UFRGS), Elódia Xavier (UFRJ), Anélia Pietrani (UFRJ), Sandra Regina Goulart Almeida (UFMG), para citar apenas algumas pesquisadoras brasileiras, entre outras, que darão escopo a esta pesquisa.

Segundo estudos teóricos recentes de Regina Dalcastagnè acerca da importância da espacialidade na formação da identidade, relacionando realidade com ficção,

> Cada vez mais, o espaço tem se tornado categoria fundamental para a compreensão do mundo e dos processos contemporâneos de formação de identidades. Não é diferente na configuração do campo literário e em sua análise. Nas narrativas brasileiras, onde podem ser percebidos deslocamentos, disputas e apaziguamentos de identidades tradicionalmente colocadas em seus "devidos lugares" e que, agora, não mais se acomodam, como é o caso das mulheres, a atenção ao espaço é crucial. "Mulheres" entendidas, é claro, como grupo heterogêneo e complexo, formado por identidades múltiplas e contraditórias, que não se esgotam no sexo biológico ou no gênero, mas que, em grande medida, partilham pressões e expectativas impostas por uma sociedade que continua marcada por uma dominação masculina. (DALCASTAGNÈ, 2015, p. 9)

É importante ter em mente que a ficção imita a realidade ou a realidade se transforma em ficção, como tem apontado constantemente Wolfgang Iser (2013):

> A relação opositiva entre ficção e realidade retiraria da discussão sobre o fictício no texto uma dimensão importante, pois evidentemente há no texto ficcional muita realidade que não só deve ser identificável como realidade social, mas que também pode ser de ordem sentimental e emocional. (ISER, 2013, p. 32)

Assim, coube-me a tarefa de partir para uma investigação ancorada na literatura brasileira recente, mais especificamente nos romances publicados após os anos 2000, por entender que enfatizam não apenas o espaço "topofílico", bachelardiano, mas também o espaço topopático, de Borges Filho, além da emergência do espaço da memória, como um problema central da contemporaneidade, isto é, questões relacionadas ao "cronotopo".

A contemporaneidade, como afirma Giorgio Agamben, "é uma singular relação com o próprio tempo, que adere a este e, ao mesmo tempo, dele toma distâncias [...]" (AGAMBEN, 2009, p. 52). Ou seja, de acordo com o filósofo,

> Aqueles que coincidem muito plenamente com a época, que em todos os aspectos a esta aderem perfeitamente, não são contemporâneos porque, exatamente por isso, não conseguem vê-la, não podem manter fixo o olhar sobre ela. (AGAMBEN, 2009, p. 59)

Ainda tentando explicitar os motivos da escolha desse *corpus* literário, me cabe salientar que, assim como toda presença pressupõe uma ausência, toda escolha pressupõe, antes, uma falta. Logo, são muitos os romances brasileiros contemporâneos que abordam a temática da representação da mulher em relação ao seu próprio espaço e tempo e que ficaram de fora desta investigação, deixando aberta a possibilidade da continuidade destes estudos. Logo, procuro justificar minhas escolhas, para além da minuciosa leitura crítica dos romances — que acolhem todos os assuntos pertinentes à pesquisa: há outras razões de ordem pessoal envolvidas, como simpatia pelas personagens, pelo enredo e pela criação artística. Ou seja, o prazer proporcionado pelos diferentes textos e contextos, conforme Roland Barthes, deve ser lavado em consideração, pois

> O prazer do Texto realiza-se, por vezes, de uma forma mais profunda (e é então que se pode justamente dizer que há Texto): quando o texto 'literário' (o Livro) transmigra para a nossa vida, quando uma outra escrita (a escrita do Outro) consegue escrever fragmentos de nossa própria cotidianidade, em resumo quando se produz uma coexistência [...] Trata-se de fazer passar para nossa cotidianidade fragmentos do inteligível forjados no texto que se admira (e que se admira justamente porque sabe emigrar); trata-se de falar esse texto [...] então, a nossa própria vida cotidiana torna-se um teatro que tem como décor o nosso próprio habitat social. (BARTHES, 1971, p. 13-14)

A cada romance analisado houve, em certa medida, um processo de identificação que perpassou as leituras indo em direção à realidade. Talvez isso se deva ao fato de eu trabalhar temáticas que me afetem enquanto mulher contemporânea, nascida no auge da ditadura brasileira, como algumas das escritoras, em que os espaços da dor foram muitos, e gritantes; daí o *afeto* e a busca por esses *lugares do imaginário*, da memória, através do que chamo de "*geografia de afetos*" (termo utilizado por Gilberto Dimenstein [2013], no *site Catraca Livre*, para falar dos "mapas do amor pela cidade de São Paulo". Aqui o termo "*geografia dos afetos*" será empregado para referir-me aos espaços do amor e da dor das personagens femininas).

Com a intenção de ratificar minhas ideias enquanto leitora que *se* procura no texto, com ele se identificando, mas que, em contrapartida, também recorre a ele buscando matéria de análise crítica para entender questões sociológicas e filosóficas relacionadas à contemporaneidade, recorro ao ensaísta e escritor Ricardo Piglia:

> Nesse registro imaginário e quase onírico dos modos de ler, com suas táticas e seus desvios, com suas modulações e suas mudanças de ritmo, produz-se também outro deslocamento, que é uma amostra específica com que a literatura narra as relações sociais. A experiência está sempre localizada, situada, concentra-se numa cena específica, nunca é abstrata. [...] Efetivamente, ao fixar as cenas de leitura, a literatura individualiza e designa aquele que lê, faz com que ele seja visto num contexto preciso, nomeia-o. [...] De repente o nome associado à leitura remete à uma citação, à tradução, à cópia, às diferentes maneiras de escrever uma leitura, de tornar visível que se leu (o crítico seria, nesse sentido, a figuração oficial desse tipo de leitor, mas evidentemente não é o único e nem o mais interessante). [...] Faz-se ver uma situação de leitura, com suas relações de propriedade e seus modos de apropriação. (PIGLIA, 2006, p. 23-24)

Retomando o filósofo Agamben, ao definir o que é o contemporâneo, ancoro-me também nessa definição de contemporaneidade na qual ele diz que:

> Contemporâneo é aquele que mantém o olhar fixo no seu tempo, para nele perceber não as luzes, mas o escuro. Todos os tempos são, para quem deles experimenta contemporaneidade, obscuros (AGAMBEN, 2009, p. 62-63)

Foi percebendo esses tempos e espaços *obscuros* das personagens femininas escritoras, que parecem coincidir com o meu próprio obscurantismo contemporâneo, numa espécie de sintonia, de sincronicidade, que me apeguei ao escolher tal *corpus*.

Para Agamben, "contemporâneo é, justamente, aquele que sabe ver essa obscuridade, que é capaz de escrever mergulhando a pena nas trevas do presente" (AGAMBEN, 2009, p. 63). No caso deste *corpus* literário, entendo que tanto as autoras quanto as personagens-escritoras fazem esse mergulho na memória obscura e no presente "anacrônico" sem se deixarem cegar pelas luzes do século.

Com efeito, ser contemporâneo é, antes, uma questão de coragem: porque "significa ser capaz não apenas de manter fixo o olhar no escuro da época, mas, também de perceber nesse escuro uma luz que dirigida para nós, distancia-se infinitamente de nós" (AGAMBEN, 2009, p. 65). Foi, portanto, olhando de forma *afetuosa*, mas mantendo a distância necessária a que Agamben faz referência, que busquei nas personagens-escritoras seu obscurantismo e também a sua luz, para entender não apenas a questão espacial como também seu tempo, pois aí reside o aprendizado da leitura:

> ser capaz de carregar na mente bibliotecas íntimas de palavras lembradas são aptidões espantosas que adquirimos por meios incertos. [...] o leitor precisa aprender a reconhecer os signos comuns pelos quais uma sociedade escolheu comunicar-se. (MANGUEL, 1997, p. 85)

No reconhecimento desses signos, busco ancorar minhas pesquisas dentro do espaço social do meu tempo, com a intenção de entender as identidades que emergem.

A respeito do espaço como "ator" no estabelecimento de subjetividades, Sandra Regina Goulart de Almeida, no seu livro *Cartografias contemporâneas*, esclarece que

> O espaço, por sua vez, se coloca atualmente como uma categoria epistemológica proeminente nas áreas das ciências humanas e, principalmente, no campo dos estudos culturais e literários. Mesmo no campo da física e da matemática, como argumenta Marcelo Gleiser, em artigo jornalístico, estudos recentes da física quântica concebem o espaço, mesmo vazio, como estando em constante movimento, em "estado de agitação constante". Esses estudos vão além dos achados de Einstein, para quem, segundo Gleiser, o "espaço deixou de ser apenas palco e virou ator também" ao demonstrar que o espaço não é inerte, mas sim uma "entidade plástica", que responde à presença da matéria". (ALMEIDA, 2015, p. 31)

Foi justamente porque o "espaço virou ator" que há uma relação afetuosa, por assim dizer, que atravessa os espaços geográficos. Nessa "geografia dos afetos", que perpassa o discurso das personagens femininas dos romances analisados, pude perceber que o *modus operandi* dessas personagens tem como ponto crucial a escrita, para que suas identidades aflorem e seu processo de subjetivação se estabeleça, mesmo que para isso necessitem pôr em evidência algumas fragilidades. Passa a importar *onde* elas estão inseridas, *de onde* se deslocam ou *para onde* se dirigem. O espaço geográfico (e ficcionalizado) e o lugar da enunciação estão intimamente imbricados. Portanto, "de onde", "como" e "o quê" se diz são categorias importantes, porque é por meio da análise do discurso (fala/escrita) que é possível situar a mulher contemporânea.

Qual seria então o lugar da autora e da personagem-escritora nas narrativas contemporâneas recentes? Estaria a personagem-escritora exatamente na "fratura" do tempo presente a que Agamben se refere?

"O nosso tempo, o presente, não é, de fato, apenas o mais distante: não pode em nenhum caso nos alcançar. O seu dorso está fraturado, e nós nos mantemos exatamente no ponto de fratura" (AGAMBEN, 2009, p. 65). E a autora empírica, consegue ela produzir no limiar entre a escuridão e a luz? A resposta é sim, pois todo escritor é também um leitor e, se há uma relação entre a "leitura e o real", é porque "também há uma relação entre a leitura e os sonhos, e nesse duplo vínculo o romance tramou sua história" (PIGLIA, 2006, p. 23). Todavia, de acordo com Márcia Cristina Silva, sobre as múltiplas identidades do escritor, "hoje em dia está cada vez mais difícil diferenciar a realidade da ficção" (SILVA, 2013, p. 143), pois:

> Com a reformulação da categoria de realidade que deixa de ser mero realismo e ganha forma de testemunho através das biografias, diários íntimos, crônicas etc, o presente passa a ser fabricado a partir da realidade cotidiana juntamente com o mágico e o fantástico. Além disso, a mídia também contribui muito para a criação da imagem do escritor. Consequentemente, a identidade de quem escreve se torna múltipla, fragmentada. (IN: MEDEIROS, PASCHE, 2013, p. 143)

Apesar de perceber que nos últimos cinquenta anos houve uma tendência crescente da abordagem de temas como deslocamentos e confinamentos de personagens femininas no espaço ficcional, é no século XXI que temáticas como fragmentação identitária, sentimentos de despertencimento ou de estrangeiridade decorrentes da globalização do século XX e da "supermodernidade"[3] aparecem com maior constância nos romances. Foi a partir daí, do fim da primeira década do século XXI, pouco antes e/ou pouco depois, com aproximação do segundo decênio deste século, que mais se intensificou essa sensação de estarmos fora do lugar, fragmentados, desenraizados, exilados, expatriados, como já nos apontavam estudos

[3] O termo "supermodernidade" é utilizado por Marc Augé [2007], e faz referência a uma "superabundância factual", ou seja, a uma superabundância de informações no "sistema-mundo" — um mundo recriado por meio de uma rede de informações rápidas.

teóricos de Stuart Hall ([1990]; 2015), Tzvetan Todorov (1999), Julia Kristeva (1994), Edward Said (2012), Zigmunt Bauman (2005), Néstor García Canclini [(1997); (2003); (2008); (2013); (2015)] e outros, que veremos mais adiante.

A respeito da autenticidade da obra de arte, devido à possibilidade de inserção das identidades fragmentadas de suas autoras no próprio texto, refletidas nas personagens-escritoras, Silviano Santiago contradiz tal afirmação em *O narrador pós-moderno*, artigo proposto em 1986 e posteriormente inserido no livro *Nas malhas da letra* (2002), ao afirmar que a matéria narrada é "alheia" ao narrador, pois:

> O narrador pós-moderno é o que transmite uma "sabedoria" que é decorrência de uma visão alheia a ele, visto que a ação que narra não foi tecida na substância viva de sua existência. Nesse sentido ele é puro ficcionista, pois tem de dar "autenticidade" a uma ação, que, por não ter respaldo da vivência, estaria desprovida de autenticidade. Esta advém da verossimilhança, que é produto da lógica interna do relato. O narrador pós-moderno sabe que o "real" e o "autêntico" são construções da linguagem. (SANTIAGO, 2002, p. 46-47)

Contudo, as narradoras das obras analisadas, sendo também personagens-escritoras, são perpassadas por uma "autorreflexividade", conforme visto mais adiante em estudos de Figueiredo (2013).

Além da "autorreflexividade", cada obra trata de temas distintos, e o espaço é também perpassado por substratos diferentes, de acordo com cada enredo e com a época em que a narrativa é ambientada. Dalcastagnè, acerca da representação e legitimidade na narrativa contemporânea, salienta que

> Há muito tempo, a narrativa vem perseguindo a multiplicidade de pontos de vista; alguns dos romances mais lembrados do século que passou são justamente os que mais se aproximaram desta meta. [...] Assim, mulheres e homens, trabalhadores e patrões, velhos e moços, negros e brancos, portadores ou não de deficiências, moradores do

campo e da cidade, homossexuais e heterossexuais vão ver e expressar o mundo de diferentes maneiras. (DALCASTAGNÉ, 2008, p. 81)

## EU SOU OS MEUS ESPAÇOS

Ao analisar cada personagem feminina central dos romances escolhidos, pude observar muitos pontos que convergem na direção de um universo que traz em si uma gama de representações relacionadas ao espaço ficcional no qual tais personagens se inserem, incluindo aí seus constantes deslocamentos em busca de um "eu" totalizante. Nesse percurso em busca da subjetivação, as personagens femininas se deparam com constantes paradoxos: fragmentação, despersonificação, identificação, isolamento, libertação, loucura, doença, sanidade, relações corpóreas e anímicas, androcentrismo, relações de poder, violência simbólica, violência física, reificação, duplicidade (duplos), melancolia, ruptura, morte, maternidade, entre outros temas que, por meio de uma tessitura de ideias e de teorias, conversam.

Conforme estudos da professora Elódia Xavier (UFRJ),

> com os fenômenos da diáspora, da desterritorialização e da globalização, o espaço emergiu como uma categoria importante na crítica literária. Em se tratando de personagens femininas, ele se revela como um elemento atuante do drama narrado. (apud MARQUES, 2014, p. 11)

Desse modo, conforme Arruda (2016), ao imaginar aquilo que a personagem deixa de ser, ou seja, o seu *não-eu*, ou o seu *não-lugar*, o leitor consegue (re)situá-la, (re)significá-la e, por meio da ação imaginante, é capaz de vislumbrar novas formas de *ser* e de *estar* para essas personagens, tornando-se o que Iser (apud COMPAGNON, 2014) denomina de "leitor implícito", ou seja, aquele que "encarna todas as predisposições necessárias para que a obra literária exerça seu efeito — predisposições fornecidas não por uma realidade empírica exterior, mas pelo próprio texto" (p. 149).

Ao acompanhar atentamente as narrativas, é possível que o leitor perceba detalhes pontuais que fazem com que cada personagem tenha uma unicidade e, simultaneamente, grande multiplicidade e complexidade de ações que convergirão para o mesmo fim: a busca de *si* e de seu *lugar no mundo*, porque, *estrangeiras*, *expatriadas* ou *deslocadas*, acabam por perder muito de sua integralidade, fragmentando-se.

> Não pertencer a nenhum lugar, nenhum tempo, nenhum amor. A origem perdida, o enraizamento impossível, a memória imergente, o presente em suspenso. O espaço do estrangeiro é um trem em marcha, um avião em pleno ar, a própria transição que exclui a parada. Pontos de referência, nada mais. [...] estabelecido em si, o estrangeiro não tem um si. No limite, uma segurança oca, sem valor, que centra suas possibilidades de ser constantemente outro, ao sabor dos outros, das circunstâncias. Eu faço o que se quer, mas não sou "eu" — meu "eu" está em outro lugar, meu "eu" não pertence a ninguém, meu "eu" não pertence a "mim"... "eu" existe? (KRISTEVA, 1994, p. 15-16)

Nesse constante deslocamento das personagens pelo espaço ficcionalizado, encontrei eco nas relações topoanalíticas bacherlardianas (2010), que consistem em que as personagens sejam quem são de acordo com o espaço que habitam, ou com a *geografia dos seus afetos*, sejam esses felizes ou, ao contrário, solitários e tristes. A esse respeito, a pesquisadora Tânia Regina de Oliveira Ramos (UFSC) aponta para o sujeito contemporâneo como aquele cindido não apenas de uma identidade, mas representado como "instável, múltiplo, variável, contraditório, inconstante, imprevisível, descontínuo [...] São escritas do cotidiano, que transformam o viver e o escrever numa mesma coisa" (RAMOS, 2015, p. 188-189).

Com efeito, quando se estuda uma personagem, é necessário que se estabeleçam as relações dela com o enredo e com outras categorias narrativas. É imprescindível que se pense no espaço e no tempo que tal personagem pretende ocupar, ou que, efetivamente, ocupa, para situá-la no enredo. É preciso, então, que se estabeleça um espaço para as ações do *ser*, posicionando-o num determinado tempo, que poderá ser subjetivo ou cronológico, de acordo com aquilo que o narrador propõe. Sendo assim, uma personagem pode ser situada dentro de vários espaços: geograficamente, de acordo com seu posicionamento físico; historicamente, conforme seu posicionamento temporal; socialmente, em relação a outras personagens, dentro do meio social no qual se insere; psicologicamente, conforme seus problemas existenciais; linguisticamente, em relação à maneira como se expressa, ou conforme a análise do discurso; culturalmente, de acordo com suas vivências de mundo, conforme sua formação cultural, sua adaptação a outras culturas, seu hibridismo etc. O espaço é, portanto, relacional, ou seja, está intimamente ligado a alguma característica da personagem em relação a algo. Podemos dizer, então, que a personagem possui também um caráter relacional, uma identidade relacional, que só é composta em relação a alguma outra característica. Logo, só conhecemos a personagem em sua totalidade à medida que contrastamos seu *eu* com outros *eus*, sua identidade com outras identidades, seu posicionamento em relação a outros posicionamentos dentro da narrativa.

Nas narrativas atuais encontramos, conforme estudos de Ramos, não apenas a vivência metafísica no plano subjetivo, mas, sobretudo, personagens femininas que

> tomam a iniciativa no jogo de sedução da escrita, do saber contar o cotidiano e na descrição do seu próprio prazer, sujeitos de uma ação narrativa mais transgressora na tomada de decisões. (RAMOS, 2015, p. 189)

E, para transgredir ou romper com determinadas regras, as personagens necessitam deslocar-se, sair do mundo cotidiano que habitam para ir em busca de alguma forma de satisfação pessoal. Portanto, saem em busca de outros espaços mais coerentes e mais adequados com sua (nova) forma de estar no mundo.

À medida que pensamos a categoria espaço, temos uma tendência inconsciente de percebermos apenas o espaço físico, geograficamente colocado. O espaço percebido por meio do corpo — espaços concretos, habitados. No entanto, a literatura permite que pensemos numa infinidade de outros espaços — imaginários, subjetivos, anímicos, totalmente abstratos. Sendo assim, não é possível dissociar o concreto do abstrato, ou seja, é impossível não pensarmos em como o espaço concreto pode ser percebido, sentido, experienciado, vivido pelas personagens. Dessa maneira, vale ressaltar que a percepção do espaço físico pode ser redefinida, repensada de acordo com os valores e as concepções de mundo. Quando entendemos, por exemplo, que determinadas personagens ocupam determinados lugares — imaginários, ou não —, é possível tecermos alguns argumentos conforme os valores e/ou as crenças dessas personagens.

Aplicando essa teoria à personagem *Luzia,* de Susana Fuentes, por exemplo, vemos que ela se utiliza da copa de uma árvore frondosa para ficar sozinha com seus pensamentos e sua escrita. Ao dizer que "um deus habita uma árvore" e, portanto, que "se uma árvore for cortada, um deus ficará sem casa", a narradora coloca seu ponto de vista para o leitor, ratificando, assim, a importância da árvore/casa/habitat/lugar/espaço/lar para a personagem Luzia. Caberá ao leitor entender tal importância sob sua ótica naquele momento em que apenas aquela determinada árvore resta a Luzia, nada mais. A árvore é, portanto, espaço de fuga e de libertação, mas, essencialmente, lugar de produção de escrita. A árvore é o "teto" essencial a que Virgínia Woolf (2014) se refere para que a mulher, sendo dona de si, possa produzir escrita. No caso da personagem, o único espaço que lhe resta.

> Quais eram as condições em que as mulheres viviam?, perguntei a mim mesma; a ficção, quer dizer, o trabalho imaginativo, não cai como uma pedra no chão, como na ciência; ficção é como uma teia de aranha, presa por muito pouco, mas ainda assim, presa à vida pelos quatro cantos. Muitas vezes estar preso é quase imperceptível.

> [...] Mas quando a teia é puxada meio de lado, enganchada pela borda, rasgada na metade, é que se lembra que elas não são tecidas em pleno ar por criaturas incorpóreas; essas teias são o resultado do sofrimento dos seres humanos e estão inteiramente presas a coisas materiais, como saúde, dinheiro e a casa onde se mora. (WOOLF, 2014, p.63-64)

A árvore é o espaço simbólico, o "teto" de Woolf, necessário para a menina se reposicionar no mundo depois da violência física que sofre — o estupro. A barriga crescendo e Luzia escrevendo. Tempos depois, antes do nascimento da filha, morta, Luzia sofre a segunda grande violência psicológica: a derrubada da árvore, único espaço possível para a reconfiguração da escrita, refúgio de suas dores de órfã.

> *Quando derrubam uma árvore, um deus fica sem casa.* Foi o que Luzia ouviu da professora, um dia, no colégio novo. Nesse dia, de volta ao quintal da casa, diante do toco da árvore, Luzia abriu a mochila, tirou o lápis do estojo e arrancou uma folha do caderno. Suas mãos começaram a correr pela folha, não paravam, jorravam palavras, faltavam linhas, outra folha, escreve, escreve, a árvore subia, sumia no céu, as raízes afrouxavam na terra, mas sua vontade não, sua vontade de viver. O lápis riscava sulcos no caderno, afundava na página, foi ali que Luzia, pela primeira vez, agarrou-se ao papel. (FUENTES, 2011, p. 74)

Alice, de Maria Valéria Rezende, necessita estar em muitos espaços para escrever sua história. A rua e o abandono em que se deixa estar são seus espaços mais importantes na busca por Cícero Araújo, personagem que ela traz da sua "realidade" para sua "ficção", pois Cícero não ocupa nenhum dos espaços de busca, mas continua sendo o motivo (imposto por ela mesma) para continuar sua história pelas ruas da urbe.

> Saí em busca de Cícero Araújo ou sei lá de quê, mas sem despir-me dessa nova Alice, arisca e áspera, que tinha brotado e se esgalhado nesses últimos meses e tratava de escamotear-se, perder-se num

> mundo sem porteira, fugir ao controle de quem quer que fosse. [...] Ganhei a rua e saí a esmo, querendo dar o fora dali o mais depressa possível, como se alguém me vigiasse ou me perseguisse, mas saí andando decidida, como se soubesse perfeitamente aonde ia, pisando duro, como nunca tinha pisado em parte alguma da minha terra, lá onde eu sempre soube ou achava que sabia que rumo tomar. (REZENDE, 2014, p. 95)

Assim também ocorre com Maria, de Luciana Hidalgo, quando flana pelas ruas de Paris com seu poeta-namorado e sabe que deve voltar para um quarto minúsculo e "perfeito", de onde pensa a vida e o mundo, na capital francesa:

> Tem dias em que Maria sai para o mundo na urgência da volta, e esse é um deles. Então vai. No caminho tenta refazer o dia anterior. Nada. Exerce mecanicamente os papéis sociais e volta correndo. (HIDALGO, 2016, p. 42).

Valderez, de Elvira Vigna, opta por abandonar seu emprego burocrático para viver/escrever sua história, observando seu entorno, de onde extrai sua matéria de escrita.

> Antes de sair para o aeroporto e deixar seu quarto, faço o que sempre faço quando saio de um lugar para onde acho que não posso mais voltar: olho em volta. Olho demoradamente em volta. Sempre me digo que é para guardar na memória detalhes que depois vou gostar de lembrar. Mas é o contrário. Olho procurando por detalhes que eu gostaria de lembrar, e serve o que não tem. Qualquer coisa. [...] Fiz isso a viagem inteira. Fiquei olhando. Sei dos detalhes. Todos eles. Mas o principal eu quase perco. (VIGNA, 2014, p. 17)

A personagem sem nome de *Mar azul*, de Paloma Vidal, transita entre a Argentina e o Brasil em busca de suas verdades, de suas origens, de sua história. Paloma Vidal, talvez por ter nascido em Buenos Aires e ter vindo ainda na primeira infância para o Brasil, traz esse tema de forma recorrente em suas obras, mesclando línguas e culturas, como acontece também com seu romance de estreia, *Algum lugar*, lançado pela Editora 7Letras em 2009. Em ambos os romances, as personagens centrais não têm nome e transitam por cidades diversas e diferentes países. Contudo, em *Mar azul* (2012), Vidal pincela o romance com pequenas nuances nas entrelinhas para deixar que o leitor procure o fio da meada. As pistas das cidades obedecem a uma certa ordem. O pai parte para algum lugar distante, uma cidade satélite, próxima a uma cidade que é um projeto arquitetônico arrojado (Brasília?) Nada está claro. A narrativa é cheia de armadilhas e a narradora dá pistas de lugares e faz citações em espanhol (outro recurso muito utilizado por Paloma Vidal) durante toda a história.

> O que me importa agora é que eu vim para ficar e não deixei nada para trás. [...] Depois fiquei aqui por algo que havia adquirido, quem sabe esta cidade em que me sinto até hoje tão anônima; mas por isso mesmo, por me sentir nela como qualquer outro, um cidadão qualquer, mesmo que no documento continue constando que não sou daqui, fiquei sem pensar, o que para mim era igual a uma ausência de dúvida. (VIDAL, 2012, p. 147)

Ou ainda: "Não brigamos porque não deu tempo. Ela perdeu o interesse. Um dia me disse: *siento que perdí mi interioridad*. [...] me disse com severidade: *el acontecimiento es la revolución*" (VIDAL, 2012, p. 133). Essa é uma fala a respeito da amiga Vicky, que não tem mais desejo de produzir uma peça de teatro a quatro mãos junto com a narradora, porque agora o sonho é a luta armada, a militância, outros espaços, portanto. Para a melhor amiga, os espaços habitados serão rotas de fuga. A narradora fica então só. Seu espaço passa a ser a memória e a casa. Acerca da relação entre memória e identidade, Helena Parente Cunha ressalta que:

> [...] a memória aponta um dos caminhos para a descoberta da identidade, uma vez que, resgatando o que se foi e se fez, se terá melhores possibilidades de se atingir o que se é. A infância se apresenta na qualidade de arquivo que registra todas as vivências

> e onde o que aconteceu é semente para os futuros frutos. Não é à toa que a psicanálise esquadrinha recantos da infância à procura do fio de Ariadne para saída do labirinto em que nos perdemos. Se quero saber quem sou, tenho que recuar até quem fui. (CUNHA, 1997, p. 128)

A respeito da importância da casa no sentido de lar-infância, a professora Elódia Xavier adverte que: "A casa é um elemento atuante no processo de recuperação de seus moradores, pela ação agregadora e aconchegante que exerce" (XAVIER, 2012, p. 104). O mesmo ocorre com a personagem sem nome do romance *A chave de casa*, de Tatiana Salem Levy: ela sai em busca de sua ancestralidade. Para isso, não só rememora a história de seus antepassados judeus turcos, como também sai em busca desse passado, indo para Esmirna, na Turquia.

> Estou novamente sozinha, passeando pela cidade. Penso em tudo o que fiz até agora. O encontro com a família ainda atravessa minhas ideias, numa mistura de decepção, contentamento e graça. Não posso dizer que tenha ficado realmente frustrada com a ausência da casa, a falta de diálogo com os meus parentes. Nunca imaginei que fosse ser diferente, nunca pensei que haveria uma casa à minha espera, aguardando apenas o encaixe perfeito da chave na fechadura. (LEVY, 2009, p. 171)

Roberto DaMatta, acerca da dicotomia casa/rua, esclarece que

> se a casa distingue esse espaço de calma, repouso, recuperação e hospitalidade, enfim, de tudo aquilo que se soma e define a nossa ideia de 'amor', 'carinho' e 'calor humano', a rua é um espaço definido precisamente ao inverso (DAMATTA, 1985, p. 48).

Em todos os romances analisados, é possível que se veja essa dicotomia, à exceção do romance *Quarenta dias*, uma vez que o novo espaço habitado por Alice, na capital gaúcha, não representa esse "calor humano" a que DaMatta faz referência. Ao contrário, em *Quarenta dias* é a rua que traz o afeto, o calor humano e o amor. Também sobre a importância da memória infantil, à exceção do romance *Quarenta dias*, todos aventam a temática, pois suas narradoras resgatam *flashes* da infância em busca de respostas para suas questões identitárias. Em *Quarenta dias*, a infância resgatada ocorre pela memorização acerca do comportamento de Norinha, filha da personagem-escritora, Alice.

Em *A chave de casa*, a narradora também encontra o calor humano e o amor nas ruas, em Esmirna e, depois, em Lisboa, sendo a casa da narradora, no Rio de Janeiro, o espaço das lembranças, ou melhor, da memória da dor das perdas e de onde ela se liberta ao narrar/escrever.

Anna Mariani e Maike, do romance *Com armas sonolentas*, de Carola Saavedra, também são personagens deslocadas no espaço-tempo, uma vez que têm suas vidas devastadas pela distância entre dois países, Brasil e Alemanha, a eles ligando-se para sempre.

> E foi assim, amando Heiner do seu jeito, que Anna embarcou num avião rumo à Alemanha. E só doze horas depois, quando o avião já aterrissara e eles já tinham passado pela alfândega, é que se deu conta de que aceitara ir embora, largar tudo de uma hora para outra, sem ter a menor ideia de onde iam morar, em que cidade, ou ao menos se norte, sul, leste, oeste, talvez para ela a Alemanha era algo tão inimaginável que tanto fazia a cidade, o bairro, a rua ou qualquer outra exatidão. (SAAVEDRA, 2018, p. 28)

Todas as personagens, portanto, saem em busca de espaços-tempos para o desenrolar de suas ações, para sua busca identitária. Todas desejam contar-se, escrever-se, narrar-se, como Maike:

> mas algo em mim me afundava nessa areia movediça, algo em mim estava errado, Max tinha razão, e agora o Brasil, o que eu sabia do Brasil?, nada, só o pouco do português que aprendera na faculdade [...]. (SAAVEDRA, 2018, p. 125)

Essa é a fala da personagem Maike quando decide partir para o Brasil em busca de alguma coisa que a devolvesse ao mundo, que a fizesse sentir-se menos estranha em sua própria pátria, a Alemanha. Ela decide então partir em busca de uma explicação para suas "inadequações": de gênero, familiar e geográfica.

Como fica então o leitor, diante de personagens tão fragmentadas? Na verdade, quando olhamos para essas personagens, não há isenção no olhar: o que ocorre é que projetamos desejos ou significados implícitos naquilo que vemos — valores que carregamos de acordo com a forma como enxergamos o mundo. Buscamos espaços reais e imaginários, subjetivos ou temporais para tentarmos compreender o universo ficcional criado pelo autor e recriado por nós, enquanto leitores implícitos e/ou pesquisadores.

Os estudos dos professores Santos e Oliveira (2001), sobre as características do texto literário, apontam, entre outras, a capacidade associativa do leitor, a proposição de enigmas para os quais não são dadas soluções, o estímulo ao leitor de exercer sua capacidade interpretativa, e, por fim, de convidá-lo a escrever, através da leitura, o seu próprio livro. Portanto, não há leitura ingênua. Todo leitor é, de alguma forma, um coautor, não sendo, por isso, imparcial.

Nos séculos XIX e XX, as categorias de tempo e espaço eram tratadas de forma estanque. O espaço era considerado apenas como ambiente geograficamente demarcado, como se percebe, por exemplo, nos romances urbanos de José de Alencar e Machado de Assis. Ou, em escritores como Graciliano Ramos e José Lins do Rego, para ilustrar a correlação existente entre o ambiente e as condições históricas das personagens. O tempo era também tratado de forma cronológica, datado, pois. O ambiente acaba por determinar o desenrolar das ações das personagens.

Na contemporaneidade, entretanto, o que vemos são personagens fragmentadas, resultantes de um tempo e de um espaço também fragmentados, caóticos. Hoje o espaço e o tempo são um desdobramento de vivências externas e internas. O tempo é subjetivo tanto quanto o espaço do *ser*. Tanto as paisagens interiores quanto a *geografia afetiva* dos lugares são preponderantes para o desenrolar da ação, para os deslocamentos, para as buscas identitárias.

## NO ESPAÇO ÍNTIMO DA MEMÓRIA

A memória e as lembranças também se tornam imprescindíveis, como aponta Paul Ricoeur (2007), uma vez que habitar constitui a mais forte ligação humana entre tempo e lugar. Lugares habitados são, por excelência, memoráveis. Lugares percorridos servem de lembranças. Tais lembranças acompanham todas as personagens, sem exceção. São as lembranças que as fazem percorrer novos espaços, novas identidades, ou são elas que reafirmam e rearranjam identidades antigas, desgastadas pelo tempo e pela vida que levam, florescendo novas ideias e novos padrões de comportamento. Assim, quando a perspectiva do espaço físico se abre para outras configurações, é possível pensar o espaço enquanto lugar de transformação, portanto, espaço social, mas também, psíquico. O espaço psicológico surge muitas vezes a partir de traços de uma mente conflituosa, conturbada. Um exemplo clássico é o da mente perturbada de Dom Casmurro (1899), personagem do livro homônimo de Machado de Assis, que, sendo narrador, conta suas memórias a partir de sua ótica.

O que pretendo afirmar é que há uma projeção desse comportamento conflitivo nas ações das personagens, vinculando-se os espaços íntimos a um significado simbólico, como pude observar em tantas personagens atuais, especialmente nas personagens femininas deste *corpus* literário. Contudo, este estudo não pretende dar lume apenas a espaços, sejam físicos, sociais ou psicológicos, uma vez que cada romance estudado é único e possui também uma pluralidade de ideias, imbricando daqui e dali outras perspectivas e outras leituras dos diferentes modos de representação desse "cronotopo", mesmo porque em obras distintas, e de autoras diversas, há diferentes formas de produção de sentido, diferentes formas de representação. Conforme Regina Dalcastagnè, "O tempo, assim como o espaço, não é uma entidade abstrata, mas uma construção social, que continua se fazendo e transformando, gradualmente, nossa percepção" (DALCASTAGNÉ, 2012, p.78).

Saindo do espaço ficcionalizado da narrativa e entrando no espaço como "construção social", não só da personagem-escritora, mas sobretudo da mulher como produtora de literatura, como escritora, autora empírica, protagonista do seu papel social, recorro à pesquisa de Rita Terezinha Schmidt quando ela enfatiza que:

> Excluída da órbita da criação, coube à mulher o papel secundário da reprodução. Essa tradição de criatividade androcêntrica que perpassa nossas histórias literárias assumiu o paradigma da existência humana nos sistemas simbólicos de representação. Na medida em que esse paradigma adquiriu um caráter de universalidade, a diferença da experiência feminina foi neutralizada e sua representação subtraída de importância por não poder ser contextualizada dentro de sistemas de legibilidade que privilegiavam as chamadas "verdades humanas universais" [...] Os estreitos laços entre o corpus da nossa literatura e o que a teoria da literatura concebe como tradição literária evidenciam a cumplicidade entre as práticas culturais e discursivas de nossa cultura e a prática social de uma sociedade patriarcal que sempre teve como objetivo último a "naturalização" da mulher, ou seja, o seu controle e acomodação ao que essa sociedade define como "a sua verdade", o "seu papel", e "a sua esfera de atuação." [...] (SCHMIDT, 1995, p. 184)

Hoje, contudo, a mulher vem ganhando espaço de atuação tanto como autora quanto como crítica literária, tendo em vista que "não há mais como sustentar os pressupostos pretensamente neutros e a-históricos da crítica literária tradicional", (SCHMIDT, 1995, p. 185), pois todo critério de avaliação e interpretação é

> historicamente limitado, mutável em função de condições sociais e históricas e em função de referenciais teóricos, esses também variáveis no contexto daquelas condições. Acrescenta-se a isso, o fato de que os sentidos de uma obra se alteram segundo as condi-

ções distintas de seu contexto de produção e recepção. (SCHMIDT, 1995, p. 185)

Para Elódia Xavier, a respeito das narrativas contemporâneas escritas por mulheres, após a consolidação das conquistas feministas e das questões de gênero,

> As mulheres disputam com os homens o poder, e a literatura que produzem é marcada pelas questões contemporâneas. A narrativa de autoria feminina cresce em quantidade e qualidade com o século XXI, anunciando uma produção que está a exigir a atenção dos críticos. (XAVIER, 2012, p. 89)

Essa nova mulher que surge nas narrativas contemporâneas força um "espaço dialógico" (SCHMIDT, 1995, p. 187), pois

> O feminino como passividade e conformidade dramatizado na "estética da renúncia", na "temática da invisibilidade e do silêncio" ou na "poética do abandono" se desdobra na prática representacional de resistência do sujeito consciente que estilhaça o discurso das exclusões, para lançar a pergunta impensada: o que acontece quando o objeto começa a falar? (SCHMIDT, 1995, p. 187)

É interessante notar que em todos os romances estudados há uma narrativa de deslocamento, de viagem, de errância, de deambulação, *de flânerie*, de construção (individual e social) que representa espaços díspares e plurais. Os espaços dessa nova mulher que *se* diz não é mais o espaço doméstico, privado, do lar. São novos os espaços representacionais ocupados pelas mulheres do século XXI, e a rua é um dos espaços de transgressão, antes proibido. O que importa agora é o deambular, o caminhar, o flanar por espaços diversos. Essas personagens que flanam não o fazem apenas tomando distância da urbe para melhor apreciá-la, mas essencialmente para dela tirar material de produção literária. Essa travessia não será apenas física, mas, sobretudo, imaginária ou imaginativa. Ela, a personagem feminina, não apenas sentirá a cidade, como "buscará asilo na multidão", como preconizou Benjamin (1991), misturando-se a ela para, muitas vezes, não ser notada, mas para observar de perto as pessoas e as coisas, como ocorre, a exemplo, com Alice, do romance *Quarenta dias* (2014), de Maria Valéria Rezende, e com a personagem Valderez, do romance *Por escrito* (2014), de Elvira Vigna.

Assim, o sujeito da viagem, esse *flâneur* (*flâneuse*), é construído não como uma categoria fixa, mas em constante mudança, de acordo com o espaço que habita, habitou ou habitará. O verbo "habitar" ganha aqui uma característica de mobilidade, não mais de fixidez. "Habitar" significa agora "estar por um determinado período em algum lugar". Sujeito e espaço ligam-se intimamente, entrecruzando-se. O sujeito passa a "ser", a existir, conforme o espaço que habita dentro de um determinado tempo. Esse espaço habitado é geralmente a cidade. Sujeito e cidade passam a ter uma ligação íntima: ele habita a cidade, mas a cidade também o habita. Está introjetada em suas ações e em seus pensamentos. É o que podemos perceber com clareza no romance *Mar azul* (2012), de Paloma Vidal, nos vários momentos em que a personagem inominada parece agarrar-se à cidade para continuar a existir.

> Estar ali era ser livre. A cidade não acabava nunca e muito estava ainda por ser imaginado. Algumas vezes ficamos ali até o céu amanhecer. [...] Algumas coisas devem ter acontecido naquele terraço, mas ao subir não quis recuperar nada. Quis ver a cidade e pedir clemência, como se ela fosse um deus com muitos corpos. (VIDAL, 2012, p. 108)

O espaço afetivo se transforma em tempo e vice-versa. Assim, as dimensões espaço-tempo passam a ser indissociáveis e as distâncias não são mais absolutas, mas relativas, dependendo do observador, do viajante, do andarilho, do *flâneur*, como ocorre também com as personagens hidalgueanas Maria e Arthur, do romance *Rio-Paris-Rio*.

> Arthur não a advinha nesse espaço em tempo algum. Não imagina que um dia ela o seguiu numa de suas errâncias, descobrindo, incógnita, o muquifo que ele esconde da civilização (dela). Maria passa horas aí, se alimenta o quanto pode dele e, empanturrada, volta para seu quadrado asséptico, simétrico, cética quanto ao futuro desses dois mundos um dia tão complementares [...]. Dorme rodeada de Arthur, suas impressões digitais, daimons, pegadas, pistas mundo afora. [...] Já cogita mudar de prédio, quando na verdade quer mudar de cidade. (HIDALGO, 2016, p. 129)

Na narrativa contemporânea, apreendemos a construção do espaço a partir de múltiplas sobreposições temporais, que são experienciadas pela personagem. Entretanto, podemos perceber em muitos romances a preponderância do espaço sobre o tempo, o que poderá interferir na questão memorialística do sujeito, colocando em xeque sua história e, consequentemente, sua própria identidade, devido à fragmentação desse sujeito, à dissolução de laços, à sensação de estar em todos os lugares e, ao mesmo tempo, não pertencer a lugar algum, de estar, consequentemente, em constante deslocamento em busca do que, certamente, não está do lado de "fora", mas do lado de "dentro", tamanho o seu sentimento de estranheza, de angústia e de melancolia. Essa melancolia inicial é sinônimo de vazio, como nos aponta Jean Starobinski:

> O que foi possuído se perdeu. O que foi esperado não ocorreu. O espaço está despovoado. Por todo lado estende-se o deserto infecundo. [...] Enquanto a melancolia enfrenta o vazio e não soçobra no estupor sem substância, uma memória agrava o vazio: a memória dos poderes perdidos, o fantasma do vigor que não tornará a nascer. [...] Mas se existe (como em Baudelaire) uma espera, ainda que frustrada, então a melancolia não ganhou por completo. Que um futuro, ainda que nele nada deva se produzir, permaneça aberto diante da consciência, e então o vazio muda de significado. Uma plenitude volta a ser possível. Na espera do que poderia preenchê-lo, o vazio não é mais um fim do mundo: não é

> mais um luto, e sim a acolhida virtual que marca a qualidade do vazio. (STAROBINSKI, 2016, p. 429-430)

Para Susan Sontag, "O melancólico sempre se sente ameaçado pelo domínio do concreto [...] vê o próprio mundo se tornar uma coisa: refúgio, refrigério, encantamento" (SONTAG, 1986, p. 96-97).

Isso é o que podemos depreender, por exemplo, nos trechos a seguir, do romance *Quarenta dias*, de Maria Valéria Rezende, em que a narradora e personagem central, Alice, desalojada de sua antiga vida na Paraíba, encontra nas ruas de Porto Alegre o lugar para dar algum sentido (?) a sua nova vida:

> O que deixei para trás, o que me obrigaram a deixar para trás, lá ficou, na antiga vida da contente e pacífica professora Póli. Não tinham mais nada a ver com essa estranha Alice, desenraizada, desaprumada, que nem eu mesma conhecia. (REZENDE, 2014, p. 84).

Ou quando ela sai do apartamento que a filha aluga para ela, lugar onde ela não se reconhece, não se encaixa, para ganhar de vez as ruas da cidade, usando como pretexto encontrar um operário que ela nunca vira, apenas ouvira falar (por alto) sobre seu (suposto) desaparecimento — Cícero Araújo, seu conterrâneo, pretensamente sumido em terras estranhas (ou na capital gaúcha).

> Quem me visse pensaria que eu sabia pra onde ir e tinha pressa. Na verdade, eu não tinha pressa nenhuma, estava prolongando a qualquer pretexto e quase desfrutando aquela nova espécie de liberdade, o anonimato sem destino, uma andança sem pé nem cabeça, cada vez mais movida por pura ficção que, àquela hora, já ia longe do motivo aparentemente real e inicial da minha disparada pra rua. Cícero Araújo, pobre dele, sem saber ia passando de objetivo a mero álibi, perdendo-se e reinventando-se a cada etapa do meu jogo de esconde-esconde. (REZENDE, 2014, p. 138)

O que pude constatar é que não há linearidade espaço-temporal nas narrativas recentes, que se abrem a vários espaços e tempos. As personagens existem em um universo rearranjado pela memória, com a intenção de gerar um efeito de simultaneidade de ações. Como se pode observar no romance *Com armas sonolentas* (2018), de Carola Saavedra, quando, recorrendo a inúmeras metáforas, a neta, já idosa, e o espírito da avó rumam em direção ao passado, à ancestralidade, como forma de recuperação dos elos que foram rompidos, tendo como interlocutora e meio de transporte uma capivara, algo bastante inverossímil para o contexto, mesmo para o que é considerado como realismo fantástico. A bordo de uma capivara falante, a avó morta e a neta rumam em direção aos tempos presente, passado e futuro, mesclando-os, como misturam-se também os lugares para onde rumam, o desconhecido, o nada.

> [...] eu não entendia o que a capivara queria dizer com aquilo, para você ver, disse a avó, apesar do que as pessoas pensam, depois que a gente morre não passamos a saber tudo, apenas sabemos de uma outra forma, então eu pedi que a capivara explicasse melhor aquilo, ela deu um suspiro e disse, no fundo, trata-se de uma velha frase, *Gñthi seauton*, eu continuei sem entender, insisti, é o problema do livre-arbítrio, gostamos de imaginar que somos livres, completamente livres, mas isso não passa de ilusão, somos a nossa herança, uma herança gravada nas palavras de nossos ancestrais [...] talvez ela consiga fazer a travessia, talvez não, talvez a filha de sua filha, ou quem sabe, a filha da filha da sua filha, é difícil prever, de qualquer forma, seja como for, tudo já aconteceu, tudo é passado, fora isso, não há nada. (SAAVEDRA, 2018, p. 250)

Em algumas narrativas contemporâneas, no entanto, as mutações no espaço ocorrem devido à questão memorialística das personagens narradoras, remetendo-nos, enquanto leitores, a possíveis narrativas autobiográficas. Há uma necessidade de tornar sólida e material a construção textual a partir de determinados espaços afetivos. Objetos, casas, ruas, cidades tornam-se locais privilegiados para as recordações, em meio a um sentimento de perda, de finitude. É o que ocorre, por exemplo, no romance *A chave de casa*.

> Caminho pelas ruas de Esmirna pensando que já realizei a primeira parte da viagem. Não tenho mais o que fazer na Turquia e quero ainda ir a Portugal, onde não há parentes nem casa para procurar. De qualquer maneira, é o país de onde veio minha família e também onde nasci. Eu tinha nove meses quando saí de lá, nos braços da minha mãe. Certamente, o tempo foi curto, não deu para formar lembranças, mas ainda assim acredito que posso encontrar em Lisboa algum sentido para o meu corpo, a minha história. (LEVY, 2009, p.171)

No romance *Luzia*, a menina Luzia, ao distanciar-se da infância, vive pequenas mortes quotidianas, ancorando-se num espaço da memória — a infância ao lado da mãe, antes de ficar órfã — para sentir-se viva.

> Luzia, quando criança, queria correr mais que todos. O desenho borrado na memória, de quem eram aqueles olhos, uma criança? Um menino? De caixa em caixa tiro uma lembrança. [...] O que veio antes daquela tarde? Não se lembra. Nos seus treze anos, algo parou. Para Luzia o que veio antes não importava mais. O que vinha antes daquela tarde, só se espiasse nas caixas, uma foto e outra. (FUENTES, 2011, p. 14-15)

Alice, a personagem central e narradora de *Quarenta dias* (2014), ancora-se no espaço feliz da memória para aguentar a mudança de vida sofrida: sair de sua casa, de seus pertences, de seus livros, de seu espaço-tempo, de seu aconchego, de onde gosta de estar, direto para um apartamento *clean* e *modernoso*, em Porto Alegre, decorado ao gosto de sua filha: "Entrei nesse apartamento — ainda não consigo dizer "em casa", tento, mas não há jeito" (REZENDE, 2014, p. 13). Alice passa então a amparar-se na escrita, na memória e nos espaços externos — ruas, parques, rodoviárias, bares, livrarias, bancos de praça, becos, favelas etc. — para continuar viva, tendo como interlocutora *Barbie*, seu caderno amarelado com o desenho da boneca homônima na capa, caderno que trouxera da Paraíba e no qual "despejava" suas lembranças daqueles quarenta dias em Porto Alegre, cidade com a qual não conseguia se identificar, por não se sentir pertencida: desde o sotaque nordestino à cor da pele (morena), tudo a fazia rejeitar a capital gaúcha. Então, negava-a, percorrendo-a.

> Não, Barbie, esta noite não dormi no saguão nem em parque nenhum. Não vê como estou bem-disposta a sentar-me, pegar a caneta e continuar escrevendo aqui nesta cozinha, depois desta noite bem-dormida na suíte deste apartamento que me esforço para aceitar, finalmente como meu? Naquela minha primeira manhã de rua, que eu ainda não sabia que era apenas a primeira, alguma coisa na minha vida estava virando de ponta-cabeça e me dava uma espécie de tontura, fazendo-me andar pra um lado e pro outro, pra cima e pra baixo, literalmente. (REZENDE, 2014, p. 163)

Com esse sentimento de perda de sua outra vida feliz, de seu espaço *topofílico*, como aponta Bachelard (2010), Alice cambaleia entre permanecer e esquecer. Como não consegue esquecer seu passado, suas lembranças felizes na Paraíba, ela opta pelo deslocamento espaço-temporal, indo para as ruas, tentando uma identificação, procurando símbolos de concretude com sua vida passada. Entretanto, o que encontra são imagens soltas, desgarradas, que parecem apenas telas, fotografias, diante do sujeito da memória, insígnias que se sustentam apenas por seu absurdo desejo de negação da realidade.

> Estava mesmo sem teto, a minha casa tinha sido desmanchada lá em João Pessoa, uma espécie de vergonha misturada com coragem. Eu devia tomar juízo, me levantar dali, voltar pra casa que me haviam designado e cuja chave eu trazia na bolsa. Mas não fui. Fiquei, agora apenas modorrando deitada no chão, à beira de um caminho por onde já passava muita gente [...] eu ali, ao rés do chão, observando apenas os pés, os calçados, passos, ritmos, tratando de identificar por eles as identidades, os sentimentos, a vida... Pelos pés... Não me mexi por um bom tempo [...] Fingia que dormia, as pálpebras

> entreabertas, mas espiava tudo e todos os que cabiam no meu raio de visão, rasteiro, até sentir que era hora de me mexer de novo, andar, continuar pra qualquer direção [...]. (REZENDE, 2014, p. 165)

O mesmo se dá com Valderez, de *Por escrito*, que se escreve à medida que se desconstrói no tempo e no espaço, recorrendo às lembranças do abandono e das ausências (da mãe, do irmão e do amante), por meio de uma escrita fragmentada e labiríntica, cheia de lacunas, como funcionam seu próprio tempo e seu próprio espaço, já que habita vários lugares, mas gosta mesmo é da fixidez das cadeiras dos aeroportos ou das rodoviárias, de onde ela pode observar as cenas e reescrevê-las nas entrelinhas de seu passado, que aflora e a faz sofrer.

> E aí, sentada outra vez na cadeira pré-moldada, começo minha catalogação de aeroportos, as coisas que vi e guardei, formando na minha cabeça frases através das quais eu contaria sobre essas coisas para você, e não contei. Porque ao chegar, desse ou de qualquer outro aeroporto, elas me pareceram bobas. E porque frases não podem contar como é ficar sentada com a bunda em cadeira pré-moldada de aeroportos vendo o mundo se tornar outro mundo e o mesmo, sem sentido, alices, nós todos, sem notar. [...] Nada se mantém em aeroportos, hotéis, sarjetas em que às vezes me sento, me sentava, cansada de tanto andar por cidades que não conheço, as melhores. (VIGNA, 2014, p. 140)

Em *Charles Baudelaire, um lírico no auge do capitalismo* (1991), o filósofo alemão Walter Benjamin aponta para uma preocupação com a experiência na metrópole moderna, visto que é a urbe, com todas as suas contradições, que contém também a história, e, com ela, e as incertezas e inseguranças humanas de localização num determinado tempo-espaço. Benjamin, a partir da obra do escritor francês Charles Baudelaire, pensa o espaço da cidade enquanto lugar de emergência de um tipo especial de sujeito: o *flâneur*, já mencionado anteriormente, como aquele que vaga pelas ruas, sem um destino certo, sem uma direção. Um andarilho, um caminhante, um errante, um estranho, que, mesmo distraído, possui um olhar atento, crítico e de cumplicidade sobre a cidade e suas contradições.

> Em Benjamin, tanto o *flâneur* quanto a prostituta são figurações do peregrino sem fronteiras, pois colocam-se contra a estabilidade consagrada e, assim como o espaço urbano, estão em permanente transformação. (SANTOS E OLIVEIRA, 2001, p. 85)

Essa transformação que o espaço público proporciona é vista a olhos nus nas personagens femininas deste estudo.

Dessa maneira, o *flâneur* benjaminiano aparece com muita intensidade nas obras estudadas, já que a *flânerie* é uma característica das personagens femininas dos romances contemporâneos, especialmente nos de autoria feminina.

> [...] a cidade, feixe de relações, é o lugar onde algo começa a desmoronar. No cenário urbano, o sujeito se dissemina em múltiplos papéis. A cidade se apresenta como um tabuleiro de xadrez em que identificações e movimentos emergentes se cruzam. Nessa cartografia, se esboça uma nova figura: a do estrangeiro na própria terra, aquele que experimenta viver na borda de um palco de migrações, de etnias, de subjetividades. O habitante do espaço urbano é concebido como um sujeito rasurado, deslocado. É alguém que, se sabendo estrangeiro, renuncia a qualquer pretensão de totalidade, de completude, pois já não há mais nem centro nem periferia fixos delimitados, mas um campo de batalha onde fervilham diferenças e traços multiculturais. (SANTOS E OLIVEIRA, 2001, p. 88-89)

Para Valderez, de *Por escrito*, bem como para Alice, de *Quarenta dias*, e outras personagens analisadas, não importa o paradeiro: a necessidade de vagar é maior que o destino. O destino é apenas uma forma de escamotear o desejo de não estar em um lugar fixo. Tanto faz que sejam praças, ruas, cadeiras de bares, aeroportos, trens, metrôs, ônibus, livrarias, hotéis, marquises etc., o importante é o movimento que a cidade oferece. Não importa o espaço nem o tempo. Ou seja: que espaço é esse onde cabem tantos outros espaços quanto forem necessários? Que tempo é esse que pode recuar (tempo da memória) ou avançar (tempo de desejos)? Tempo do devir?

Só percebemos o lugar em que estamos por oposição ao lugar em que não estamos, mas em que, movidos por um desejo de mudança, gostaríamos de estar. Tempo histórico e tempo presente se associam na realização desse desejo. Tempo e espaço são ambos fugidios e, portanto, características fundamentais da existência humana: nascimento e morte. Velhos tempos e espaços cedem lugar à novidade.

O corpo, espaço da dor e da felicidade, talvez seja a única carapaça que podemos carregar em nossos constantes deslocamentos, uma vez que é ele quem carrega todo um mundo sensorial capaz de nos fazer produzir, além de sensações, sentidos, para estarmos em constante transformação. A linguagem permanece sendo o único lugar capaz de driblar o "cronotopo". Assim, todas as personagens deixam por escrito o que vivenciam em suas andanças, em sua *flânerie*, pois, de algum modo, elas querem se fixar. Mas, enquanto tudo se move, tudo deixa de ser, a linguagem, ao contrário, permanece, é.

## Corpo

Cansado,
meu corpo
quer ser meu.
Liberto,
meu corpo
quer ser seu.
Nas cartografias
entre o desejo
e a ferida,
voou.
Desapareceu.

CAPÍTULO 4

# CARTOGRAFIAS DO CORPO

## GENEALOGIA DA MULHER: DA OPRESSÃO À SUBVERSÃO

> *É chegado um tempo em que o corpo da mulher irá nascer das palavras das mulheres.* Elizabeth Ravoux-Rallo.
>
> *Se não sangra, minha escrita não existe. Se não rasga o corpo, tampouco existe. Insisto na dor, pois é ela que me faz escrever.* Tatiana Salem Levy.

Escrever sobre o corpo feminino é poder ir além da dicotomia prisão *versus* libertação, é flanar em muitas outras direções, já que o corpo da mulher é um mapa de muitos lugares, povoados e despovoados, ditos e silenciados. Falar do corpo biológico é falar também do corpo discursivizado, pois é através do discurso que as mulheres irrompem na sociedade. Assim, posso dizer que minhas escritas nesta pesquisa emergem também das minhas próprias questões, pois, estando no caminho do feminismo desde que me vi mulher, sendo pesquisadora, escritora e mãe, a dimensão política e social do meu corpo (biológico e discursivizado) se estende também a outros corpos, de outras mulheres, em se tratando de temas que estejam fundamentados na linguagem e, portanto, na sexualidade.

Sendo considerado uma ameaça à ordem social estabelecida desde o Brasil Colônia, o corpo "diabólico" da mulher precisaria ser controlado, silenciado em seu desejo. Inúmeros aparatos disciplinadores, como a família, em primeiro plano, a Igreja e o Estado passam a imprimir a esse corpo formas intensas de repressão, tendo em vista que:

> a sexualidade feminina, ao rebentar as amarras, ameaçava o equilíbrio doméstico, a segurança do grupo social e a própria ordem das instituições civis e eclesiásticas. A todo-poderosa Igreja exercia forte pressão sobre o adestramento da sexualidade feminina. (ARAÚJO, 2011, p. 46)

O fundamento da repressão era a justificativa de que cabia ao homem "ser superior", exercer a autoridade e o domínio sobre o corpo da mulher. Para isso, nada melhor que lembrar desde sempre à mulher do mito do paraíso perdido, do Éden, reafirmando a culpa e a punição pelo pecado de transgredir as regras preestabelecidas pela "santa" Igreja.

> Não era de admirar, por exemplo, que o primeiro contato de Eva com as forças do mal, personificadas na serpente, inoculasse na própria natureza do feminino algo como um estigma atávico que predispunha fatalmente à transgressão, e esta, em sua medida extrema, revelava-se na prática das feiticeiras, detentoras de saberes e poderes ensinados e conferidos por Satanás. Tal pensamento misógino é expresso cruamente no *Malleus maleficarum*, célebre tratado de demonologia escrito por dois dominicanos alemães, Heinrich Krämer e Jacob Sprenger, publicado em 1486. (ARAÚJO, 2011, p. 46)

Vêm de longa data as tentativas de dominação masculina sobre o corpo da mulher, seus desejos e sua sexualidade, pois a tentativa de dizer que a mulher é imperfeita vem das tradições cristãs, uma vez que, pelos ensinamentos bíblicos, ela foi gerada a partir da costela de um homem (sugere-se, com essa metáfora, uma relação de dependência com o seu provedor, com aquele que lhe "concedeu" a vida, e que, sendo mais "importante", foi o primogênito na história da humanidade).

O controle da Igreja sobre a sexualidade feminina no Brasil data de 1707, quando "o sínodo diocesano reunido em Salvador proibiu todo e qualquer tipo de feitiçaria destinado a influir no sentimento alheio [...]"

(Araújo, 2011, p. 48), tendo em vista que as "feiticeiras" eram insistentes e não se deixavam dominar com facilidade.

> Na década 1590, antes da chegada do Santo Ofício, elas eram muito ativas em Salvador: manipulavam anseios, reforçavam crenças, aguçavam ardores. As tais cartas de tocar, tirinhas de papel infalíveis para conquistar o amor de outrem, eram feitas por Isabel Rodrigues (apelidada *Boca Torta*) e vendidas por cinco tostões a uma clientela carente de afeição. Antônia da Nóbrega [...], especialista em beberagens [...], destinava-se a *amigar* desafetos [...]. Uma terceira bruxa dessa época, Maria Gonçalves Cajado, de alcunha Arde-lhe o Rabo, corroborava o pensamento dos teólogos acerca da explosiva ligação sexual das feiticeiras com o Diabo [...] o que só fazia atiçar o imaginário ligado aos sabás, reuniões em que as feiticeiras entregavam-se ao Diabo em cópulas fantásticas [...]. (ARAÚJO, 2011, p. 48)

Desde então, a mulher que rompesse com as amarras impostas pela Igreja corria graves riscos de ser confundida com uma feiticeira e ficar sujeita aos castigos do Santo Ofício da Inquisição. Dessa maneira, era melhor que fosse vigiada, podendo sair de casa somente em três únicas ocasiões, conforme estudos de Araújo (2011): para ser batizada, para casar-se e para ser enterrada. A mulher adestrada para casar-se, procriar, cuidar da prole e dos afazeres domésticos perde sua autenticidade, seus desejos, e tem sua sexualidade totalmente domesticada e reprimida, devendo obediência primeiro ao pai e, depois, ao marido. Em relação à educação formal, a mulher do período colonial aprende a ler e a escrever na clausura do lar, onde também aprende outras atividades em consonância com seu corpo adestrado, como bordar e cozinhar.

A mulher adestrada para o casamento era ainda uma menina que aos doze, treze anos já era considerada pelo pai apta ao matrimônio com homens que tinham o dobro, o triplo e até o quádruplo de sua idade, tudo sob a tutela da Igreja, que as mantinha em cativeiro pelo poder do confessionário, domando seus impulsos sexuais pela culpa e pela punição.

Outro ofício que lhes era ensinado pelas mães e por outras mulheres mais velhas era a "arte da sedução", com a finalidade de manter seus casamentos, o que não impedia o marido de escravizar duplamente — pelo sexo e pela dominação — as mulheres negras que mantinha em suas senzalas. Sendo senhor e dono de seu império, podia tomar posse de todos os seus "bens", o que incluía a esposa, comprada por meio do dote, e as escravas, compradas como qualquer objeto útil. Ambas objetificadas. Mas nem tudo ocorria de forma amena, e domar impulsos sexuais nem sempre funcionava. Muitas mulheres conseguiram driblar a vigilância constante da família, da Igreja e, depois de casadas, dos próprios maridos, entregando-se a outros homens e mesmo a outras mulheres, às escondidas, muitas vezes sob a tutela das amigas, estabelecendo relações homoafetivas e homossexuais, já que, tendo seu desejo reprimido, sexo com outra mulher parecia mais fácil, pois levantava menos suspeitas. Contudo, muitas dessas relações eram geradas devido à afetividade, cumplicidade e compreensão mútua entre mulheres que passavam pelos mesmos dilemas, estabelecendo-se também uma relação de solidariedade e de reciprocidade.

Na época colonial, porém, a mulher arriscava sua própria vida ao cometer adultério, já que o marido que desconfiasse poderia puni-la e ao amante com a morte. Mas, ainda assim, muitas mulheres não pareciam se amedrontar e eram muitos os "refúgios do pecado [...] o mato, a rede, a cama, mas as ocasiões variavam. Os padres, por exemplo, aproveitavam-se do confessionário para tentar seduzir algumas paroquianas" (ARAÚJO, 2011, p. 60). Há também relatos históricos de adultério de mulheres casadas com viajantes estrangeiros, pois a maioria não voltaria a vê-los, não incorrendo no risco de serem descobertas. Também há relatos de religiosas (freiras) que mantinham relações sexuais com homens e com outras freiras.

A pena de morte era imputada também à mulher que cometesse adultério em relações homossexuais (ou sodomia, como se dizia na época colonial), pois a homossexualidade era considerada, além de pecado, um comportamento desviante. As mulheres homossexuais (bem como homens homossexuais) seriam punidas com o fogo, para que nada sobrasse dos seus corpos "doentes". Há relatos, contudo, de que no Brasil colonial nenhuma mulher chegou a ser queimada, como previa a legislação vigente. Porém, para a Igreja, o corpo feminino era lugar de batalha entre as forças do bem e do mal. Se as forças do mal prevalecessem, o corpo adoecia como punição aos pecados.

> Qualquer doença, qualquer mazela que atacasse uma mulher, era interpretada como indício da ira celestial contra pecados cometidos, ou então era diagnosticada como sinal demoníaco ou feitiço diabólico. Esse imaginário que tornava o corpo um extrato do céu ou do inferno, constituía um saber que orientava a medicina e supria provisoriamente as lacunas de seus conhecimentos. (DEL PRIORE, 2011, p. 78)

Dessa forma, o médico da época colonial era um criador de conceitos para manter o *status quo* de um sistema que precisava disciplinar, por meio da culpa, os corpos femininos. O corpo da mulher era considerado inferior ao do homem em todos os aspectos:

> carnes mais moles [...] contendo mais líquidos, seu tecido celular mais esponjoso e cheio de 'gordura', em contraste com o aspecto musculoso, que se exigia do corpo masculino, expressava igualmente a sua natureza amolengada e frágil [...]. (DEL PRIORE, 2011, p. 79)

Além dos conceitos que inferiorizavam o corpo da mulher, a medicina passou a perseguir as mulheres que detinham conhecimentos sobre seu próprio corpo, não permitindo que elas, de modo algum, tratassem suas mazelas. Benzedeiras e curandeiras, com seus chás e suas ervas "demoníacas", acabaram na mira da Igreja, que as viam como bruxas, adeptas do paganismo.

Assim, a medicina, aliada ao poder patriarcal e à Igreja, reforçava ainda mais o caráter misógino dos aparatos disciplinadores, tendo em vista que à mulher só era conferido o caráter biológico do seu corpo (parir e procriar), ao qual se ligavam a moral e a metafísica: ser boa mãe, ser frágil, ser submissa, ser obediente, ser generosa e nutrir bons sentimentos. A "mulher melancólica", ou seja, a que não nutria bons sentimentos, era a que sofria de um "infernal incêndio" (DEL PRIORE, 2011, p. 83) que vinha sempre acompanhado de medo e de tristeza. A melancolia, segundo os médicos, ancorava-se no sangue menstrual, causador de "alucinações espantosas" (DEL PRIORE, 2011, p.83). A natureza feminina, ordenada pelo sexo biológico, ou pela genitália,

> transformava a mulher num monstro ou numa eterna enferma e, vítima da melancolia, seu corpo se abria para males maiores, como a histeria, o *furor da madre*[1] e a ninfomania. (DEL PRIORE, 2011, p.83)

Todavia, se o corpo da mulher "padecia", ele era também uma ameaça, pois o tempo do sangue mensal era também um tempo de morte simbólica, de reclusão. Segundo os médicos, os

> eflúvios maléficos desse sangue tinham o poder degenerativo de arruinar, deteriorar e também de contaminar [...]. O corpo feminino parecia, assim, o lugar de uma dupla propriedade: [...] demoníaco e [...] vulnerável a elementos do universo exterior. (DEL PRIORE, 2011, p.103)

Conforme estudos médicos da época colonial, o sangue menstrual também possuía o poder de cura para algumas doenças, o que conferia um caráter ambíguo e demoníaco à mulher, que tanto curava quanto destruía.

Com essa herança de séculos de alienação e submissão, a mulher chega ao século XIX nutrindo um sentimento de inferioridade em relação ao homem e, por ele, continua sendo dominada, tendo seus direitos castrados e sua voz silenciada. Contudo, à mulher burguesa são conferidos alguns direitos: participa de encontros sociais, frequenta teatros e óperas, acompanhada

---

[1] Conforme estudos de Mary Del Priore, vapores exalados do sangue menstrual causadores de alucinações. Conhecido também por "furor uterino".

do marido, lê novelas românticas e sentimentais, que acabam por idealizar as relações amorosas e o próprio casamento.

> As alcovas, espaço do segredo e da individualidade, forneciam toda a privacidade necessária para a explosão de sentimentos: lágrimas de dor ou ciúmes, declarações amorosas, cartinhas afetuosas e leitura de romances pouco recomendáveis. 'A máscara social será um índice de contradições profundas da sociedade burguesa e capitalista [...] em função da repressão dos sentimentos, o amor vai restringir-se à idealização da alma e à supressão do corpo. (D'INCAO, 2011, p. 229)

Ainda que a leitura dos romances apontasse para uniões especificamente amorosas, pela idealização de um amor romântico, como se podia ler nos romances de José de Alencar, Joaquim Manoel de Macedo ou de Machado de Assis, por exemplo, o casamento entre famílias ricas e burguesas é usado como um degrau para a ascensão social e para perpetuação do *status quo*. Cabe a essa mulher do século XIX a primeira educação dos filhos, antes deixados por conta das amas. Agora essa nova mulher passa a ser capital simbólico importante da relação, pois a imagem da família feliz em muito passa a depender de como a mulher conduz a educação da prole e de como ela se comporta em sociedade, mantendo o *status* necessário ao sucesso do marido e, em alguma medida, os homens passam a depender da imagem que a mulher traduz da família para a sociedade.

> Esposas, tias, filhas, irmãs, sobrinhas (e serviçais) cuidavam da imagem do homem público; esse homem aparentemente autônomo, envolto em questões de política e economia, estava na verdade rodeado por um conjunto de mulheres das quais esperava que o ajudassem a manter sua posição social. [...] Convém não esquecer que a emergência da família burguesa, ao reforçar no imaginário a importância do amor familiar e do cuidado com o marido e os filhos, redefine o papel feminino e ao mesmo tempo reserva para a mulher novas e absorventes atividades no interior do espaço doméstico. Percebe-se o endosso desse papel por parte dos meios médicos, educativos e da imprensa na formulação de uma série de

> propostas que visavam "educar" a mulher para seu papel de guardiã do lar e da família. [...] Considerada base moral da sociedade, a mulher de elite, a esposa e mãe da família burguesa deveria adotar regras castas no encontro sexual com o marido, vigiar a castidade das filhas, constituir uma descendência saudável. (D'INCAO, 2011, p. 229-230)

Essa mulher, no entanto, começa a ter certa percepção de sua importância e de sua completude. Dotada de corpo, e de alma, começa a despertar para seus desejos e suas aflições, tendo em vista que é o *amor romântico*, idealizado nos romances da época, que passa a ditar as regras do amor na burguesia. As moças começam a sonhar com um amor puro e verdadeiro, desinteressado e amigo, um amor platônico. No Romantismo, ama-se a ideia do amor. Todavia, a mulher continuava guardada a sete chaves para o casamento. A virgindade era pré-requisito para a união entre famílias burguesas e funcionava como "um dispositivo para manter o *status* da noiva como objeto de valor econômico e político, sobre o qual se assentaria o sistema de herança da propriedade que garantia linhagem de parentela" (D'INCAO, 2011, p. 235).

A vigilância ao corpo da mulher passa a ser exercida por razões de ordem econômica e social, não mais para conter os desejos sexuais. O controle passa a estar vinculado ao casamento por interesses, havendo um afrouxamento por parte da Igreja e do Estado sobre o corpo feminino, já que às próprias mulheres cabia a tarefa de vigiar umas às outras, para que "se comportassem" aos olhos inquisidores e exigentes da sociedade e da Igreja. À mulher burguesa coube o sonho do amor romântico, idealizado, mas até onde ela conseguiu manter essa idealização é ponto crucial a ser pensado, pois, com casamentos arranjados por trás de interesses econômicos e de ascensão social, talvez depois o que lhe restasse fosse a rotina doméstica, o tédio conjugal, a falta de amor e a maternidade como obrigação social.

Aliás, o tema da maternidade aparece pela primeira vez no romance *Os dois amores*, de Joaquim Manoel de Macedo, escrito em 1848. No romance,

Macedo acaba por retratar o amor entre o filho bastardo Cândido e a mãe que ele nunca vira. E, mesmo criado por uma madrasta que lhe devota todo amor, é na mãe que ele pensa todo o tempo e para quem escreve poemas. Ao conhecer o filho, contudo, a mãe lhe pede para guardar o segredo sobre sua maternidade, pois precisa casar-se com alguém que ela amou e garantir a felicidade e a própria ascensão na instituição do casamento. O filho concorda, reproduzindo a importância desse *status quo* acima de qualquer outro sentimento.

O início do século XX reflete o amadurecimento dessa família burguesa, o que aparece com todas as suas características em alguns romances. No romance *Amar, verbo intransitivo*, por exemplo, lançado em 1927 por Mário de Andrade, os membros da família só mantêm diálogos sobre coisas fúteis e banais ou sobre a educação dos filhos. É o patriarca da família, pertencente à alta burguesia paulista dos anos 20, quem determina tudo o que deve acontecer. À mulher resta acatar, ser generosa e compreender. A ela também não cabe desconfiar de nada, pois sua ingenuidade e benevolência não permitem que saiba que a governanta alemã contratada pelo marido, um homem investido de doçura e de sabedoria, nada mais é que a mulher que apresentará seu filho aos prazeres do sexo, bem distintos, aliás, do amor romântico. Para evitar que o adolescente contraia qualquer doença venérea, frequentando bordéis, a jovem preceptora alemã tem a função real de iniciar sexualmente o rapaz, de modo afetuoso, hábil, gradual e seguro, sob o controle da família, representada pelo poder patriarcal.

Segundo estudos de Marilena Chauí (1984), sobre repressão sexual, o romance de Mário de Andrade enfoca três temas muito sugestivos. Primeiro, situa a prostituição como peça-chave da conservação da instituição familiar, em que a prostituta estrangeira (outra língua, outros hábitos), substituindo a escrava, que antes desempenhava o papel gratuitamente, está sob a tutela da família moderna, burguesa e capitalista, enfatizando a compra e venda da mão-de-obra. A imigrante estrangeira substitui a escrava bem como os imigrantes europeus operários substituíram a mão-de-obra escrava, modernizando a produção. Em segundo lugar, o romance enfoca a questão da mulher deixada de lado no quesito educação sexual, pois as duas irmãs do jovem não terão a mesma iniciação. Uma das irmãs nutre uma espécie de amor homossexual reprimido pela governanta e impulsos incestuosos pelo irmão, já que tem sua sexualidade reprimida pela família. Em terceiro, está a fina ironia do autor ao aventar o tema da prostituição estrangeira, branca, higiênica, europeia em terras tropicais, onde o sentimentalismo exacerbado e o sexo "sujo" perdurariam. Enfim, enfatiza o caráter das fantasias sexuais carregadas de preconceito e racismo. Contudo, a "professora de sexo" alemã também tem ideais românticos e sonha em formar uma família na Alemanha, onde está o noivo e com quem mantém-se ligada por meio de cartas. Assim, a prostituição reaparece ligada à conservação familiar tal como sempre esteve.

Outro exemplo de prostituição se dá no romance *Lucíola* (1965) de José de Alencar, lançado em 1862. A protagonista, ao se prostituir, logo se transforma na prostituta mais cara e devassa do Rio de Janeiro, com o intuito de salvar da fome a família. Depois se regenera e é no amor e na família que quer encontrar "salvação", mas não se acha digna para o casamento com Paulo, seu amado, antes seu cliente, que pagava bem por seus serviços sexuais. Seu corpo, então, antes escravizado pelo desejo e pelo sexo, agora padece, "indigno" de gerar um filho, segundo as tradições da época romântica, encontrando na morte do corpo "doente" a única forma possível de libertação da alma, bem em consonância com os ideais do século XIX.

A mulher criada para o casamento e para suportar as restrições que essa instituição impunha era a mulher da corte, dos grandes centros urbanos. Na historiografia sobre as mulheres no Brasil, é possível perceber uma nítida mudança nos padrões de comportamento entre aquelas que não pertenciam ao eixo Rio de Janeiro, São Paulo e Minas Gerais, ou ainda Recife e Salvador. Em seus estudos sobre as mulheres do Sul do país, por exemplo, Joana Maria Pedro (2011) ratifica os estudos do botânico francês Auguste de Saint-Hilaire, quem primeiro percorreu a cidade de

Curitiba e os estados de Santa Catarina e do Rio Grande do Sul, em 1820, realizando seus estudos de botânica e observando e descrevendo o comportamento das mulheres da região. Ele pôde perceber que, por terem etnias e classes sociais variadas, elas possuíam perfis distintos das mulheres de outras regiões do Brasil.

Ainda conforme estudos de Pedro (2011), a imagem das mulheres do Sul como mais "sociáveis" que as de outras regiões do país (segundo relatos de viajantes) provavelmente se deve aos:

> preconceitos raciais dos ditos viajantes, à cultura específica da população que aí se instalou, bem como o modo de vida diferente dos existentes na economia escravista de exportação. (PEDRO, 2011, p. 279)

A título de ilustração da mudança dos papéis sociais, Pedro (2011) esclarece que a participação das mulheres do Vale do Itajaí no crescimento econômico-industrial da região foi de suma importância, além de as mulheres terem sido as responsáveis diretas pela reprodução da cultura germânica.

> Na divisão sexual das tarefas, cabia às mulheres de Blumenau não só o trabalho doméstico, mas boa parte do trabalho considerado produtivo. A colonização, iniciada no vale do rio Itajaí em 1850, teve no trabalho das mulheres um de seus fortes apoios. Inúmeras cartas de colonos à Alemanha apontam a importância dessas mulheres. [...] A manutenção dos hábitos e dos costumes alemães dependia das mulheres [...]. Apesar disso, o que se observa é que somente os homens são considerados responsáveis pelo desenvolvimento da região. A própria representação da imagem das mulheres de origem alemã como "trabalhadeira", diferentemente dos homens considerados "trabalhadores", contribui para a invisibilidade da contribuição feminina. (PEDRO, 2011, p. 288-289)

Com a reestruturação das relações de trabalho, as mudanças dos espaços urbanos e a Proclamação da República, entre outros fatores, as transformações da sociedade brasileira tornaram-se mais profundas e definidas. Conforme estudos de Magali Engel, esses e outros aspectos sinalizavam para a formulação e a execução de novas estratégias de "disciplinarização e de repressão dos corpos e mentes sedimentados, por exemplo, sobre uma nova ética de trabalho e sobre novos padrões de moralidade para os comportamentos afetivos, sexuais e sociais" (ENGEL, 2011, p. 322).

Em fins do século XIX, surgiu a *medicalização da loucura*, transformando-a em *doença mental*, objeto exclusivo de um saber tácito do alienista. O Hospício D. Pedro II, primeira instituição destinada a recolher doentes mentais e criado em meados do século XIX, já denunciava o interesse dos mecanismos disciplinadores pelo controle da saúde mental. A sexualidade feminina estava na mira dos alienistas, pois qualquer "desvio" de conduta era motivo de internação da mulher, por considerá-la fora dos padrões ditos normais para a sociedade burguesa e capitalista que se encontrava em plena ascensão. A mulher que fugisse aos padrões impostos era considerada um ser antinatural, portanto perigoso ao convívio social.

> [...] a velha crença de que a mulher era um ser ambíguo e contraditório, misterioso e imprevisível, sintetizando por natureza o bem e o mal, a virtude e a degradação, o princípio e o fim, ganharia uma nova dimensão, um sentido renovado [...] Amplamente disseminada, a imagem da mulher como ser naturalmente ambíguo adquiria, através dos pincéis manuseados por poetas, romancistas, médicos, higienistas, psiquiatras e, mais tarde, psicanalistas, os contornos de verdade cientificamente comprovada a partir dos avanços da medicina e dos saberes afins. (ENGEL, 2011, p. 332)

O corpo feminino, espaço da loucura, tornou-se o alvo preferencial das intervenções normalizadoras da psiquiatria e da medicina em geral, pois a "ambiguidade" da mulher era retomada dos tempos passados em que se acreditava nas forças do bem e do mal. A mulher naturalmente já estaria, conforme sua fisiologia, predisposta à doença mental.

> A menstruação, a gravidez e o parto seriam, portanto, os aspectos essencialmente priorizados na definição e no diagnóstico das moléstias mentais que afetavam mais frequentemente ou de modo específico as mulheres. (ENGEL, 2011, p. 333)

A maternidade, vista como a *essência* da mulher, por isso, inscrita na sua natureza, era também a porta pela qual a mulher poderia redimir-se de seu comportamento desviante e louco. Contudo, a mulher que não pudesse ou não quisesse gerar um filho, aos olhos médicos, "acabaria, cedo ou tarde, afogada nas águas turvas da insanidade" (ENGEL, 2011, p. 338). Ou seja, para a mulher, *ser imperfeito* aos olhos da medicina, não haveria salvação. Tudo é negado à mulher, especialmente autonomia e subjetividade. À mulher só cabe:

> a encarnação mítica dos extremos da alteridade, do misterioso e intransigente *outro*, confrontado com veneração e temor. O que lhe cabe é uma vida de sacrifícios e servidão, uma vida sem história própria. [...] É musa ou criatura, nunca criadora. (TELLES, 2011, p. 403)

É nesse contexto conturbado do fim do século XIX e início do século XX que surge também uma nova mulher que, mesmo sendo produto dessa dualidade, começa a ler sobre o que falam a seu respeito nos romances, e quer também ter o direito de produzir suas histórias, sua escrita. A criatura estranha, dual, ambígua, desviante, doente, ninfomaníaca, feiticeira, louca, frágil, dócil, submissa decide passar, então, a criadora. Como uma mente demoníaca produzirá literatura? Essa transição não será fácil. É uma transgressão, uma violação às regras impostas pela sociedade patriarcal e misógina, em que muitos escritores detinham o poder de retratar a mulher do jeito que a viam, objetificando-a.

O escritor Joaquim Manoel de Macedo, por exemplo, em seu romance *A Moreninha*, lançado em 1844, chega a mencionar a feminista inglesa Wollstonecraft, já que a personagem central, Carolina, a Moreninha, lê a autora. A personagem macediana é tida, a princípio, como travessa, provocante e filósofa, mas, depois, é no amor romântico e no casamento que encontra saída para sua vida, como queriam os ideais românticos e burgueses da época.

> No século XIX, para as mulheres que pensaram ser algo mais que "bonecas" ou personagens literárias, os textos dos escritores colocaram problemas tanto literários quanto filosóficos, metafísicos e psicológicos. Como a cultura e os textos subordinam e aprisionam as mulheres, antes de tentarem a pena cuidadosamente mantida fora de seu alcance, precisaram escapar dos textos masculinos que as definiam como ninharia, nulidade ou vacuidade, como sonho e devaneio, e tiveram de adquirir alguma autonomia para propor alternativas à autoridade que as aprisionava. (TELLES, 2011, p. 409)

Segundo estudos de Telles (2011), a presença das mulheres na literatura principia com 120 assinaturas de mulheres paraibanas em apoio à Independência do Brasil, no jornal de inspiração liberal, *Sentinela da Liberdade*. Conforme Telles (2011), não se sabe quem eram essas mulheres, mas sabe-se que elas estavam a par das ideias europeias em relação à posição da mulher na sociedade e suas reivindicações por igualdade. Há estudos que comprovam que o livro da escritora inglesa Mary Wollstonecraft (1759-1797), *Vindications for the rights woman*, de 1792, foi traduzido livremente, a partir da versão francesa, por Nísia Floresta, e publicado em 1832, além de ter tido mais duas edições, uma em Porto Alegre, em 1833, e uma no Rio de Janeiro, em 1839.

Republicana e abolicionista, Nísia Floresta rompeu com todos os estereótipos da época. Casa-se aos 13 anos e separa-se, tendo sido repudiada por toda a família pelo seu gesto corajoso, menos pela mãe, que sempre a apoiou. Depois da morte do pai, aos vinte anos, começa a lecionar num colégio de Recife para conseguir sustentar a mãe e os irmãos. Em 1832 publica o livro *Direito das mulheres e injustiça dos homens*, no qual reivindica igualdade e educação para as mulheres, inspirada pela leitura da escritora inglesa que traduziu. No mesmo ano casa-se pela segunda vez, com um advogado e acadêmico, com quem tem um casal de filhos. Em 1838 a família decide mudar-se para Porto Alegre em busca de melhores condições de vida. O marido morre no mesmo ano e ela vai para o Rio de Janeiro com os filhos, onde funda um colégio. No Rio, escreve para jornais e provoca muitas polêmicas. Decide viajar para a Europa, onde conhece vários intelectuais. Em 1855 falece em Rouen, na França, aos setenta e cinco anos.

Nísia Floresta transgrediu as normas da sociedade patriarcal e não deixou que disciplinassem seu corpo, ou sua mente, com ideias escravagistas e reacionárias. Nísia foi uma visionária feminista e foi também exemplo para muitas outras que a sucederam. Em todas as suas publicações, no Brasil e na Europa, ela preocupou-se com a educação das mulheres, para a mudança do *status quo* e, consequentemente, da própria vida material. "Nísia trata, por isso, da ausência da mulher no mundo, dos limites impostos pelos homens à sua educação, pois a eles não interessava contrariar um modelo e sociedade que lhes havia dado o domínio" (TELLES, 2011, p. 406).

A temática da liberdade e da igualdade de gêneros vai ser encontrada em obras de outras escritoras que tiveram Nísia como paradigma e, ainda que a sociedade continuasse reprimindo veementemente as mulheres, disciplinando seus corpos, muitos são os exemplos de mulheres que produziram literatura. Entre esses exemplos, a título de ilustração, destaco alguns abaixo, conforme estudos de Telles (2011).

Maria Firmina dos Reis, abolicionista, nascida em 1825, em São Luís do Maranhão, autora de Úrsula, primeiro romance brasileiro escrito por uma mulher e publicado em 1859.

Narcisa Amália de Campos, nascida em São João da Barra, Rio de Janeiro, em 1852. Intelectual que transgrediu ao romper dois casamentos para dedicar-se à escrita. Narcisa publicou em 1870 o livro de poemas *Nebulosas* e escreveu nos jornais *O Rezendense*, *Diário Mercantil de São Paulo* e *A Família*. Guiou-se por ideias europeias consideradas liberais, como as do escritor francês Victor Hugo, e colocou sua escrita a serviço de ideias democráticas e progressistas, como a modernização da nação e o acesso cultural a toda a população, em especial às mulheres, privadas de uma educação formal.

Ana Lins dos Guimarães Peixoto Bretas, nascida em Goiás Velho, em 1889. A doceira que se transformou na poeta e ficcionista Cora Coralina recebeu o título de doutora *honoris causa* pela Universidade de Goiás, além dos prêmios Jabuti e Juca Pato, como intelectual do ano, em 1984.

Maria Benedicta Camara Bormann, nascida em Porto Alegre em 1853, cresceu e viveu no Rio de Janeiro até sua morte, em 1895. Rica e culta, falava inglês e francês, tocava piano e cantava. Teve uma publicação intensa para uma vida curta: *Aurélia* (1883), *Uma vítima*, *Três irmãs*, *Magdalena* (1884), *Lésbia* (1890), *Celeste* (1893) e *Angelina* (1894). Também colaborou em vários jornais importantes do Rio de Janeiro, entre eles *A Gazeta da Tarde*, de José do Patrocínio, e *O Paiz*, em que assinava uma coluna de literatura. Maria Benedicta publicou ainda contos e crônicas sob o pseudônimo de "Délia".

Júlia Lopes de Almeida, nascida em 1862, no Rio de Janeiro, onde também faleceu em 1934, possui uma obra extensa. Foi jornalista, romancista e teatróloga e em seus escritos sempre lutou pelos direitos das mulheres. Participou do corpo de redatores de *A Semana*, do Rio de Janeiro, do qual faziam parte Olavo Bilac, Artur Azevedo e Filinto de Almeida — com quem se casaria depois. Entre suas preocupações e lutas estão a defesa da Abolição e da República, a urbanização da cidade, as campanhas em defesa da educação da mulher e do divórcio. Em todos os seus romances é nítida a preocupação com a mulher. Em *Cruel Amor*, por exemplo, publicado em 1911, ela trata, entre outras questões, da libertação da mulher. Júlia também foi palestrante, tendo viajado muito pelo país, o que lhe rendeu a escrita do livro *Histórias de nossa terra* (1922), com vinte e duas edições. Em suas palestras, defendia sempre reformas na educação, especialmente na educação das mulheres. No entanto, esforçou-se para conciliar os papéis de boa mãe e boa esposa ao de escritora. Tais esforços a levaram também à Legião da Mulher Brasileira de Bertha Lutz e, em 1919, à Universidade Feminina Literária e Artística, grupo organizado por ela. Participou também de reuniões para a formação da Academia Brasileira de Letras, mas ficou de fora por ser mulher. A Academia elegeu Filinto de Almeida, seu marido, e os rumores foram de que a eleição tenha sido em homenagem a ela. Júlia é a única escritora do período que viveu completamente da escrita, o que é considerado um grande avanço para a época, especialmente levando-se em conta seu sexo biológico.

Quanto à Academia Brasileira de Letras, pode-se dizer que, mesmo com algumas mulheres eleitas, ela continua, ainda hoje, uma associação machista e patriarcal. A exemplo do que ocorreu no ano de 2018, em pleno século XXI, quando Conceição Evaristo, escritora negra, feminista, saída da periferia de Belo Horizonte, doutora em Letras e vencedora de inúmeros prêmios literários importantes, perdeu a eleição para o cineasta Cacá Diegues, mesmo com uma campanha extensa em todas as mídias para que Evaristo ocupasse a Cadeira. Não que Diegues não merecesse a honraria, mas o que se viu foi a reprodução de um *status quo* de séculos de dominação masculina, o que causou grande controvérsia e discussão entre escritoras e intelectuais brasileiras nas redes sociais.

Se durante séculos a mulher vem tentando de várias maneiras libertar-se da dominação masculina, inclusive pela escrita, como tentei demostrar, foi só nos anos de 1960 do século XX, com a criação da pílula anticoncepcional, que ela conseguiu o direito de ser dona absoluta do seu útero, driblando a vigilância e o controle do seu corpo pelos mecanismos de dominação, como o Estado e a Igreja, por exemplo.

Segundo Pedro (2013), a pílula foi a grande responsável por permitir às mulheres decidir *se*, *quando* e *quantos* filhos queriam ter, levando em consideração seu estilo de vida, carreira e questões financeiras. A pílula foi sem dúvida o fator que promoveu a maior revolução nos costumes do século XX e que proporcionou à mulher fazer escolhas.

> Com a possibilidade do sexo com menor risco de gravidez, houve espaço para se questionar antigos valores como a castidade feminina, a exigência da "integridade física" da futura esposa e a dupla moral sexual, que, entre outras coisas, admitia e incentivava o sexo dos homens com prostitutas. Na nova realidade que se instaurava (não sem traumas e ambiguidades), fazer sexo antes e mesmo sem o casamento não seria mais suficiente para comprometer a reputação das mulheres, pelo contrário, aos poucos, o acesso à informação e a busca do prazer passariam a ser considerados "direitos" da mulher. (PINSKY, 2013, p. 517)

Essa revolução sexual feminina proporcionada pela invenção da pílula anticoncepcional e, posteriormente, por outros métodos contraceptivos permanece até os dias atuais. Contudo, mesmo com o progresso das ciências, o corpo feminino ainda é passível de inúmeras tentativas de dominação.

Conforme Chauí, o corpo é considerado em quatro instâncias básicas:

> pelo direito civil, como propriedade inalienável, num contrato (de casamento, de trabalho); pela economia, como força de trabalho [...]; pela escola e instituições "reformatórias", como disciplinável; pelo consumo, como espetáculo [...]. (CHAUÍ, 1984, p.167).

Ou seja, o corpo feminino é útil para o trabalho, carente, porque deseja, e perigoso, por isso precisa ser vigiado de perto.

Toda essa violência simbólica a que é submetido o corpo feminino é forma de:

> violência suave, insensível, invisível a suas próprias vítimas, que se exerce essencialmente pelas vias simbólicas da comunicação e do conhecimento, ou, mais precisamente, do desconhecimento, do reconhecimento ou, em última instância, do sentimento. (BOURDIEU, 2017, p. 12)

Dessa forma, as mulheres, encaradas pela dominação masculina como objetos simbólicos, são colocadas em:

> permanente estado de insegurança corporal, ou melhor, de dependência simbólica: elas existem primeiro pelo, e para, o olhar dos outros, ou seja, enquanto objetos receptivos, atraentes, disponíveis. (BOURDIEU, 2017, p. 96)

Nesse papel de subalternidade em que são lançadas, as mulheres não vislumbram outras formas de estar no mundo além daquelas que a sociedade espera delas, isto é, que sejam "femininas", o que significa dizer:

> [...] sorridentes, simpáticas, atenciosas, submissas, discretas, contidas ou até mesmo apagadas. E a pretensa "feminilidade" muitas vezes não é mais que uma forma de aquiescência em relação às expectativas masculinas, reais ou supostas, principalmente em termos de engrandecimento do ego. Em consequência a dependência em relação aos outros (e não só aos homens) tende a se tornar constitutiva do seu ser. (BOURDIEU, 2017, p. 96)

Desde meados do século XX, a sexualidade humana vem sendo objeto de estudos e intervenções das mais variadas áreas do conhecimento: psicologia, sociologia, filosofia, literatura, artes em geral. Nunca se discutiu tanto a sexualidade, o corpo e o gênero quanto se tem discutido neste século, e isso se deve às mudanças sociais e globais, às novas formas de comunicação e a certa abertura discursiva que se impõe ao mundo, em que fronteiras são diluídas e identidades fragmentadas são (re)construídas, sob um novo ângulo e sob novos conceitos cambiantes. Contudo, conforme estudo de Guacira Lopes Louro "novas formas de relacionamento e estilos de vida já se mostravam nos anos de 1960, profundas e perturbadoras" (LOURO, 2018, p. 10), acelerando-se ainda mais nas décadas seguintes e intervindo em setores que, segundo a pesquisadora, eram considerados "imutáveis, trans-históricos e universais" (LOURO, 2018, p. 10).

> As novas tecnologias reprodutivas, as possibilidades de transgredir categorias e fronteiras sexuais, as articulações corpo-máquina a cada dia desestabilizam antigas certezas; implodem noções tradicionais

> de tempo, de espaço, de "realidade"; subvertem formas de gerar, de nascer, de crescer, de amar ou de morrer. (LOURO, 2018, p. 10)

Todas essas transformações sociais impactaram diretamente no sujeito pós-moderno, aquele que já vinha sendo (des)construído desde a modernidade, compondo-se não mais de uma identidade estável e fixa, mas de várias identidades, muitas vezes, contraditórias.

> A identidade torna-se uma "celebração móvel": formada e transformada continuamente em relação às formas pelas quais somos representados ou interpelados nos sistemas culturais que nos rodeiam. O sujeito assume diferentes identidades em diferentes momentos, identidades que não são unificadas ao redor de um "eu" coerente. [...] A identidade plenamente unificada, completa, segura e coerente é uma fantasia. (HALL, 2015, p.12)

Assim, à medida que novas identidades cambiantes surgem, surge também um novo corpo, dessacralizado, mais humano e, em contrapartida, também mais poderoso, desviante dos padrões sociais que insistem em se perpetuar. É nesse corpo novo e com identidades múltiplas, fragmentadas, multiculturais e híbridas que habita a nova mulher, surgida no século XXI, como resultado de séculos de dominação masculina. É sobre essa nova mulher, que ainda está aprendendo a lidar com as novas descobertas, que o romance contemporâneo vai tratar, especialmente o romance contemporâneo escrito por outras mulheres, que vivenciaram ou vivenciam no "corpo fora" o "corpo dentro", segundo as concepções filosóficas de Jean-Luc Nancy: "O corpo é um envelope: serve assim para conter o que ele deve em seguida des-envolver. O des-envolvimento é interminável" (NANCY, 2015, p. 89).

A mulher do século XXI vai tratar desse "des-envolvimento" a que Nancy se refere, ou seja, o corpo como um todo contínuo, em constante mudança. Ela vai passar a vislumbrar seu corpo em relação a outros corpos, sua existência em relação a outras formas de existir, de estar no mundo, de se manifestar no mundo, na sociedade, na comunidade, na família, entre amigos, entre pessoas com ideias opostas, e, por fim, manifestar-se contra toda e qualquer forma de dominação, de opressão, de violência, que faz com que seu corpo adoeça, padeça, morra, ou fique aprisionado.

> O corpo é também uma prisão para a alma. Nele, ela cumpre uma pena da natureza dificilmente explicável, mas de muita gravidade. Por isso o corpo é muito pesado e árduo para a alma. Ele precisa digerir, dormir, excretar, suar, se sujar, se machucar, ficar doente. (NANCY, 2015, p. 88)

Com efeito, se o *corpo fora* padece para aguentar o *corpo dentro*, esse padecimento será encarado de frente, de forma consciente, pelo novo sujeito feminino pós-moderno, que se desloca no sentido a que a psicanalista Maria Rita Kehl (2016) faz referência: a) o deslocamento histórico, portanto objetivo; b) o deslocamento subjetivo, isto é, que se dá por meio das representações que as mulheres passam a ter sobre si mesmas; e c) um terceiro deslocamento, que coloca as mulheres como "fundadoras" da psicanálise, já que as teorias freudianas sobre as mulheres e a sexualidade feminina levantam, pelo menos, a grande indagação de Freud: "o que quer uma mulher?". Para Kehl, a confissão da ignorância a respeito do que afinal quer uma mulher "é antes produto de uma denegação do próprio Freud do que algum mistério não revelado pelas mulheres" (KEHL, 2016, p. 15). Dessa maneira, sobre a questão do desejo de uma mulher, ela reitera que:

> [...] cada vez que um psicanalista, depois de Freud, sustentar que existe um ponto impossível de desvendar sobre o querer das mulheres, devemos lhe responder como Sócrates: "Indaga-te a ti mesmo". Só o que um homem recusa saber sobre seu desejo é capaz de produzir o mistério sobre o objeto a que ele se dirige, o desejo de uma mulher. (KEHL, 2016, p. 16)

Cada vez que os mecanismos disciplinadores de dominação masculina indagarem a respeito dos desejos de uma mulher, ela deve, conforme Kehl, devolver a indagação, pois só dessa forma estará "livre" da opressão e da "culpa" que lhe são imputadas desde sempre pelo poder patriarcal e pela sociedade androcêntrica, especialmente a brasileira, deixando para trás a posição "objetificada" a que foi lançada para tornar-se sujeito de suas ações e construtora de novos campos do saber, transformando sua realidade e todo o seu entorno.

Segundo a socióloga Heleieth Saffioti (2004), com a finalidade de identificar a situação da mulher brasileira nos espaços público e privado, a Fundação Perseu Abramo, juntamente com a Fundação do Instituto Brasileiro de Geografia e Estatística (FIBGE), realizou, em 2001, um importante trabalho de campo, coletando, por meio de entrevistas, informações em todo o país para detectar as atividades desempenhadas e sofridas pelas mulheres. Trata-se objetivamente de uma investigação sobre a violência contra a mulher. Às informações coletadas deu-se o título de *A mulher brasileira no espaço público e privado*. O seguinte resultado foi apresentado:

> As brasileiras valorizam bastante a liberdade conquistada, porquanto em resposta à pergunta "Como é ser mulher hoje?" 39% ressaltaram sua inserção no mercado de trabalho e a independência que isto lhes confere; 33% referiram-se à liberdade de agir segundo seu desejo e, desta sorte, poder tomar decisões; apenas 8% mencionaram a conquista de direitos políticos, o que é verdadeiro desde a Constituição Federal de 1988, e a igualdade de direitos em relação aos homens. Esta resposta não foi nuançada, pois, segundo a Carta Magna, assim como de acordo com a legislação infraconstitucional, a igualdade existe. O problema reside na prática, instância na qual a igualdade se transforma em desigualdade, contra a qual tem sido sem trégua a luta feminista. (SAFFIOTI, 2004, p. 43-44)

Em relação à perpetuação da desigualdade entre homens e mulheres, ainda que a Constituição garanta o direito à igualdade, números assustadores revelam um quadro de violência simbólica que leva à violência doméstica, a qual só tem aumentado no Brasil nos últimos anos, haja vista o alto número de feminicídios divulgados em todas as mídias, todos os dias, levando ao aumento das delegacias especializadas no atendimento à mulher, além, é claro, do que não é divulgado, do que é encoberto, do que não se tem como saber.

Acerca da violência doméstica, dados de pesquisas de campo demostraram que:

> 19% das mulheres declararam, espontaneamente, haver sofrido algum tipo de violência da parte dos homens, 16% relatando casos de violência física, 2% de violência psicológica, 1% de assédio sexual. Quando estimuladas, no entanto, 43% das investigadas admitem ter sofrido violência sexista, um terço delas relatando ter sido vítimas de violência física, 27% revelando ter sofrido violência psíquica, e 11% haver experimentado o sofrimento causado por assédio sexual. Trata-se, pois, de quase metade das brasileiras. Os 57% restantes devem também ter sofrido alguma modalidade de violência, não as considerando, porém, como tal. (SAFFIOTI, 2004, p. 47)

## PERSONAGENS VIOLADAS E O *BILDUNGSROMAN* FEMININO

A violência contra a mulher está presente nos romances contemporâneos escritos por homens e também naqueles escritos por mulheres; o que os diferencia, entretanto, é a abordagem, porque, de alguma forma, parece que as escritoras procuram reverter o quadro da violência simbólica e não simbólica, favorecendo as personagens femininas, que tomam as rédeas de suas vidas, subvertem a ordem patriarcal e vingam-se de seus opressores, como é o caso da personagem sem nome de *A chave de casa*, de Tatiana Salem Levy, que *mata* seu opressor com uma "facada", tentando, metaforicamente, *matar a dor* que ele lhe causa, numa briga entre *Eros* e *Tânatos*. Ela sofre um estupro cometido pelo namorado, um homem abusivo e desajustado, por quem ela se apaixona perdidamente e com quem vive cenas tórridas de paixão, numa compulsão sexual desenfreada e cega, viciante e assassina.

Sofrimento e paixão, palavras com a mesma raiz etimológica (*passio-onis*, derivado de *passus*, particípio passado de *pati*, que significa sofrer), quase matam a protagonista do romance *A chave de casa*, que, no ápice da dor do abandono (do namorado e da mãe, que morre vítima de câncer) e depois de entregar-se à depressão, consegue, enfim, renascer, o que não é uma regra nos romances de autoria feminina. Muitos, inclusive, caminham para um final distópico (muito embora a distopia ocorra em grande parte em romances expostos ao realismo fantástico, aqui o termo significa *sem esperança, sem saída possível*).

> Você não disse uma palavra sequer. Simplesmente arrancou minha calcinha e me empurrou com força no sofá, obrigando-me a esticar o corpo. Arrancou-me a calcinha com movimentos bruscos e penetrou imediatamente seu dedo no meu sexo seco. No meu rosto apenas terror. No meu corpo, a impossibilidade do movimento. Eu já tinha esgotado minhas forças e você sabia disso. Você se aproveitava disso. Abaixou o short ali mesmo, naquele sofá onde outras vezes nos amamos, deitou-se em cima de mim. Eu estava abandonada, entregue à sua vontade, feito me culpasse pelo que acabara de falar. [...] Você se rejubilava com a minha dor. Você me perguntou: então, não é bom? Não respondi. Não é bom?, você insistiu. Permaneci muda. (LEVY, 2009, p. 198)

A violência também perpassa as três personagens de Carola Saavedra no romance *Com armas sonolentas:* Anna Mariani, Maike e a Mãe/Avó, pois tanto Anna Mariani quanto sua mãe sofrem estupro. Anna Mariani é o fruto do estupro cometido pelo filho do patrão, quando sua mãe era empregada doméstica, tendo sido violentada cinco vezes no espaço claustrofóbico do seu quartinho sem janela.

Maike é a filha de Anna Mariani, abandonada por ela num parque, numa cidade no interior da Alemanha. Anna Mariani sofre com um casamento insosso e sem amor, com um marido que, sendo um cineasta importante na Alemanha e internacionalmente conhecido, não lhe dá qualquer chance de sucesso enquanto atriz que anseia a fama a qualquer custo (assim, trata-se de um casamento por interesse). Tudo não passa de ilusão. Heiner, o marido, abandona-a em sua pequena cidade alemã, para continuar a vida de fama em Berlim e pelo mundo. Anna Mariani volta ao Brasil após abandonar o bebê. Conhece outro homem e decide se casar. Esse novo marido é um agressor. Ela apanha e é estuprada inúmeras vezes por ele. Contudo, ela vê nas constantes surras uma forma de se redimir da culpa por ter abandonado a filha. Exemplo de violência do *corpo fora* para amainar a dor do *corpo dentro*: o castigo corporal como solução, quase como uma automutilação.

> Então, eu deixei o bebê bem agasalhado no carrinho e fui embora. [...] Eu quase não tenho lembranças dos dias que se seguiram [...] algo essencial se perdeu, mais uma vez. (Pausa) Dormi na rua? É possível, passei fome?, talvez, sofri algum tipo de violência?, as marcas no meu corpo diziam que sim, sim, um braço que eu mal conseguia mexer, falhas no cabelo, marcas arroxeadas nas coxas, nos braços e no pescoço. E nas costas, quando finalmente me olhei no espelho, nas costas uma longa cicatriz. [...] Ficaria bem aquela filha que não era mais minha, que nunca fora. Ficaria bem aquele corpo que se desprendera do meu corpo e agora tinha vida própria. Depois, as lembranças esmoreciam, os passos rápidos para fora do parque, o medo de que alguém tivesse me visto, que me denunciasse, como explicar que eu não era mãe de um corpo só porque ele saíra de dentro de mim, como explicar que aquilo não era natural, que nada é natural na natureza, porque na natureza não há palavras, palavras que recubram o vazio, palavras que nos confortem e deem sentido. [...] Talvez, depois, apenas passos sem rumo para fora do parque para fora da cidade para fora de mim mesma, e a intuição de que era preciso uma violência muito mais extrema, para que a dor, enfim, se acalmasse. (SAAVEDRA, 2018, p. 177-178)

Maike é o bebê que Anna rejeita desde a concepção. Maike, além da violência do abandono, sofre uma grave violência física, pois, ainda na infância, depois de adotada por uma família alemã rica, recebe uma facada nas costas, dada por seu melhor amigo, Max, também criança, cujos pais eram amigos dos seus. Violência cometida pelo sexo masculino, mesmo que por um menino. Saavedra aborda a questão da violência atravessada por uma geração de mulheres da mesma família. É a representação da violência histórica que é cometida desde o início dos tempos. Até as cicatrizes parecem se perpetuar. O romance diz muito da ancestralidade. Há, portanto, uma ancestralidade também na violência: Avó, Mãe e Filha. Há ainda a Bisavó/Tataravó, arrancada da floresta, quando jovem, e da Mãe, trazida do interior (da roça) aos quatorze anos para trabalhar na cidade grande, no Rio de Janeiro, palco da desigualdade social. E depois, a filha (Anna Mariani), arrancada dos seus braços pela patroa, D. Clotilde, que cria a menina como rica. A mesma menina que mais tarde rejeitará a mãe, pobre, preta, empregada doméstica e que também abandonará a filha no parque. A narrativa é circular e é um romance de formação, como já está explícito no título (*Com armas sonolentas: um romance de formação*). Trata-se, pois, da formação de uma geração de mulheres. Ou seja, trata-se de um exemplo claro de *Bildungsroman* feminino, de acordo com a concepção de Cristina Ferreira Pinto (1990), e, também, de um "romance de renascimento e transformação" ("*rebirth and transformation*"), conforme classificação de Annis Pratt (1981).

> O "Bildungsroman" retrataria o período de formação da personagem que começa na infância ou adolescência, enquanto a protagonista do "romance de renascimento e transformação" seria a mulher mais velha, com mais de trinta anos ou já de meia-idade, em busca da autorrealização. [...] o "Bildungsroman" seria um tipo de narrativa em que se dá a busca da integração social da personagem, enquanto no outro modelo o objetivo seria a integração espiritual. [...] no "romance de renascimento e transformação" existe a possibilidade de um final positivo para a protagonista, ou seja, há um sentido de vitória pessoal, de realização das aspirações individuais da personagem. No "Bildungsroman", entretanto, essa possibilidade é quase sempre nula, porque a integração social da mulher tradicionalmente exclui qualquer chance de autointegração e realização. (PINTO, 1990, p. 15-16)

A crítica feminista, contudo, faz suas ressalvas ao *Bildungsroman* feminino justamente porque, em sua origem, o *Bildungsroman* se referia "ao processo durante o qual se aprende a ser homem" (PINTO, 1990, p. 11), e as mulheres não estariam "autorizadas" a participar, uma vez que sua tradição se inicia com *Wilhelm Meisters Lehrjare*, de Goethe, publicado na Alemanha entre 1794 e 1796. Entretanto, Goethe não foi o primeiro a utilizar o termo *Bildungsroman*, mas a ele se deve a formação do mesmo, tendo em vista que frequentemente usava a palavra *bildung* (formação, educação, cultura, processo de civilização), e outras derivadas, para referir-se ao seu *Wilhelm Meister*, "obra que é considerada o protótipo ou modelo arquetípico do gênero" (PINTO, 1990, p. 10).

A quase total ausência da mulher no *Bildungsroman* se deve ao fato de que a aprendizagem da mulher se restringia à preparação para o casamento e a maternidade. "Assim, enquanto o herói do "Bildungsroman" passa por um processo durante o qual se educa, descobre uma vocação e uma filosofia de vida e as realiza" (PINTO, 1990, p. 13), à mulher não é dada nenhuma chance, pois ela poderia se tornar uma ameaça ao *status quo* do poder patriarcal. No entanto, há alguns anos se tem questionado o *Bildungsroman* feminino como um espaço de poder, em que a personagem feminina possa se fazer mais evidente, quebrando tabus e regras de dominação masculina, alcançando uma realização interior e exterior que não seja apenas o casamento e a maternidade. Conforme estudos de Camila Doval,

> Ao acompanhar a evolução da protagonista da infância à fase adulta, o romance de formação toca em pontos cruciais da construção da identidade das mulheres, em geral associados à sexualidade, como a menstruação, a virgindade, a gravidez e a menopausa, bem como inúmeros aspectos sociais e psicológicos que decorrem deles. A formação da autoestima, a iniciação sexual, a reação diante da ameaça do abuso e do abuso propriamente dito, a descoberta do exercício da sexualidade, a aceitação ou a ruptura de papéis estabelecidos como femininos, a postura submissa e passiva ou independente

> e autônoma dentro dos relacionamentos amorosos, o modo de encarar a velhice [...] são alguns dos subtemas do Bildungsroman feminino. (DOVAL, 2016, p. 137)

Vários exemplos de *Bilgunsroman* feminino perpassam os outros romances estudados aqui, como se pode ver ao longo dos capítulos. Contudo, no romance *Com armas sonolentas,* esse processo se evidencia dada sua estrutura circular, com capítulos independentes, sobre as trajetórias das quatro personagens protagonistas que se cruzam no final. É possível que se veja o crescimento e a degradação de cada uma delas, seus recomeços e novas possibilidades de vida, por meio de uma voz polifônica, um hino à liberdade e ao rompimento de algumas fronteiras, como a homossexualidade de Maike, que, ao assumir sua orientação sexual, consegue romper um ciclo ancestral de dominação masculina. Mas nem tudo são flores, e a reprodução do *status quo* da dominação pela classe se perpetua com a Mãe/Avó, pois, internada numa clínica de idosos, no fim da vida, não se sente digna de ser atendida por uma cuidadora ou pelas enfermeiras, já que serviu aos patrões durante uma vida inteira, tendo sofrido violência simbólica (e sexual) inúmeras vezes.

O fim do livro é aberto a uma série de possibilidades, como é a maioria dos romances de autoria feminina, já que o encontro entre Anna Mariani e Maike e entre elas e a Mãe/Avó não se estabelece de fato. Novamente a representação é a forma encontrada por Anna Mariani, mas dessa vez é no palco que ela decide fazer uma catarse de sua vida, representando-a para uma plateia/leitor, por meio de um monólogo intenso e derradeiro, escrito por ela mesma. Anna Mariani (re)escreve a peça que representa: o livro de sua vida, através de um processo memorialístico.

A violência, seja ela simbólica ou física, é um tema que perpassa as protagonistas de todos os romances estudados nesta pesquisa. Habermas se contrapõe ao conceito de violência simbólica (que se evidencia por meio do exercício simbólico do poder, que perpassa todos os campos do conhecimento) de Pierre Bourdieu, por entender que a violência em si equivale sempre a uma agressão física, portanto externa ao que é simbólico.

Luzia, personagem central do romance homônimo, de Susana Fuentes, estuprada na infância — "nos seus treze anos algo parou" (FUENTES, 2011, p. 15) —, pelo sócio pedófilo do tio, que a engravida, é uma personagem deslocada em sua solidão e em meio aos traumas sofridos.

> A criança nasceu e morreu [...] Dora, foi esse o nome que deu à menina que crescia em algum outro lugar. Sua loucura particular, seu segredo. Estava no ar, na mesa, na cama. Sua irmãzinha Dora, a criança que morreu, escapou de seus braços. A árvore. Ali enterrou os brinquedos para Dora. E Dora continuou crescendo, crescendo, Luzia também crescia, terminava de crescer só em tamanho, e cada vestido novo era seu e de Dora, no armário cuidava para ter além da conta para duas. (FUENTES, 2011, p. 74)

Luzia perde o bebê, a quem dá o nome de Dora, seu *alterego*, sua "filha" e sua "irmã", ao mesmo tempo, pois não compreende o que ocorre com ela: a gravidez. Luzia é uma menina ingênua, que ainda brinca e tem fantasias. O trauma de perder a barriga e com ela a companhia da "futura irmã" a desestrutura mais que a violência sexual, pois Luzia é solitária e maltratada pela tia, com quem passa a viver depois que a mãe morre. Sofre também outras formas de violência, como o racismo, impetrado pela tia, por ela ser morena, diferente da mãe, e por não ter cabelos lisos. Luzia, além de órfã de mãe, é abandonada pelo pai, um cientista que só tem olhos para o universo, para as estrelas. Um pai que fisicamente se assemelha a ela, mas que está distante dela tanto geograficamente quanto emocionalmente.

O romance é outro exemplo de *Bildungsroman* feminino, já que a história se desenrola de forma memorialística, como um resgate de sua autoestima corroída quando é estuprada. Luzia luta contra seus fantasmas para totalizar-se, e será nos palcos e na escrita que ela, já mais velha, aos trinta e poucos anos, assemelhando-se a Anna Mariani, encontrará alguma redenção para sua culpa e para seguir adiante. Luzia também subverte a ordem imposta pelo poder patriarcal, ao se relacionar sexualmente com um amigo que parece ser bissexual, por quem se apaixona, e por querer, quando criança, ser menino, pois ser homem numa sociedade machista é sinônimo de liberdade, que ela não tem.

> Luzia nasceu santa. Nasceu Luzia Santa Maria. Depois deixou de ser santa e virou menino. Menino podia fazer tudo. Santa não podia fazer nada. [...] Luzia, quando criança, queria correr mais que todos. O desenho borrado na memória, de quem eram aqueles olhos, uma criança, um menino? De caixa em caixa tiro uma lembrança. (FUENTES, 2011, p. 14)

Há em Luzia certa androginia e uma duplicidade, como em Maike, evidenciando alguns traços de uma pretensa homossexualidade:

> Não teve dúvidas quando a escolheu para o filme. Um mistério nesse seu jeito de garota moleque. Ainda assim, quis alertá-la: Luzia, eu não consigo me imaginar, assim...na vida com uma mulher. (FUENTES, 2011, p. 137)

Essa é a fala de Joaquim Marino, o diretor do filme e amigo de Luzia, por quem ela pensou que pudesse estar apaixonada.

A relação de Luzia com seu corpo é de não identificação, desde o estupro. Torna-se adulta, mas não se livra das amarras da memória, que a torturam quotidianamente. Após ter um *affair* com Joaquim Marino, ou pensar que teve (pois a imaginação e a memória de Luzia mesclam-se aos fatos, confundindo o leitor), Luzia liberta seu corpo. Só a partir desse momento ela consegue enterrar de vez o fantasma de Dora, a filha-irmã--companheira morta.

Como Anna Mariani, a personagem Luzia é, além de escritora, atriz. Então o que ela faz é representar o seu melhor papel, num ato de libertação do passado: "Cai a noite, sobe o pano":

> Com Joaquim Marino, Luzia atrevia-se a pensar de um corpo para o outro [...] Luzia agora redescobria o corpo, os recantos das dobras [...] Chance continuamente adiada pela culpa e pelo desejo de redenção. Pela primeira vez sentia o calor daquela intimidade. [...] Quando no calor de tantos beijos a intimidade de outros tempos ficou mais e mais exposta, veio noutro relance a figura do monstro imbecil. Quando veio o pensamento disso foi surpreendida por um choro, uma convulsão, e como podia chorar tão tristemente e estar tão alegre, tristeza regada a alegria. E de uma vez liberta [...] o prazer de ter o sexo como parte da vida, e não calado, como parte velada na vida. (FUENTES, 2011, p.139-140)

Só com a libertação pelo prazer sexual é que Luzia consegue de fato conviver sem culpa com as lembranças do estupro, e se despede de vez da filha abortada: "Qual a sua lembrança mais antiga antes de tudo aquilo acontecer? Antes de tudo aquilo? Quando não tinha medo. Adeus, Dora, agora as lembranças serão outras" (FUENTES, 2011, p. 141). Ao se reintegrar, a personagem protagonista renasce para novas experiências, exemplo claro de romance de "*rebirth and transformation*", como observa Pratt (1981).

Outra personagem que sofre estupro é a personagem sem nome de *Mar azul*. Ela também é abandonada pelo pai, um suposto militante da esquerda argentina. Mas a escrita de Paloma Vidal se dá nas entrelinhas. A narradora sem nome faz uso da memória para lembrar o quanto foi silenciada pelo pai desde a infância, o quanto não há a presença da mãe em sua criação e o quanto o estupro sofrido na adolescência, cometido pelo primeiro namorado, um soldado do Colégio Militar, faz com que ela própria anteveja sua fragilidade e sua baixa autoestima em relação à amiga Vicky e à jovem mãe da amiga, uma *hippie* de cabeça aberta, porém superficial.

A personagem ingênua parece flutuar entre seus sentimentos em relação ao pai e sua relação com as mulheres com quem convive, com quem mora, tendo com Vicky uma relação de cumplicidade e de irmandade. Quando

Vicky desaparece, algo se rompe, pois a amiga era sua única confidente — o romance se inicia com vários diálogos entre as duas amigas, durante a adolescência. Assim, toda a sua solidão vem à tona. Ela envelhece sozinha, procurando explicações para seu comportamento, para sua vida, quando decide buscar nos "cadernos azuis" do pai alguma explicação para todo o seu sofrimento.

É também um romance de formação, porque retrata a vida insossa da protagonista desde a infância até a velhice. É pela memória, já falha, que ela narra os (des)acontecimentos. Mas a personagem não renasce ou se transforma. Ela, ao contrário, tendo a serenidade da velhice, busca compreender seu passado, sem maiores projeções. Nem o amor fica. Tudo se esvai, inclusive uma gravidez fruto de um único encontro num ônibus durante uma viagem entre Argentina e Brasil. Tudo flui. Mas ela permanece sozinha num apartamento, numa cidade que parece ser o Rio de Janeiro, tendo no porteiro do prédio o único elo que a liga à urbe, ao lado de fora. Nada está claro. *Mar azul* é um livro que fala de ausências. A maior delas é a ausência do pai.

> Meu pai estava sempre de partida. Então quando partiu de vez foi apenas mais uma. Porque antes de vir para cá, ele foi para "o sul" e depois para "o interior". Ele dava nomes assim vagos aos lugares e às vezes indicava datas. Foi só ao perceber que daquela vez ele não havia precisado nada que comecei minha aprendizagem da solidão. (VIDAL, 2012, p. 104)

Alice, de *Quarenta dias*, sofre uma violência psicológica ao ser obrigada a desfazer-se de todos os seus pertences e ter que abandonar sua vida pacata de professora aposentada na Paraíba para ir para Porto Alegre tomar conta do neto, que ainda é um projeto na imaginação de Norinha, sua única filha (que, ao fim, desiste da ideia e vai para o exterior para acompanhar o marido num pós-doutorado). Há também outras formas de violência cometidas contra Alice, quando, por exemplo, ela sai em busca de Cícero Araújo (uma desculpa para fugir daquela vida que lhe é imposta pela filha e pelo genro) e transforma-se numa quase indigente, tendo que conviver com todos os tipos e se despersonalizando a ponto de ser confundida com uma moradora de rua; ou quando, no novo apartamento "tabuleiro de xadrez", arrumado pela filha, ela não se identifica com nada, não querendo ali estar; ou ainda quando tenta arrumar uma faxineira gaúcha, mas a mulher, sendo loura e de olhos azuis, nega-se a trabalhar para uma mulher morena, uma "brasileirinha", como é denominada a mulher "mestiça" brasileira no romance, forma de criticar o racismo tão comum entre os brasileiros, de modo geral.

Outro grande exemplo de dominação masculina se dá no romance *Por escrito* e diz respeito ao trabalho da protagonista Valderez, no ramo do agronegócio, um ambiente prioritariamente masculino e machista. Para estar naquele emprego do qual ela não gosta (pois acha um trabalho "menor" para sua capacidade intelectiva) mas finge gostar, Valderez tem que lutar uma luta invisível, cheia de paradoxos, já que precisa mostrar que está à altura dos homens de negócio para sentar-se à mesa de reunião com eles, fato muito comum ainda no mundo pós-moderno, especialmente no Brasil.

A mulher, fundamentalmente a que exerce funções que são consideradas masculinas, tem que se esforçar o dobro para mostrar sua capacidade. Tal esforço inclui também a vestimenta, pois no mundo corporativo as mulheres precisam ser "quase homens", atrás de modelos que indicam "seriedade" e "competência", como indica Chimamanda Ngozi Adiche no seu livro *Sejamos todos feministas*:

> A verdade é que, quando se trata de aparência, nosso paradigma é masculino. Muitos acreditam que quanto menos feminina for a aparência de uma mulher, mais chances ela terá de ser ouvida. Quando um homem vai a uma reunião de negócios não lhe passa pela cabeça se será levado a sério ou não dependendo da roupa que vai vestir, mas a mulher pondera. Eu não queria ter vestido aquele conjunto feioso. Se tivesse a autoconfiança que tenho hoje, meus alunos teriam aproveitado ainda mais as

> minhas aulas. Porque eu estaria mais confortável na minha própria pele e seria mais verdadeira comigo mesma. [...] Sou feliz por ser feminina. Gosto de salto alto e de variar de batons. [...] Uso essas roupas porque me sinto bem nelas. O "olhar masculino" como determinante das escolhas da minha vida, não me interessa. (ADICHE, 2015, p. 41-42)

Nessa luta incessante para mostrar sua capacidade intelectual, encontra-se a personagem Valderez, que se transmuta, não apenas nas roupas, mas essencialmente no seu comportamento, como forma de ser ouvida por seus companheiros de trabalho, de dizer-se, de (re)afirmar-se como executiva.

> Sou a presença feminina, necessária para tempos de politicamente correto, em um ambiente só de homens. Fosse no Brasil, eu não estaria na mesa. Lá ninguém está nem aí. Como é Europa, acharam melhor me convidar. [...] Antes de me transformar em presença feminina necessária em mesa e ambiente só de homens, fui eu mesma. Sentada no chão, com as outras moças que, como eu, pertencem a essa altura pequena do chão corporativo, [...] arrumam os kits de boas-vindas dos participantes. Ao acabar, me levanto e subo de patamar por concessão, me estranhando, não pertencendo. Mas minha voz sai firme no microfone. Escutam minha voz firme. Estou nessa há muito tempo. Não dou nada de graça. Um começo que, tento dizer, te dizer, me repetir, é um acaso, uma dessas coisas da vida, porque é ruim eu me dizer, te dizer, que busquei, que catei, que forcei e arranhei até conseguir. (VIGNA, 2014, p. 71)

Em relação à protagonista do romance *Rio-Paris-Rio*, há uma certa violência cometida contra ela, quando se vê numa luta que não é sua, numa Paris de Maio de 68, ou quando é dominada pelas lembranças de seu avô, um general do exército brasileiro:

> Tudo arde, e muito, mas aguenta firme, bem treinada que foi pelo avô para suportar calada todo o sofrimento físico. Uma, duas, três

> lágrimas rolam, involuntárias, não é choro, ela diz. E enquanto continuar de costas, ele não notará seus pingos de fraqueza." (HIDALGO, 2016, p. 53)

Ou ainda quando é espionada em seu quarto, pelo futuro namorado, o poeta misterioso, através de uma pequena claraboia no teto do quarto alugado em Paris.

Outras formas de violência sofridas por personagens femininas secundárias podem também ser registradas em alguns dos romances estudados, como a tortura que sofre a mãe da personagem sem nome do romance *A chave de casa*, pega pelo DOI CODI (Destacamento de Operações de Informação — Centro de Operações de Defesa Interna, o DOI CODI foi um órgão de inteligência, de repressão e de tortura do governo brasileiro, subordinado ao Exército, durante o regime ditatorial, inaugurado com o golpe militar de 1964) à época da ditadura militar brasileira, ou o desaparecimento de Vicky, melhor amiga da personagem sem nome de *Mar azul*, de Paloma Vidal, que também é pega pelas forças militares argentinas, por ser uma militante.

Há ainda uma galeria de personagens femininas secundárias que sofrem na periferia de Porto Alegre, no romance *Quarenta dias*. Além de Maria Olegária, ou Molly, mãe de Valderez, de *Por escrito*, que é violentada enquanto adolescente na fazenda em que trabalhava como "empregadinha" no interior do nordeste. Valderez é fruto desse estupro, e sua mãe não mantém com ela um bom relacionamento, um elo de amor. Valderez não se sente pertencida, acolhida por aquela mãe, a quem trata pelo apelido Molly, para manter todo e qualquer distanciamento. Só adulta, Valderez descobre o motivo do distanciamento entre a mãe e ela.

## ROMPENDO O SILÊNCIO: ENTRE A FICÇÃO E A REALIDADE

O que pude perceber é que a violência contra a mulher perpassa todos os romances estudados. Quase todos os romances mostram o estupro como fator desencadeador da fuga, da mudança, do trânsito interno e externo.

O mapa abaixo é ilustrativo dessa realidade.

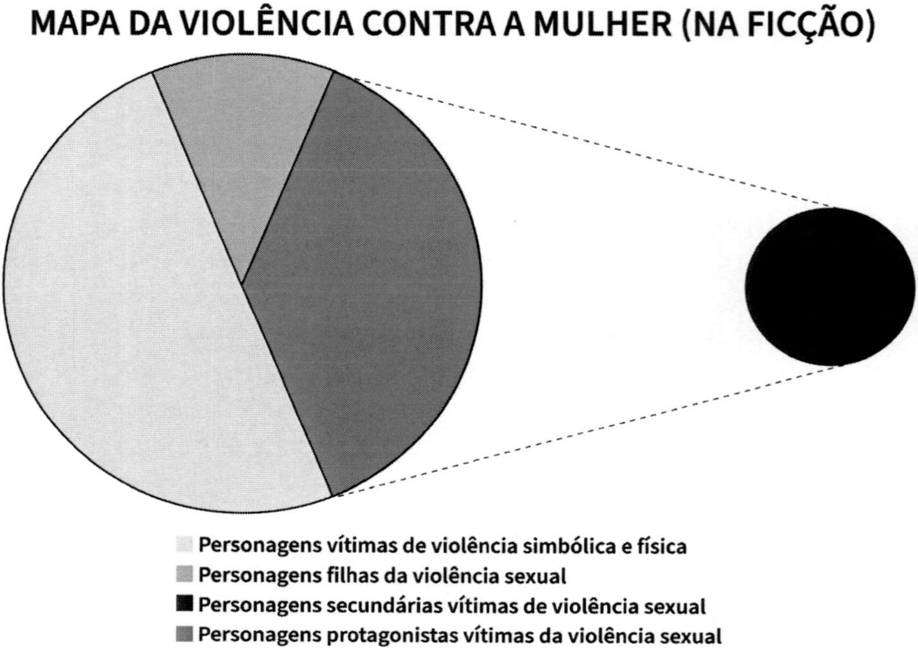


Figura 1: Mapa da violência contra a mulher (na ficção), elaborado pela autora.

Como procuro demonstrar com o gráfico acima, é possível que se perceba as diversas formas de violência que transfixam as personagens protagonistas e, também, algumas personagens secundárias.

1. Todas são vítimas de violência simbólica, se levarmos em consideração que a violência simbólica é abrangente, como já citado neste capítulo, o que está demonstrado em cinza claro no mapa.

2. Anna Mariani, personagem do romance *Com armas sonolentas*, e Valderez, protagonista do romance *Por escrito*, estão representadas em cinza médio (filhas do estupro).
3. Molly, mãe de Valderez, e a mãe de Anna Mariani sofrem o estupro e estão representadas em preto, porque a "Mãe" de Anna transita entre dois planos da narrativa de Saavedra, sendo protagonista, se levarmos em conta a voz polifônica, e em segundo plano, se levarmos em consideração a narrativa de alguns capítulos narrados por outras personagens.
4. Em cinza escuro, há a representação das protagonistas que sofreram estupro, ou seja, cinco personagens no total, em sete romances analisados (personagem sem nome de *A chave de casa*, Luzia, personagem do romance homônimo, personagem sem nome de *Mar azul*, Anna Mariani e a Mãe dela, do romance *Com armas sonolentas*).

Todos os romances que li nos últimos anos (e não foram poucos), escritos por homens e por mulheres, mostram a violência contra a mulher, uma forma de chamar atenção para o fato.

Segundo Cunha,

> As escritoras brasileiras que tematizam a violência das relações de poder entre os sexos sabem que estão pisando em terreno perigoso e precisam enfrentar julgamentos de valor que podem atingir até mesmo sua vida particular. (CUNHA, 1997, p. 113)

Entretanto, se hoje há um terreno em que se tem "pisado" com força na literatura, esse terreno diz respeito à violência de gênero, seja ela simbólica ou física, retrato do mundo globalizado e cosmopolita.

No Brasil atual o machismo ganha força em todas as camadas sociais, especialmente depois das eleições de 2018, com o avanço da ultra direita, esticando suas garras sobre a sociedade, censurando manifestações democráticas, o direito à liberdade de expressão e proporcionando o acesso às armas de fogo. Com um sistema negacionista, machista, racista, homofóbico e misógino, houve um imenso retrocesso na implementação de programas de estímulo à ciência, à pesquisa, à cultura e à educação. Contudo, o que venho percebendo é que na literatura, sobretudo na literatura de autoria feminina, o silenciamento vem dando lugar a muitas vozes, e o incômodo do fantasma da censura, em contrapartida, tem aventado muitas possibilidades de novas criações, seja na prosa ou na poesia, com um caráter de contestação a esses mecanismos disciplinadores de poder que vêm nos rondando e tentando nos impedir, reflexo de décadas de repressão, escamoteada nos porões fétidos da memória e na lama adormecida sob nossos pés.

A mulher de hoje urge gritar pelos anos de silenciamentos e de opressão a que foi submetida. E ela está gritando com força, com potência, dando um basta, e ocupando espaços que sempre foram seus por direito.

A pesquisadora Rita Terezinha Schmidt, acerca da construção de gênero na sociedade brasileira, ressalta que

> Basta olhar para a história do nosso passado para perceber o subtexto da dominação e os mecanismos de exclusão que geriram o nosso processo cultural. Conjugado pela visão etnocêntrica e patriarcal cuja estratégia sempre foi a redução da diferença à força do mesmo, a nossa cultura projetou a ilusão da homogeneidade graças à ação de um violento processo de repressão, uma recusa em aceitar as marcas significantes do outro, porque tais marcas representavam uma ameaça à visão metafísica idealizada do sujeito. Se gênero, tanto quanto raça e classe, é uma das categorias da diferença que estrutura nossa percepção, nossas leituras e nossas vidas, os valores e os sentidos que construímos do mundo, levantar a questão de gênero nas discussões sobre o cânone literário, critérios de valor estético e a autoria feminina significa, em última análise, implodir as balizas epistemológicas do sistema de referência de nossa cultura e fazer emergir à tona as relações da cultura e da visão canônica da literatura com sistemas elitistas de distribuição de poder e estratégias de exclusão/opressão. (SCHMIDT, 1995, p. 186)

O fato é que a violência contra a mulher, especialmente o feminicídio, tem aumentado significativamente nos últimos anos no Brasil, e, mesmo com leis protetivas, como a Lei Maria da Penha (2006), estudos mostram que no cenário latino-americano o Brasil está entre os países com maior número de assassinatos de mulheres, como mostra a releitura que fiz do gráfico divulgado pela *Agência Brasil*, apenas para ilustrar o triste cenário de dominação a que as mulheres reais estão sujeitas e o impacto dessa violência na literatura brasileira de autoria feminina. Este estudo foi concluído em julho de 2019, contudo devo ressaltar que no Brasil, só no primeiro semestre de 2020, época em que as mulheres estiveram no lar com seus companheiros, devido à pandemia da Covid-19, de acordo com os dados estatísticos, 648 mulheres foram assassinadas.

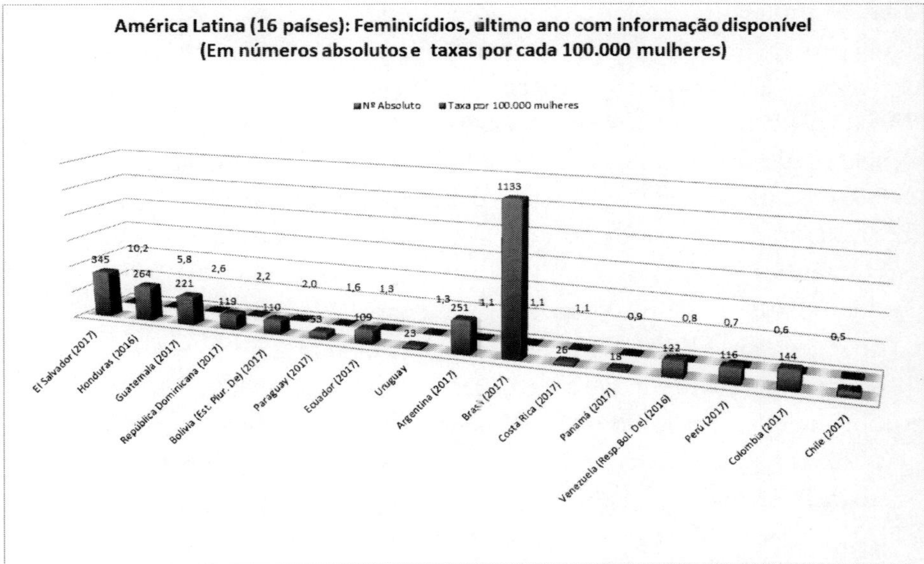


| | El Salvador (2017) | Honduras (2016) | Guatemala (2017) | República Dominicana (2017) | Bolívia (Est. Plur. De) (2017) | Paraguay (2017) | Ecuador (2017) | Uruguay | Argentina (2017) | Brasil (2017) | Costa Rica (2017) | Panamá (2017) | Venezuela (Resp.Bol. De) (2016) | Perú (2017) | Colombia (2017) | Chile (2017) |
|---|---|---|---|---|---|---|---|---|---|---|---|---|---|---|---|---|
| Nº Absoluto | 345 | 264 | 221 | 119 | 110 | 53 | 109 | 23 | 251 | 1133 | 26 | 18 | 122 | 116 | 144 | 43 |
| Taxa por 100.000 mulheres | 10,2 | 5,8 | 2,6 | 2,2 | 2,0 | 1,6 | 1,3 | 1,3 | 1,1 | 1,1 | 1,1 | 0,9 | 0,8 | 0,7 | 0,6 | 0,5 |

Figura 2: Gráfico de feminicídios ONU — Cepal/ONU, elaborado pela autora.

Dos 23 países da América Latina e Caribe, somente 16 países entraram na pesquisa. A pesquisa contabiliza mulheres assassinadas a partir dos 15 anos de idade.

De acordo com dados estatísticos da Comissão Econômica para a América Latina e o Caribe (CEPAL), vinculada à Organização das Nações Unidas (ONU), divulgados em 15 de novembro de 2017, ao menos 2.795 mulheres foram assassinadas em razão da sua identidade de gênero em 2016/2017. Desse total, 1.133 casos foram registrados no Brasil, ou seja, a cada dez feminicídios cometidos nos 23 países da América Latina e do Caribe, quatro ocorreram no Brasil. O que significa que em média três mulheres foram assassinadas por dia no Brasil em 2017 (somente casos registrados — acredita-se que o número seja bem maior).

Ao divulgar relatório, a Cepal ressaltou que, devido à gravidade da violência praticada contra as mulheres, 18 países modificaram suas leis para que o crime seja tipificado como feminicídio, o que amplia o agravamento da pena. Alguns países que já promoveram essa alteração são os seguintes: Costa Rica (2007), Guatemala (2008), Chile (2010), El Salvador (2010), Argentina, México e Nicarágua (2012), Bolívia, Honduras, Panamá e Peru (2013), Equador, República Dominicana, Venezuela (2014), Paraguai (2016) e Uruguai (2017). No Brasil, a Lei 13.104 de 2015 classificou o feminicídio como crime hediondo. A Nicarágua não consta do gráfico da Cepal/ONU, contudo o país empata com a Guatemala em número de feminicídios. Quanto ao México, segundo o jornal *El País*, de 27/11/2018, menos de 10% dos assassinatos são denunciados e muitos Estados continuam considerando feminicídios como homicídios, apesar da legislação, dificultando muito a contabilização dos casos. O país, portanto, não entrou no gráfico. Ainda segundo *El País*, a América Latina é a região mais perigosa do mundo para as mulheres, fora de uma zona de guerra.

Veiculado a poucos dias do Dia Internacional da Não-Violência Contra a Mulher, celebrado no dia 25 de novembro, desde 1981, o comunicado da Cepal também assinala como um dos principais desafios para se abordar corretamente o tema a compreensão de que todas as formas de violência que afetam as mulheres estão determinadas, para além de sua condição sexual e de gênero, por diferenças econômicas, etárias, raciais, culturais, religiosas e de outros tipos. Para a Cepal, esse discernimento permite que as políticas públicas possam considerar a diversidade das mulheres e as diversas formas de violência perpetradas.

Segundo o Instituto Patrícia Galvão, as diretrizes aplicadas na América Latina para tratar do feminicídio abarcam a diversidade de contexto das mortes, contudo revelam que o desprezo ou a discriminação da vítima devido à sua "condição de ser mulher" são constantes em todas as ocorrências. São relacionados, por exemplo, além do feminicídio íntimo, que ocorre entre o casal, o feminicídio sexual sistêmico, em que a vítima é sequestrada e estuprada, e o feminicídio lesbofóbico ou bifóbico, configurado quando a vítima é lésbica ou bissexual e o agressor deseja puni-la por sua orientação sexual.

A condição da mulher no mundo é ainda muito complexa. Em muitas outras regiões do planeta, um número enorme de atrocidades é cometido contra mulheres. Os dados estatísticos acima são um pequena mostra de como os homens matam mulheres nos países da América Latina, países que têm no machismo, no falocentrismo, no poder patriarcal suas bases. O reflexo de toda essa violência é latente na literatura de origem hispânica e na literatura brasileira, em especial. Este capítulo é um pequeno recorte desse mapa literário da violência simbólica que acomete as personagens femininas, quer sejam criadas por autoras, o que tento demonstrar, ou por homens, que em sua maioria acabam por reproduzir o *status quo*, colocando a mulher numa condição de submissão.

No Brasil, entre tantos casos reais e chocantes de feminicídio, um se destaca: a morte da vereadora Marielle Franco, executada numa emboscada em 14 de março de 2018, junto com seu motorista, Anderson Gomes, quando teve seu carro alvejado por 13 tiros numa rua do centro do Rio de Janeiro. Podemos considerar esse um caso de feminicídio que tem suas bases no sistema político do país.

Marielle[2], mulher negra, mãe, socióloga, graduada pela PUC-RIO, com Mestrado em Administração Pública, pela UFF, para o qual escreveu a seguinte dissertação: *upp: a redução da favela a três letras*. Eleita vereadora pelo Partido Socialista (PSOL) com 46.502 votos e com uma vida pública em plena ascensão, defensora dos direitos humanos e homossexual, foi também Presidente da Comissão da Mulher na Câmara, tendo trabalhado em organizações da sociedade civil como a Brasil Foundation e o Centro de Ações Solidárias da Maré (CEASM); coordenou a Comissão de Defesa dos Direitos Humanos e Cidadania da Assembleia Legislativa do Rio de Janeiro (ALERJ), e está nas estatísticas como mais uma vítima da violência estrutural e da misoginia que assolam o país. O caso não pode ser esquecido e é um exemplo triste e vergonhoso de uma realidade de violência extrema que faz parte de vida do povo brasileiro, em geral, e da mulher brasileira, em especial, não importando classe social ou nível de escolaridade, conforme dados estatísticos da Cepal que, sublinho, avalia os assassinatos de mulheres, não apenas pela questão de gênero ou da condição sexual, mas por diferenças sociais, econômicas, etárias, culturais, religiosas e políticas. O Caso Marielle é um exemplo de feminicídio político, uma vez que milícias com fortes suspeitas de estarem infiltradas no governo brasileiro à época do assassinato estão sob investigação, e dois ex-policiais militares estão presos, sob acusação de assassinato. O povo, no entanto, aguarda novas investigações para saber quem está por trás do crime (os reais mandantes) e por que ele ocorreu.

Marielle Franco virou símbolo de luta e de resistência política no Brasil e no mundo. Argentina, Uruguai, Colômbia, Portugal, França, Alemanha, Dinamarca, Suécia, Itália, Inglaterra, Bélgica, Suíça, Canadá, Austrália, e EUA são exemplos, além do Brasil (em todas as suas regiões), de países

[2] Fonte: www.mariellefranco.com.br

que prestaram homenagens à vereadora e reivindicaram justiça quando completou um ano de seu assassinato, em março de 2019, época da prisão dos dois acusados.

Marielle estar presente neste estudo é não apenas uma forma de lembrá-la, de homenageá-la, em tempos difíceis e sombrios, mas, sobretudo, de continuar clamando por justiça social. Marielle somos todas as mulheres, de todas as classes, gêneros, etnias, religiões, condições, profissões. Marielle permanece viva em nós.

Saindo da realidade e retomando a ficção, e partindo desse pressuposto de classe ou nível de escolaridade, percebo claramente que os romances estudados trazem personagens violentadas sob várias perspectivas. O que mais chamou minha atenção, contudo, foi justamente o alto nível de escolaridade da maioria delas, bem como o nível socioeconômico. A exemplo, cito a violência de gênero no romance *Rio-Paris-Rio*, quando o avô da personagem central, Maria, envia-a para Paris com a intenção de afastá-la dos amigos "subversivos" brasileiros, sem ao menos lhe dar a opção de querer ir ou de querer ficar, reproduzindo, *ipsis litteris*, a violência do poder patriarcal — o avô é quem manda, o avô é um general, e a Maria o que resta é obedecer. Maria vai estudar Filosofia na Sorbonne, o que já, de antemão, difere-a de mulheres trabalhadoras ou pobres. Só adulta, e depois de conviver com militantes na França, entre eles, Arthur, por quem se apaixona, é que percebe a violência simbólica cometida contra ela, desde a infância (descreve várias cenas em que o avô a obrigava a comportar-se como uma "soldada"), e contra tantas outras pessoas, incluindo seus amigos da infância e juventude que entram para a luta armada. Maria é uma jovem mulher da classe alta, moradora da Zona Sul carioca, e parece ter vivido numa bolha de ingenuidade até descobrir as verdades sobre o avô, sobre as atrocidades da ditadura militar brasileira, e, inclusive, sobre o suicídio do irmão. Foi preciso viajar, tomar distância dos fatos, sair do país, ser uma imigrante, uma *autoexilada* e viver a experiência do estrangeiro, do deslocado, para descobrir sua verdadeira identidade, seus desejos, sua voz.

Destaco que o termo *autoexilada* é empregado pela própria autora, Luciana Hidalgo, acerca da personagem Maria, em palestra proferida na UNB (Universidade de Brasília) em 2018, sob o título: *Rio-Paris-Rio e o autoritarismo nos corpos, nos afetos, na genealogia: o que uma ficção sobre o golpe de 1964 tem a dizer sobre o golpe de 2016*.

Todas as personagens centrais dos romances em questão são mulheres que estudaram, profissionalizaram-se (à exceção da mãe/avô/bisavó de Anna Mariani, de *Com armas sonolentas*): atrizes (Luzia, Anna Mariani), estudante de Filosofia (Maria), secretária executiva de multinacional do agronegócio (Valderez), professora de línguas e tradutora (Alice), estudante de Direito e de língua portuguesa (Maike). Quanto às personagens sem nome dos romances *A chave de Casa* e *Mar azul*, não estão evidenciadas suas profissões, mas a primeira assume-se escritora logo nas páginas iniciais da narrativa, justificando porque escreve. Ambas são mulheres que têm condição socioeconômica privilegiada, já que a primeira se empenha numa grande viagem à Turquia e domina línguas, enquanto a segunda tem uma vida de conforto num apartamento à beira-mar. Todas as personagens escrevem e, por isso, subvertem a ordem dominante, libertam-se, de alguma maneira, da opressão. É possível afirmar ainda que as personagens centrais dos romances analisados, enquanto sujeitos narradores, são agentes promotores de sua própria emancipação.

Conforme pesquisas da professora Cecil Zinani, da Universidade de Caxias do Sul, "a análise da situação cultural da mulher é relevante no sentido de verificar como ela vê o outro, como é vista pelo grupo dominante e, consequentemente, por si mesma. Essa perspectiva é representada na obra ficcional por meio da ação das personagens" (ZINANI, 2013, p.25). É essa ação que faz com que subvertam a ordem estabelecida ou reproduzam os padrões de dominação, submetendo-se aos mesmos.

Como sabemos, a voz da mulher sempre foi silenciada. Nesse silêncio, ela se viu obrigada a reproduzir um discurso em conformidade com o discurso do seu opressor, o que atravessou séculos: o discurso da submissão.

Todavia, o que se vê no século XXI é uma mudança de paradigmas e um discurso mais de acordo com as conquistas dessa nova mulher que (re) nasce a cada dia de acordo com o espaço que ela luta para ocupar ou que, efetivamente, ocupa, e que por direito já deveria ser seu desde o nascedouro. Logo, a conquista do espaço feminino acontecerá à medida que a mulher assumir seu (próprio) discurso, tendo não apenas voz, mas visibilidade. É o "rito de passagem" (p. 26) a que Zinani (2013) se refere, "na medida em que acontece a travessia do invisível para o visível, e que o silêncio se transforma em fala" (ZINANI, 2013, p. 26).

Dessa maneira, a ficção escrita por mulheres constitui "um modelo polifônico, uma vez que contém duas histórias: uma dominante e outra silenciada" (ZINANI, 2013, p. 27). É uma escrita "palimpséstica" e que impõe um "duplo esforço de decodificação, uma vez que remete para a necessidade da leitura das entrelinhas e da interpretação do não-dito, o que viabiliza o entendimento do sentido latente do texto — a história silenciada" (ZINANI, 2013, p. 27). Essa história feita de entrelinhas e de silêncios que falam é uma história que aponta para a libertação da mulher nas diferentes células: família, sociedade, cultura, sexualidade, profissão, religião, Estado. Essa história de silêncios a que a mulher é submetida tem a ver com uma violência que não é expressa de forma contundente, mas, muitas vezes, se dá por meio dos "micropoderes" a que Foucault (2011) se refere. Poderes quase invisíveis, mas que *instalados* perpassam todos os mecanismos sociais de uma forma sutil.

Nas cartografias do feminino, repletas de silêncios que dizem, ou que, pelo menos, têm muito a dizer, está o corpo da mulher. Um corpo submetido e que precisa se libertar da opressão, um corpo claramente gendrado, resistente, que se confunde com a casa, o lar ou a pátria. Um corpo diaspórico, sobrevivente, em busca de um lugar de onde possa se manifestar. Inúmeras narrativas de autoria feminina delineiam as cartografias de gênero refletindo sobre a escrita desse corpo e desse espaço, revelando um posicionamento político de resistência por meio de uma estética do trânsito e da nacionalização das muitas histórias que o corpo registra nas vivências dos movimentos contemporâneos.

Há no corpo da mulher uma dualidade latente: ele é o *locus* onde se perpetuam relações de dominação e, também, onde se articula o sujeito que se opõe à mesma dominação. O que significa dizer que o corpo dominado pelo *status quo* do poder patriarcal também se articulará de forma a romper essa dominação masculina. Em se tratando de literatura produzida por mulheres, isso se dará através da materialização do corpo, inscrito e ressignificado no texto. A respeito desse corpo revisitado, a exemplo do que vimos nas narrativas analisadas neste estudo, Almeida esclarece que

> A dualidade da representação e construção do corpo feminino, bem como o potencial transgressivo de tais produções, têm sido interrogados repetidas vezes em obras de escritoras contemporâneas que procuram ressignificar as imagens do corpo feminino numa perspectiva pós-colonial e transnacional. Pode-se afirmar que, além do corpo estar inscrito no texto, a escrita das autoras se encontra materializada pelo corpo. Assim, corpo e escrita partilham de uma inscrição cultural que desvela vários itinerários e cartografias de gênero nas literaturas contemporâneas produzidas por essas escritoras. (ALMEIDA, 2015, p. 101)

Para Foucault (2014), o corpo é uma construção discursiva que está diretamente mergulhado num campo político e, como tal, pode transgredir os mecanismos constitutivos do poder. Todavia, as relações de poder têm, segundo o autor, alcance imediato sobre o corpo, pois "elas o investem, o marcam, o dirigem, o supliciam, sujeitam-no a trabalhos, obrigam-no a cerimonias, exigem-lhe sinais" (FOUCAULT, 2014, p. 29). Somando-se a essa ideia, Muraro diz que:

> os corpos se moldam diretamente aos lugares que ocupam na produção. [...] O corpo da burguesia é formado por corpos de homens e de mulheres altamente montados e produzidos para o prazer e para o consumo. (MURARO, 1983, p.319)

As ideias de Muraro se coadunam com as de Foucault, à medida que para este o "investimento político do corpo está ligado, segundo relações complexas e recíprocas, à sua utilização econômica" (FOUCAULT, 2014, p. 29). Ou seja, conforme enfatiza Foucault, é como força de produção que o corpo é investido por relações de poder e de dominação, pois o corpo só se torna útil se é ao mesmo tempo corpo produtivo e corpo submisso.

> Essa sujeição não é obtida só pelos instrumentos da violência ou da ideologia; pode muito bem ser direta, física, usar a força contra a força, agir sobre elementos materiais sem no entanto ser violenta; pode ser calculada, organizada, tecnicamente pensada, pode ser útil, não fazer uso de armas nem do terror, e no entanto continuar a ser de ordem física. Quer dizer que pode haver um "saber" do corpo [...] que se poderia chamar de tecnologia política do corpo. Essa tecnologia é difusa [...] utiliza um material e processos sem relação entre si. [...] Além disso seria impossível localizá-la, quer num tipo definido de instituição, quer num aparelho do Estado. Estes recorrem a ela; utilizam-na, valorizam-na ou impõem algumas de suas maneiras de agir. Mas ela mesma em seus mecanismos e efeitos, se situa num nível completamente diferente. Trata-se de alguma maneira de uma microfísica do poder posta em jogo pelos aparelhos e instituições, mas cujo campo de validade se coloca de algum modo entre esses grandes funcionamentos e os próprios corpos com sua materialidade e suas forças. (FOUCAULT, 2014, p. 29-30)

A microfísica é uma forma de poder estratégico, tático, de manobras, poder exercido tecnicamente. Está por detrás de uma rede de relações sempre em atividade, ou seja, é um "poder que se exerce mais (do) que se possui, que não é o "privilégio" adquirido ou conservado da classe dominante, mas efeito de suas posições estratégicas — efeito manifestado e às vezes reconduzido pelos que são dominados" (FOUCAULT, 2014, p. 30). Significa dizer que essas relações "não se localizam nas relações do Estado com os cidadãos ou na fronteira de classes [...]" (FOUCAULT, 2014 p. 30), mas, antes, perpassam as esferas do saber, do conhecimento, "corpo político", isto é:

> o conjunto dos elementos materiais e das técnicas que servem de armas, de reforço, de vias de comunicação e de pontos de apoio para as relações de poder e de saber que investem os corpos humanos e os submetem fazendo deles objetos do saber. (FOUCAULT, 2014, p.31)

Em se tratando das personagens femininas deste estudo, o que há são corpos controlados por essa microfísica do poder a que Foucault se refere, já que, além de a microfísica utilizar-se de artifícios e de tecnologias de controle dos corpos, parece haver uma via de mão dupla, concordando em alguma medida com tal controle, tendo em vista que não há ingenuidade nas personagens aqui representadas, pois há um saber que perpassa seus corpos (à exceção de personagens que são inferiorizadas por um discurso dominante da burguesia, como é o caso das personagens "mãe", "avó", "bisavó" do romance *Com armas sonolentas*, que possuem apenas os saberes ancestrais da mata, devido às origens indígenas, ou a personagem Luzia, quando é estuprada ainda na infância).

A esse respeito, Muraro cita o *corpo operário*, ou seja, corpos próprios, "construídos" para "aceitar as ordens do patrão, felizes em sua condição de oprimidos" (MURARO, 1983, p. 321). São corpos que aprendem pelo processo de imitação desde a infância, o que faz com que "estejam menos aptos a controlar" (MURARO, 1983, p. 321) do que serem controlados. Eu diria que são "corpos ingênuos". É o caso da mãe de Anna Mariani, que tem seu corpo utilizado como máquina de trabalhos domésticos pela patroa. É a escravização do corpo, violentado em todas as acepções da palavra "violência". Corpo utilizado para o trabalho e para o sexo (corpo violado).

De acordo com as correspondências trocadas entre a filósofa e ensaísta francesa Catherine Clemént, em Dacar, na África, e a psicanalista búlgara Julia Kristeva, que se encontrava em Paris e Ars-en-Ré, na França, no período de novembro de 1996 e setembro de 1997, a respeito do sagrado e suas formas, sob a perspectiva do feminino, Kristeva enfatiza em sua correspondência que o "corpo humano, e ainda mais dramaticamente o corpo de uma mulher, é um estranho cruzamento entre *zoè* e *bios*, fisiologia e narração, genética e biografia" (CLEMENT E KRISTEVA, 2001, p. 22).

Para Kristeva, pelo fato de falar, a mulher já está sujeita ao sacrifício, "sua excitabilidade submete-se ao interdito" (CLEMENT E KRISTEVA, 2001, p. 23), contudo, "o sacrifício não chega a se impor como um absoluto capaz de castigar sem descanso toda a paixão" (p. 23); ao contrário:

> Ser de fronteira, biologia e sentido, uma mulher é capaz de participar de duas vertentes do sagrado: a do calmo abrandamento onde a natividade se garante na eternidade [...], mas também do dilaceramento do manto sagrado, onde a linguagem e toda a representação se esfacelam em espasmos ou em delírios [...]. Serena ou dilacerada, uma mulher em razão dessa dupla natureza, ao mesmo tempo que se identifica com o sagrado é sua rebelde mais irredutível — uma ateia em potencial. (CLEMENT E KRISTEVA, 2001, p. 23)

Todas as personagens deste estudo dilaceram-se em espasmos de dor e sofrimento, mas vivem também sua excitabilidade, transformando dor e excitação em palavras, em narrativa, como forma de libertação de suas *paixões*. E, se "um livro não é apenas um fragmento do mundo, ele próprio é um pequeno mundo" (SONTAG, 1986, p. 97), é natural que esse mundo miniaturizado seja habitado também pelo leitor, que necessitará, como sugere Benjamin (2017), adentrar seu espaço e flanar por sua paisagem, vivenciando com suas personagens suas experiências, para melhor compreendê-las.

## Fuga

[...]
Cíclico o sol me espera sempre e
de novo sou obrigada a me vestir de mim e
sair à procura dos pensamentos
que estão fora-dentro-fora
de mim.
Retorno já me-sendo-sempre-outra-de-mim
porque e só porque ainda tenho que completar
meu ciclo
nesse planeta bonito-feio-bonito.
Decido então permanecer um pouco mais
com o sol nos olhos
a me lembrar todos os dias
que a vida [ainda] vale a pena
e
que carrego comigo
todas as minhas paisagens
todos os meus sóis
no meu dentro-fora-dentro
de mim.

CAPÍTULO 4

# IDENTIDADES EM FUGA

## ATRAVESSANDO AS FRONTEIRAS DO "NÃO-EU"

> *Eu teria continuado, talvez, indefinidamente, naquela vida transitória que já nem me lembrava direito por onde nem por que tinha começado.* Maria Valéria Rezende.
>
> *...pseudônimo é quando você cansa de ser quem você é e escolhe ser outra pessoa...* Carola Saavedra.

Numa época em que o mundo se liquefaz e vive atônito guerras e conflitos em vários países e continentes concomitantemente, com a dissolução de fronteiras e milhares de refugiados em trânsito, como sírios, africanos de vários países, venezuelanos, nicaraguenses, hondurenhos, mexicanos etc., pode-se afirmar que o sonho do pertencimento, de uma pátria, nunca foi tão almejado.

Mulheres, homens, crianças caminham sem cessar em busca de um lugar que os acolha, um lugar onde possam viver dignamente, um lugar onde, além de suas vidas, possam, quiçá, preservar sua cultura, seus valores, onde não haja denegações. Não se trata de um "paraíso perdido", pois este lugar talvez só exista no poema de John Milton (1667); trata-se, ao contrário, de humanismo, de respeito aos artigos da Declaração Universal dos Direitos Humanos, que acabou de completar 70 anos de criação em 2018 e que infelizmente está sendo deixada de lado. O fato é que há uma massa, várias massas, centenas de milhares de identidades em fuga que, invisíveis aos olhos indiferentes de muitos governos, deslocam-se para países que lhes oferecem o maior de todos os direitos: o direito inalienável à vida, pois "Todos os seres humanos nascem livres e iguais em dignidade e direitos. São dotados de razão e consciência e devem agir em relação uns aos outros com espírito de fraternidade" (Artigo 1º da Declaração Universal dos Direitos Humanos). Fraternidade, um conceito que vem sendo esquecido, deixado de lado, especialmente por governos totalitários e fascistas.

Para Bauman, "a imagem da 'fraternidade' é o símbolo de se tentar alcançar o impossível: diferentes, mas os mesmos; separados, mas inseparáveis; independentes, mas unidos" (BAUMAN, 2005, p. 16).

As guerras pela perpetuação e supremacia de poderes calcados exclusivamente no androcentrismo têm sido as responsáveis por esses deslocamentos de multidões. Ainda que haja a diluição de inúmeras fronteiras, muitos países impedem a entrada, ou o trânsito, de milhares de refugiados. Países do Leste Europeu, Reino Unido, Grécia e Itália, além dos Estados Unidos, por exemplo, este no caso de imigrantes saídos especialmente da América Central, negam ajuda humanitária e sentem-se "ameaçados" com o fantasma da miscigenação e da divisão de renda. Países em que preconceitos étnicos e de classe assombram como fantasmas espreitando suas fronteiras.

Com o mundo implodindo e se diluindo em meio a inúmeras crises humanitárias e conflitos étnicos, políticos, econômicos e sociais, várias áreas do conhecimento começam a indagar acerca das novas identidades, especialmente a filosofia, a psicanálise e a literatura. No entanto, de acordo com Bauman (2005), ter identidade não significa "pertencer". Todos esperam do exilado, do estrangeiro, uma "autodefinição", por não acreditarem que haja espaço ou um "habitat natural", nas palavras de Bauman (2005), no qual ele se sinta ajustado, plenamente adaptado, pois, em nossa época "líquido-moderna, o mundo à nossa volta está repartido em fragmentos mal coordenados, enquanto nossas existências individuais são fatiadas numa sucessão de episódios fragilmente conectados" (BAUMAN, 2005, p.

19). O que significa dizer que pode ser uma experiência desconfortável para o estrangeiro sentir-se "deslocado" total ou parcialmente, já que sempre haverá algo a "explicar, desculpar, esconder ou, pelo contrário, corajosamente ostentar, negociar, oferecer e barganhar" (BAUMAN, 2005, p. 19).

> Em nosso mundo de "individualização" em excesso, as identidades são bênçãos ambíguas. Oscilam entre o sonho e o pesadelo, e não há como dizer quando um se transforma no outro. Na maior parte do tempo, essas duas modalidades líquido-modernas de identidade coabitam, mesmo que localizadas em diferentes níveis de consciência. Num ambiente de vida líquido-moderno, as identidades talvez sejam as encarnações mais comuns, mais aguçadas, mais profundamente sentidas e perturbadoras da ambivalência. É por isso, diria eu, que estão firmemente assentadas no próprio cerne da atenção dos indivíduos líquido-modernos e colocadas no topo de seus debates existenciais. (BAUMAN, 2005, p. 38)

O fato é que o problema identitário atravessa gerações, nações e continentes e está aí, mais em voga que nunca, como vemos nas assertivas de Bauman (2005). Com o mundo fragmentando-se e as relações humanas liquefazendo-se, ter uma identidade fixa e estável é praticamente impossível, haja vista a velocidade de informações e a diluição também das fronteiras temporais (o futuro é agora), além das espaciais.

Num mundo em que a informação é uma importante moeda de troca, estar na frente de uma tela é já sentir-se um deslocado ou um exilado existencial. Com isso, muitas vezes somos obrigados a fugir, fugir do mundo, da vida, que se dilui rapidamente, para buscarmos outros "mundos", outras formas de pertencimento, alguma presença que preencha a falta, a ausência do "eu".

> O futuro sempre foi incerto, mas seu caráter inconstante e volátil nunca pareceu tão inextricável como no líquido mundo moderno da força de trabalho "flexível", dos frágeis vínculos entre os seres humanos, dos humores líquidos, das ameaças flutuantes e do incontornável cortejo dos perigos camaleônicos. [...] Num mundo em

> que o desprendimento é praticado como uma estratégia comum da luta pelo poder e da autoafirmação, há poucos pontos firmes na vida, se é que há algum, cuja permanência se possa prever com segurança. Assim, o "presente" não compromete o "futuro", e não há nada nele que nos permita adivinhar, muito menos visualizar, a forma das coisas que estão por vir. O pensamento e, mais ainda, os compromissos e as obrigações de longo prazo parecem, de fato, "sem sentido". [...] Os golpes atingem diretamente no coração o modo humano de "estar no mundo". Afinal de contas, a essência da identidade — a resposta à pergunta "Quem sou eu?" e, mais importante ainda, a permanente credibilidade da resposta que lhe possa ser dada, qualquer que seja — não pode ser constituída senão por referência aos vínculos que conectam o eu a outras pessoas e ao pressuposto de que tais vínculos são fidedignos e gozam de estabilidade com o passar do tempo. (BAUMAN, 2005, p. 74)

Quem sou eu no mundo? Quais as minhas formas de existência? Eu existo? Se minha língua é a portuguesa, por que estou sozinha do lado de cá, na América Latina, com um oceano me separando das minhas tantas "origens"? Posso existir como latino-americana? A América Latina é uma nação? O Brasil é uma nação na América Latina? Qual a minha identidade? Posso dizer que tenho identidade? Essas são algumas indagações que venho fazendo ao longo dos anos, senão para tentar entender todo esse deslocamento a que estamos sujeitos, ao menos para me colocar como um sujeito em trânsito, migrante, deslocado numa (ou de uma) pátria.

Minha pátria é, de fato, a língua portuguesa, como proclamou Fernando Pessoa no *Livro do Desassossego*? Pátria existe? Ou, como diria Lêdo Ivo:

> Minha pátria não é a língua portuguesa.
> Nenhuma língua é a pátria.
> Minha pátria é a terra mole e peganhenta onde nasci.
> [...] Nenhuma língua enganosa é a pátria.
> Ela serve apenas para que eu celebre a
> minha grande e pobre pátria
> muda,

> minha pátria disentérica e desdentada, sem gramática e sem dicionário,
> minha pátria sem língua e sem palavras. (IVO, 1944)

Ou, ainda, como quer o cantor e compositor Caetano Veloso em *Língua* (do décimo sexto álbum do cantor, *Velô*, lançado pela Philips Records, em 1984, com a participação da cantora Elza Soares): *"Eu não tenho pátria, tenho mátria/E quero frátria"*, retomando duas importantes questões: a do feminino "conciliador", ou seja, a do matriarcado sobre o poder patriarcal castrador e absolutista, e a questão da fraternidade, ambas ausentes na atualidade.

Em seus estudos acerca da *Identidade nacional e outras identidades*, o professor José Luís Jobim salienta que

> Quando falamos de identidade nacional, há pelo menos duas questões relevantes a serem tratadas, ambas variando historicamente: o modo e as condições necessárias e suficientes para pertença a um determinado Estado-nação; e, no Estado-nação, como se processa a noção de "nacional" em relação a tantos grupos constituídos dentro do território que o delimita quanto às normas criadas para regulá-lo. (JOBIM, 2006, p. 190)

Segundo Guattari (1999), contudo, o território pode ser relativo tanto ao espaço vivido, quanto a um sistema percebido, no seio do qual o sujeito se sente em casa, sendo sinônimo de subjetivação e de apropriação.

Para Canclini (2008), apesar de nas décadas de 1970 e 1980, na América Latina, acumularmos um conjunto de estudos sociológicos, antropológicos e comunicacionais sobre as artes, as culturas populares e a mídia, que permitiram analisar com mais rigor as relações entre ofertas culturais, consumo e movimentos sociais, há uma incerteza política, social e econômica quanto à questão de identidade de nação, pois se antes:

> possuir uma *identidade* equivalia a ser parte de uma nação ou de uma "pátria grande" (latino-americana), uma *entidade* espacialmente

> delimitada, onde tudo aquilo era compartilhado por seus habitantes — língua, objetos, costumes — marcaria diferenças nítidas em relação aos demais. (CANCLINI, 2008, p. 45)

Hoje o que podemos ver é que houve uma mudança paradigmática em relação ao conceito de identidade, pois, mais que "radiografar identidades" (CANCLINI, 2008, p. 47), prefere-se o conceito de "identificação", muito mais flutuante, já que o indivíduo pode identificar-se com várias línguas, outros costumes e diferentes estilos de vida.

> A noção mesma de identidade nacional é erodida pelos fluxos econômicos e comunicacionais, pelos deslocamentos de migrantes, exilados e turistas, bem como pelos intercâmbios financeiros multinacionais e pelos repertórios de imagens e informação distribuídos por todo o planeta por jornais e revistas, redes de televisão e internet. (CANCLINI, 2008, p. 45)

Em meio a essas mudanças, surge também um novo sujeito. Um sujeito diaspórico e transnacional, que possui uma identidade móvel e flutuante. Um sujeito cosmopolita e em fuga. Um sujeito fragmentado e híbrido, que oscila entre a *tradição* e a *tradução*, como tem nos apontado Stuart Hall desde os anos de 1990, e que tem ganhado força nos últimos anos do século XXI, século em que o mundo inteiro se desloca, se refaz, se modifica com os constantes êxodos migratórios. Vale ressaltar que a longa citação de Stuart Hall merece destaque, pois tanto explica quanto exemplifica o que busco afirmar.

> Em toda parte, estão emergindo identidades culturais que não são fixas, mas que estão suspensas, em transição, entre diferentes posições; que retiram seus recursos de diferentes tradições culturais; e que são o produto desses complicados cruzamentos e misturas culturais que são cada vez mais comuns no mundo globalizado. Pode ser tentador pensar na identidade, na era da globalização, como estando destinado a acabar num lugar ou noutro: ou retomando a suas "raízes" ou desaparecendo através da assimilação e

da homogeneização. Mas esse pode ser um falso dilema. Pois há outra possibilidade: a da tradução. Esse conceito descreve aquelas formações de identidade que atravessam e intersectam as fronteiras naturais, compostas por pessoas que foram dispersadas para sempre da terra natal. Essas pessoas retêm fortes vínculos com seus lugares de origem e suas tradições, mas sem a ilusão de um retorno ao passado. Elas são obrigadas a negociar com as novas culturas em que vivem, sem simplesmente serem assimiladas por elas e sem perder completamente suas identidades. Elas carregam os traços das culturas, das tradições, das linguagens e das histórias particulares pelas quais foram marcadas. A diferença é que elas não são e nunca serão unificadas no velho sentido, porque elas são, irrevogavelmente, o produto de várias histórias e culturas interconectadas, pertencem a uma e, ao mesmo tempo, a várias "casas" (e não a uma "casa" particular). As pessoas pertencentes a essas culturas híbridas têm sido obrigadas a renunciar ao sonho ou à ambição de redescobrir qualquer tipo de pureza cultural "perdida" ou de absolutismo étnico. Elas são irrevogavelmente traduzidas. A palavra "tradução", observa Salman Rushdie, "vem, etimologicamente, do latim, 'significando 'transferir'; 'transportar entre fronteiras'". Escritores migrantes, como ele, que pertencem a dois mundos ao mesmo tempo, "tendo sido transportados através do mundo... são homens traduzidos" (RUSHDIE, 1991). Eles são o produto das novas diásporas criadas pelas migrações pós-coloniais. Eles devem aprender a habitar, no mínimo, duas identidades, a falar duas linguagens culturais, a traduzir e a negociar entre elas. As culturas híbridas constituem um dos diversos tipos de identidade distintivamente novos produzidos na era da modernidade tardia. (HALL, 2015, p. 52-53)

Corroborando a citação de Stuart Hall acerca de "tradução cultural", Silviano Santiago, em seu ensaio sobre o "entre-lugar no discurso latino-americano", acaba por salientar a importância do imaginário no espaço do neocolonialismo como afirmação:

de uma escritura *sobre* outra escritura. [...] O estrangeiro se reflete no espelho do dicionário e na imaginação criadora do escritor

> latino-americano e se dissemina com a graça e o dengue do movimento da mão que traça linhas e curvas. (SANTIAGO, 2000, p. 21)

Jobim, sobre questões de pertencimento, ressalta dois tipos de identidade: a "nacional" e a "herdada".

> Se o que predomina em determinado Estado-nação é uma concepção de identidade nacional como pertença a um conjunto de cidadãos que optam politicamente por pertencer juntos, apesar de eventuais diferenças linguísticas, religiosas e raciais, sob um governo escolhido por eles, em um território delimitado e sob normas legitimadas pela representatividade dos legisladores em relação aos cidadãos, teremos um resultado. Se o que predomina é uma concepção de nacionalismo como identidade herdada, acreditando-se que a identidade nacional é uma herança que se recebe ao nascer em determinado território, pertencer a determinada raça e falar determinada língua, teremos outro resultado, pois esta perspectiva conduz à crença de que, independente da vontade do indivíduo, ele já adquire, ao nascer, o espírito ou a alma do povo a que pertence. (JOBIM, 2006, p. 190-191)

Com esse êxodo migratório mundial, os espaços urbanos tornaram-se campos de disputa, e, como observa Heloisa Buarque de Hollanda, hoje se fala mais da cidade que da nação, pois "é a cidade que vai tornar-se palco, por excelência, de, pelo menos, duas ansiedades fundamentais da cultura contemporânea: "o fim da história" e a "dissolução da noção tradicional de identidade" (HOLLANDA, 2018; a). Essa perda da noção tradicional da identidade a que Hollanda se refere impacta não só os estudos antropológicos, sociológicos, filosóficos e psicanalíticos, como também os estudos literários, pois autoras e autores serão também sujeitos em movência, o que refletirá diretamente na criação de suas personagens e no enredo de seus romances.

Conforme pesquisas da professora Eurídice Figueiredo (UFF), "só a literatura é capaz de suscitar a figuração do Outro, do diferente, aquele que não podemos conhecer se não saímos de dentro de nós mesmos"

(FIGUEIREDO, 2017, p. 45). Fica nítido o caráter de transmissão de conhecimentos, de transmissão de cultura, da literatura. Por meio da ficção é impossível desaparecer a experiência da alteridade, pois

> só através da literatura podemos vislumbrar o Outro que nos habita, porque a identidade só se perfaz no encontro com a alteridade, inclusive nossa própria alteridade. (FIGUEIREDO, 2017, p. 45)

Stefania Chiarelli (UFF) e Godofredo de Oliveira Neto (UFRJ), em seus estudos sobre o estrangeiro e a literatura brasileira, alertam para a importância da reflexão acerca do tema, pois há um vasto conteúdo simbólico na experiência do imigrante estrangeiro que cruza a fronteira, em decorrência das inúmeras possibilidades de vida, cultura, língua, sempre ligadas a alguma forma de dor e também de alívio, pois em todos os lugares do mundo explodem evidentes demonstrações de intolerância e ataques xenófobos.

> O atentado de 11 de setembro de 2001, data da derrubada das Torres Gêmeas em Nova Iorque, os constantes atritos entre israelenses e palestinos, além da presença de refugiados, excluídos, cidadãos *sin papeles* e entre línguas, são alguns momentos dramáticos de tempos globalizados em que o estrangeiro ocupa o papel central. Identidades acirradas, nacionalismos exacerbados e radicalismos fundamentalistas servem de combustível para acender a fagulha de tantos confrontos nos quais religião e ideologia se encontram misturadas. [...] No Brasil, a intolerância interétnica não chega a tais níveis. [...] Mas é inegável a tensão identitária, que vai em direção ao mito cordial da sociedade brasileira. Há conflito, preconceito e disputa. A presença do elemento de fora entre os primeiros habitantes desde o início da colonização e, posteriormente, a expressiva saída dos brasileiros para o exterior, configurando-se como estrangeiros, revela que essa relação com a alteridade é fundadora em nossa cultura e, portanto, deve ser examinada na literatura de modo a representar o próprio conceito de nação. (CHIARELLI E OLIVEIRA NETO, 2016, p. 7-8)

Para os pesquisadores, o reflexo desse fluxo migratório é inegável e impactante para a literatura, pois somos levados a pensar em termos relacionais a questão da alteridade. Isso significa:

> estabelecer um diálogo entre o antes/depois, os que vão/voltam, o discurso oficial/outros discursos, a visão de sucesso/a visão trágica da imigração, a língua de cá/a língua de lá. (CHIARELLI, OLIVEIRA NETO, 2016, p. 9).

Portanto, o estabelecimento desse diálogo deve ser permanente, uma vez que "o indivíduo que emigra se encontra constantemente *a meio caminho* entre duas referências: a da terra de origem e a da terra de destino" (CHIARELLI, OLIVEIRA NETO, 2016, p. 9).

Alejandro Cansero-Jerez Bravo (2009), pesquisador em arte e literatura na América Latina e professor da Universidade de Paul Verlaine — Metz, França, ressalta a perda do lugar de origem como a principal causa de conflitos identitários, impactando diretamente a produção artística e literária de um país ou de um continente.

> A etnia, o lugar de origem, a religião, a juventude podem ser vetores que canalizam a apropriação de novos espaços. Essa apropriação e/ou reivindicação territorial será necessariamente hostil e excludente a qualquer recém-chegado, ou vizinho que não respeite essas fronteiras. Rapidamente essa nova (re)apropriação, que não se pode substituir pelas perdas das raízes, se transforma em transgressão [...] A reconstrução, ou o deslocamento identitário, é a principal consequência da hiper urbanização populacional. É o elemento histórico no qual os indivíduos escondem a dimensão nacional, regional, provincial ou, inclusive, de cidade, para desaparecer em bairros sem fronteiras, cujos limites repousam na violência, na pobreza, na desesperança. (BRAVO, 2009, p. 90-91; livre tradução minha)

Nas palavras da pesquisadora argentina Josefina Ludmer, acerca do trajeto da literatura por alguns territórios da América Latina a partir dos anos 2000, "a especulação atravessa a literatura a fim de ver os territórios da imaginação pública; viaja, cruza fronteiras, entra e sai, vai e vem, percorre" (LUDMER, 2013, p. 109). Isso significa dizer que tal especulação perpassa

> marcas, fronteiras, limites, muros, vazios, interiores, exteriores, interstícios, distâncias, mapas, circuitos, trajetos, linhas, redes, sites, domínios, subsolos, ilhas, arquipélagos, enclaves, cidades, nações, línguas, impérios [...]. Os corpos são anexos ao território. Dessa perspectiva, um território é uma organização do espaço por onde deslizam corpos, uma intersecção de corpos em movimento; o conjunto de movimentos de corpos que acontece em seu interior, assim como os movimentos de desterritorialização que o atravessam. Isso pode se dar através das ficções. (LUDMER, 2013, p. 110-111)

Para Almeida, a cidade cosmopolita e global seria um

> tropo relevante para se pensar a experiência do trânsito na contemporaneidade [...], lugar da diáspora por excelência, o espaço da chegada que ignora, por vezes, as origens e que faz com que elas se apaguem. (ALMEIDA, 2015, p. 155)

Para a pesquisadora, é a experiência das cidades que frequentemente rotulam os sujeitos ou corpos em trânsito como "imigrantes, estrangeiros, estranhos e deslocados" (ALMEIDA, 2015, p. 155).

Em relação ao "apagamento das origens" ressalto que se torna impossível um apagamento total, ainda que o cidadão esteja plenamente adaptado ao país que escolheu para viver, já que sua língua e suas tradições culturais estão introjetadas desde sempre. Há, todavia, outra forma de apagamento, que é a invisibilidade a que esse imigrante está sujeito, sendo mais um corpo na multidão cosmopolita. No entanto, de acordo com Canclini (1997), uma forma de estar na cidade e de pertencer a ela é através dos "imaginários urbanos". Revisito esse conceito de Canclini com a intenção de evidenciar a cidade não só como lugar para ser habitado, mas, essencialmente, como lugar para ser imaginado e pertencido, daí que haverá uma soma de diferentes culturas, uma troca de experiências, um hibridismo cultural a ser levado em consideração.

> As cidades são construídas com casas e parques, ruas, rodovias e sinais de trânsito. Entretanto, as cidades se configuram também com imagens. Podem ser a dos mapas que as inventam e as ordenam. Também, porém, as novelas, canções e filmes, os relatos da imprensa, o rádio e a televisão, que imaginam o sentido da vida urbana. A cidade fica densa ao carregar-se de fantasias heterogêneas. A cidade programada para funcionar, desenhada em quadrículas, transborda-se e se multiplica em ficções individuais e coletivas. As cidades não são feitas apenas para serem habitadas, mas também para viajarmos por elas. (CANCLINI, 1997, p. 109; livre tradução minha)

Essa viagem a que Canclini (1997) se refere é uma viagem imaginada, repleta de "ficções individuais" para onde se confluem os desejos de pertencimento e de adaptação do Outro, pois, além de lugares imaginados, há também, de certa forma, uma espécie de "globalização imaginada", já que as identidades se mesclam em construções individuais e coletivas.

> A época globalizada é esta em que, além de nos relacionarmos efetivamente com muitas sociedades, podemos situar nossa fantasia em muitos cenários ao mesmo tempo. Assim desenvolvemos, segundo Arjun Appadurai, "vidas imaginadas". Imaginado pode ser o campo do ilusório, mas também é o lugar, diz Étienne Balibar, onde "nos contamos histórias, o que significa que temos o poder de inventar histórias". (CANCLINI, 2003, p.30)

## PELOS LABIRINTOS DA URBE EM BUSCA DA SUBJETIVIDADE

Nos romances analisados, as personagens femininas parecem estar sempre em fuga, em busca do seu protagonismo e de todas as formas de pertencimento. É a metrópole o espaço cosmopolita onde elas digladiam com o real para se estabelecer enquanto sujeitos moventes, e para deixarem registradas suas memórias, seus biografismos, a partir da experiência do *fora*, do *outsider*.

A metrópole proporciona à mulher estar mais em contato com novas realidades, longe do espaço doméstico e privado a que sempre foi submetida, dentro de padrões e normas, inclusive sexuais, numa espécie de claustro. Todavia, ainda que a cidade seja o palco para o despertar dos novos sujeitos femininos e de novas possibilidades e agenciamentos, "pode-se perceber um sentimento desconcertante e incômodo nessa interação entre os sujeitos, seus corpos e a cidade global" (ALMEIDA, 2015, p. 155).

Figueiredo e Noronha (2005) assinalam que "a questão identitária só interessa e só é reivindicada por aqueles que não são reconhecidos por seus interlocutores" (p. 201). Tal assertiva confirma que a questão da busca identitária e toda a sua problemática acaba por se tornar tema importante nas narrativas de autoria feminina.

> [...] desde os primórdios da sociedade judaico-cristã, a mulher esteve submissa à autoridade masculina e sua participação na sociedade relegada à passividade e à ilegitimidade. Quando se inicia o questionamento do jugo masculino sobre o feminino, instaura-se a crise identitária e a necessidade de a mulher impor-se como ser socialmente ativo. É na busca desse reconhecimento negado que as escritoras erigem suas obras. (SANTOS, 2009, p. 17)

Dessa maneira, algumas indagações acabam sendo feitas pela literatura contemporânea: do quê, ou de quem se foge? Foge-se do que se é? Foge-se em busca de ser outra pessoa, de ter outra vida, outra identidade, outro nome? Quem são as personagens femininas que fogem do seu "eu" para assumirem a transitoriedade de suas *outras* que as habitam (seus *alteregos*), tornando-se escritoras? São elas reflexos de suas autoras, com quem pactuam, como aponta Philipe Lejeune? Mas, afinal, quem são essas autoras?

Partindo do pressuposto de Lejeune (2014) de que um autor não é apenas uma pessoa, mas é, antes, uma pessoa que escreve e publica e que está inscrito a um só tempo no texto e no extratexto, sendo, portanto, simultaneamente uma pessoa real e produtora de um discurso, o leitor partirá de sua subjetividade e de sua imaginação para tentar desvelar quem é esse autor(a), o que propõe, e por que caminhos conduz a narrativa. E, consequentemente, quem é a personagem que arrebata a narrativa. Assim, o leitor flutua num campo de incertezas e de movência, no qual tudo está para ser deslindado. A respeito de tempos de incertezas e de fatores que impulsionam as subjetividades e o biográfico, Leonor Arfuch (2002) afirma:

> [...] não é só a autobiografia, a história de vida ou a entrevista biográfica [...] que estariam em [nossa] órbita de interesse, senão também os momentos biográficos que surgem, as mediações. Ali, nesse registro gráfico ou audiovisual, que tenta dar conta, empenhada — cada vez mais, "pela boca de seus protagonistas" — do "isso ocorreu", é talvez onde se põe de manifesto, com maior nitidez, a busca da plenitude da presença — corpo, rosto, voz — como resguardo inequívoco da existência, da mítica singularidade do "eu". É essa busca, esse resguardo em tempos de incertezas, um dos fatores que impulsionam [...] a implantação contínua do biográfico. A sua dimensão clássica como modo de acesso ao conhecimento de si e dos outros — a vida como totalidade que iluminaria uma escrita, um descobrimento, uma atuação, uma personalidade —, a esse "mais adiante" da mesa de trabalho do escritor, do escritório do funcionário, do camarim da estrela, que explicaria — e faria compartilhar um roteiro sempre único, somam-se, hoje, outras "tecnologias da presença", que a globalização se estende ao infinito. (ARFUCH, 2002, p. 60-61; livre tradução minha)

Sendo a "subjetividade uma forma de imaginação" (SANTOS, OLIVEIRA, 2001, p. 10), portanto algo que faz parte do imaginário não só do autor, mas do leitor, ela acaba por estabelecer relações imprescindíveis para que a obra de arte seja compreendida em sua totalidade, pois:

> o imaginário não é um potencial que ativa a si mesmo, mas uma instância que precisa ser mobilizada por algo externo, seja pelo sujeito, pela consciência ou pela psique e pelo sócio-histórico, o que não esgota as possibilidades de ativação. (ISER, 2013, p. 295)

Com efeito, a subjetividade entendida como consciência é constituída pela linguagem e é aí (na linguagem) que o indivíduo social é construído, por um processo de identificação. Essa identificação deve ser estendida entre o leitor e a obra, logo, entre esse, a personagem e o enredo, já que personagem e enredo estão intrinsecamente ligados. Diante disso, conforme Zinani, "se a linguagem como prática discursiva é o *locus* da contradição e da luta e também onde as subjetividades são construídas, então é o elemento central de mudança política" (ZINANI, 2013, p. 65), não sendo mais possível ver a língua e a literatura apenas como reflexo da realidade social, mas como "responsáveis pela manutenção ou alteração do *status quo*" (ZINANI, 2013, p. 65), podendo o feminismo avançar para objetivos nos quais sejam possíveis focalizar a subjetividade da mulher como condição de mudança, de transformação.

Para Judith Butler, o "sujeito" é questão crucial para a política feminista, pois

> a construção política do sujeito procede vinculada a certos objetivos de legitimação e de exclusão, e essas operações políticas são efetivamente ocultas e naturalizadas por uma análise política que toma as estruturas jurídicas como seu fundamento. O poder jurídico "produz" inevitavelmente o que alega meramente representar; consequentemente, a política tem que se preocupar com essa função dual do poder: jurídica e produtiva. Com efeito, a lei produz e depois oculta a noção de "sujeito perante a lei", de modo a invocar a formação discursiva como premissa básica natural que legitima, subsequentemente, a própria hegemonia reguladora da lei. Não basta inquirir como as mulheres podem se fazer representar mais plenamente na linguagem e na política. A crítica feminista também deve compreender como a categoria das "mulheres", o sujeito do feminismo, é produzida e reprimida pelas mesmas estruturas de poder por intermédio das quais se busca emancipação. (BUTLER, 2016, p. 19-20)

Mas quem são as "mulheres" que buscam emancipação? Na concepção de Butler, o termo "mulheres" por si só já é complexo, pois "ser mulher" não é tudo que se é. Antes, o gênero estabelece "interseções com modalidades raciais, classistas, étnicas, sexuais, regionais, de identidades discursivamente constituídas" (BUTLER, 2016, p. 21). O que resulta na impossibilidade de separar a noção de "gênero" das interseções políticas e culturais nas quais essa noção é produzida e mantida, e, embora cientistas sociais se refiram ao gênero como um "fator" ou "dimensão" da análise, segundo Butler, "ele também é aplicado a pessoas reais como uma "marca" de diferença biológica, linguística e/ou cultural" (BUTLER, 2016, p. 31). Assim, o gênero pode ser compreendido como "um significado assumido por um corpo (já) diferenciado sexualmente; contudo, mesmo assim esse significado só existe *em relação* a outro significado oposto" (BUTLER, 2016, p. 31). Por isso, algumas "teóricas feministas afirmam ser o gênero "uma relação", aliás um conjunto de relações, e não um atributo individual" (BUTLER, 2016, p. 31).

A primeira teórica a confrontar as relações de gênero foi Simone de Beauvoir, quando afirmou que:

> Ninguém nasce mulher: torna-se mulher. Nenhum destino biológico, psíquico, econômico define a forma que a fêmea humana assume no seio da sociedade; [...] Somente a mediação de outrem pode constituir o indivíduo como um *Outro*. [...] Entre meninas e meninos, o corpo é, primeiramente, a irradiação de uma subjetividade, o instrumento que efetua a compreensão do mundo: é através dos olhos, das mãos e não das partes sexuais que apreendem o universo. (BEAUVOIR, 1980, p. 9)

Ana Gabriela Macedo, em sua crítica feminista no contexto português, ratifica as ideias relacionais de Beauvoir no que concerne à subjetividade feminina ao afirmar que:

> se as mulheres tentarem descobrir e exprimir sua própria identidade de forma a trazerem à superfície o que foi reprimido pela história

> masculina, têm de começar pela descoberta de seu corpo. (MACEDO, 2001, p. 276-277)

Como dispositivo para se relacionar com o mundo — corpo subjetivo. Por isso, é fundamental que se compreenda a importância desse "corpo" não "biologizado", mas, sobretudo, plenamente psíquico, econômico, social, político, para a construção do sujeito feminino.

Os estudos de Adrienne Rich também afirmam que a subjetividade feminina é construída a partir do corpo, pois o corpo da mulher funciona como "a localização do território do qual se possa falar com autoridade *como* mulher. Não transcendendo este corpo, mas sim reclamando-o" (RICH, 2002, p. 17).

Logo, vale ressaltar que é pelo "lugar da fala" que as relações devem se estabelecer. A crítica feminista vem construindo esse espaço em que a palavra (ou o discurso) e o corpo se coadunam, apropriando-se ambos desse *locus* a que Pollock denomina de "política do corpo":

> Os novos feminismos são, de maneiras significativas, uma política do corpo [...] A nova política articula a especificidade do feminino numa relação especial com a problemática do corpo, não como uma entidade biológica, mas como a imagem fisicamente construída que fornece uma localização e, simultaneamente, imagens dos processos do inconsciente relativas ao desejo e à fantasia. O corpo é uma construção, uma representação, um local onde a marca da diferença sexual é inscrita [...] o corpo é precisamente uma transação entre o sistema social e o sujeito, entre o que é classicamente apresentado como um interior íntimo ou privado e um exterior público ou social. (POLLOCK, 2002, p. 200)

Retomando o pensamento de Simone de Beauvoir e pensando na "política do corpo" a que Pollock (2002) faz referência, é possível afirmar que o corpo da mulher é o elemento essencial para a luta feminista, pois é o corpo "o instrumento do nosso domínio do mundo" (BEAVOIR, 1987, p. 58). Assim, o corpo da mulher deve ser revisitado em vários contextos, não apenas no biológico, determinando as diferenças fisiológicas entre homens e mulheres, mas, essencialmente, nos contextos ontológico, político, econômico, social e psicológico. Resgatando o pensamento de Beauvoir e aplicando-o à atualidade, o corpo da mulher passaria a ser um campo de batalhas e de conquistas, pois,

> o corpo da mulher é um dos elementos essenciais da situação que ela ocupa neste mundo. Mas não é ele tampouco que basta para a definir. Ele só tem realidade vivida enquanto assumido pela consciência através das ações e no seio de uma sociedade; a biologia não basta para fornecer uma resposta à pergunta que nos preocupa: por que a mulher é o *Outro*? Trata-se de saber como a natureza foi nela revista através da história. (BEAUVOIR, 1987, p. 63)

A indagação acerca da alteridade da mulher que Beauvoir (1987) proclama está intimamente relacionada à construção da mulher como sujeito, ao seu processo identitário, à sua constante busca. Tal construção foi se moldando ao longo de várias décadas do século XX e, especialmente, no século XXI.

De acordo com estudos de Guacira Lopes Louro (2018), muitas transformações ocorreram dos anos de 1960 para cá, impactando diretamente na construção do sujeito e intervindo em setores que eram considerados imutáveis. As tecnologias reprodutivas e/ou o estabelecimento de relações a distância têm atestado tais mudanças comportamentais.

> Conectados pela Internet, sujeitos estabelecem relações amorosas que desprezam dimensões de espaço, de tempo, de gênero, de sexualidade e estabelecem jogos de identidade múltipla nos quais o anonimato e a troca de identidades são frequentemente utilizados. (LOURO, 2018, p. 10-11)

Todas essas transformações afetam diretamente a construção das identidades de gênero e sexuais, pois, mesmo para as pessoas que não as experimentaram diretamente, todas essas inovações vão constituir novas formas de existência para mulheres e homens.

Para a professora da Universidade da Califórnia, Teresa de Lauretis (1987), acerca das tecnologias de gênero, o gênero está relacionado com as relações sociais do sujeito:

> Como a sexualidade, poderíamos então dizer, que gênero não é uma propriedade de corpos ou algo originariamente existente nos seres humanos, mas o conjunto de efeitos produzidos em corpos, comportamentos e relações sociais. (LAURETIS, 1987, p. 3; livre tradução da autora)

A crítica feminista, contudo, levanta importantes questões acerca do desaparecimento, descentralização, desconstrução e fragmentação do sujeito, especialmente do sujeito feminino, num momento histórico tão importante para as conquistas das mulheres, pois, de acordo com muitas feministas, num momento em que as mulheres, tão silenciadas durante séculos, começam a lutar por seus direitos e a agir como sujeitos e não mais como objetos da história, noções de subjetividade se liquefazem, afetando diretamente a constituição do sujeito feminino.

Para McLaren, "o sujeito racional tem sido a base sobre a qual a reivindicação de igualdade, direitos e liberdade têm sido tipicamente feitas" (MCLAREN, 2016, p. 77). Contudo, para muitas feministas, "à mulher ainda precisa ser concedido o status completo de sujeito racional e a consolidação de direitos iguais consequente desse status" (MCLAREN, 2016, p.77) tem importantes implicações políticas.

Para Chimamanda Adichie não é fácil falar de gênero, mas é imprescindível, pois o feminismo faz parte dos direitos humanos. Assim, falar de gênero para homens e mulheres é reafirmar essa necessidade, uma vez que, segundo a escritora nigeriana,

> O feminismo faz, obviamente, parte dos direitos humanos de uma forma geral — mas escolher uma expressão vaga como "direitos

> humanos" é negar a especificidade e particularidade do problema de gênero. Seria uma maneira de fingir que as mulheres não foram excluídas ao longo dos séculos. Seria negar que a questão de gênero tem como alvo as mulheres. Que o problema não é ser humano, mas especificamente um ser humano do sexo feminino. (ADICHIE, 2015, p. 43)

É óbvio que o problema de gênero não atinge apenas a mulher biologizada, mas qualquer indivíduo que se sinta inferiorizado, reprimido diante daquele que reproduz o poder patriarcal, opressor e dominante.

Heloisa Buarque de Hollanda, em seu recém-lançado livro *A explosão feminista* (2018), que reúne artigos de várias pesquisadoras, além de um histórico de seus estudos, adverte que a representação feminista,

> já em 1985, se mostrava viva e atuante nas campanhas pelas Diretas Já, na formação do Conselho Nacional dos Direitos da Mulher e pelas Delegacias Especializadas no Atendimento à Mulher. Nas eleições de 1985, a maioria dos partidos apresentou propostas encaminhadas por grupos feministas. Em 1998, o Lobby do Batom, no contexto das decisões da Assembleia Constituinte, se desdobrou em mobilizações por todo o país e alcançou grandes conquistas. Na Academia, lutou-se pela institucionalização dos estudos feministas e de gênero. (HOLLANDA, 2018, p. 15; b.)

Foi no espaço da Academia que ela colocou seu desejo e seu ativismo, após seu retorno da Universidade de Columbia, imbuída de pilhas de artigos escritos por mulheres daquele momento. E, mesmo tendo seu projeto negado pelo Conselho da Escola de Comunicação da UFRJ, por entenderem que "a área de Comunicação não seria adequada para o desenvolvimento dos estudos de gênero", Heloisa Buarque de Hollanda seguiu com suas pesquisas no CIEC — Centro Interdisciplinar de Estudos Culturais, "um guarda-chuva dissimulado para a pesquisa de gênero, raça, classe, imigração e tudo o mais que não cabia, segundo o Conselho mencionado, na enigmática área de Comunicação" (HOLLANDA, 2018, p.

16; b). Foi nesse momento (em meados dos anos 1975) em que os estudos feministas se desenvolviam que, segundo Hollanda, "os discursos sobre identidade foram progressivamente conquistando posições mais flexíveis, passando agora a se assumir como estudos de gênero" (p. 16; b).

Finalmente, conforme estudos de Silvia Regina Pinto (UERJ), chegamos ao "sujeito pós-moderno", cuja identidade deixa de ser fixa e permanente e passa a ser definida "historicamente e não de forma biológica", tornando-se uma "celebração móvel", formada e transformada continuamente de acordo com os sistemas que nos rodeiam. Segundo Pinto, "O sujeito assume identidades diferentes em diferentes momentos, identidades que não são unificadas ao redor de um "eu" coerente" (PINTO, 2006, p. 284).

> Na arte em geral e na literatura em particular, desde o modernismo, a crise da representação, da desrealização, da desreferencialização, [...] ligada a problemas identitários, veio se acentuando cada vez mais, e, talvez por essa razão, assistimos a tentativas de superação das referidas perdas e crises, como por exemplo nas narrativas de ficção, onde é fácil perceber esse esforço de superação da crise representativa e da perda de referencialidade que se acentuou a partir da chamada "virada linguística", nos anos 70 (século XX). As novas experiências narrativas, principalmente a partir dos anos 90 (século XX), revelam um projeto metaficcional estético e literário que caminha em direção à configuração de uma realidade mais afinada com o momento histórico-cultural contemporâneo. (PINTO, 2006, p. 284)

Para Zinani, a discussão em torno da identidade e da subjetividade sofreu um forte abalo em suas bases devido à problemática da fragmentação do indivíduo, "não mais percebido como uma unidade" (ZINANI, 2013, p. 19). Todavia, a pesquisadora identifica em seus estudos literários a respeito da obra da escritora nicaraguense Gioconda Belli "aspectos significativos de emancipação feminina" por meio de personagens centrais de alguns romances analisados, bem como a "representação das experiências da mulher, por meio de sua própria linguagem" (ZINANI, 2013, p. 19). Ainda segundo Zinani,

> a possibilidade da concretização do projeto iluminista de emancipação intelectual da mulher passa pela reorientação da história e da interpretação literária, tanto revisando a organização do cânone, como verificando as vozes excluídas. (ZINANI, 2013, p. 20)

É nesse encontro com Zinani (2013) que debruço meus estudos sobre personagens-escritoras que enfrentam muitos obstáculos para acharem suas vozes, suas identidades, ou para (re)afirmarem uma voz (ou identidade) que já existe, mas que está completamente oprimida, silenciada. A voz que Hollanda busca exteriorizar durante todos esses anos de pesquisa acadêmica: a voz das excluídas, das deslocadas, inadaptadas, estrangeiras, migrantes em busca de um lugar que possam finalmente chamar de seu, e de onde possam também produzir literatura, como já advertira Woolf (2014). A voz pactuada entre a autora e a personagem-escritora.

A começar pela personagem central, escritora e narradora sem nome do romance *A chave da Casa*, de Tatiana Salem Levy, o que se pode depreender é que ela vai se desvelando à medida que vai rememorando sua ancestralidade, suas diferentes origens e culturas.

A narrativa é perpassada pela dor, porque narrar a si mesma dói. São duas as dores da narradora: a de fora e a de dentro. A de fora é a dor dos desencontros e desencantos, e a dor de dentro é a da busca identitária. Uma dor se sobrepõe à outra, e, dependendo do capítulo, uma ou outra se evidencia. A dor da narradora é também uma dor universal, é a dor do (des)pertencimento, a dor de quem tem muitas pátrias e, por isso, não tem pátria alguma. Assim, por não saber o que fazer com seu dentro doído, com sua herança cultural, com sua *tradição*, ela parte em busca de sua *tradução*; da *tradução* de suas origens, de sua verdadeira identidade; parte em busca de sua "chave interior", que abrirá todas as "portas" de suas diferentes "casas". No entanto, o mote principal para sua partida é a chave de uma casa determinada, dada pelo avô, para que se desloque até Esmirna, na Turquia, em busca de sua primeira origem. Já no primeiro contato entre o leitor e a narradora, ela lhe revela o sofrimento causado por um "peso", um fardo que carrega:

> Porque eu já nasci velha, numa cadeira de rodas, com as pernas enguiçadas, os braços ressequidos. Nasci com cheiro de terra úmida, o bafo de tempos antigos sobre meu dorso. Por mais estranho que possa parecer, a verdade é que nasci com os pés na cova. Não falo de aparência física, mas de um peso que carrego nas costas, um peso que me endurece os ombros e me torce o pescoço, que me deixa dias a fio — às vezes um, dois meses com a cabeça no mesmo lugar. Um peso que não é todo meu, pois já nasci com ele. Como se toda vez que digo "eu" estivesse dizendo "nós". Nunca falo sozinha, falo sempre na companhia desse sopro que me segue desde o primeiro dia. (LEVY, 2009, p. 9)

De acordo com estudos da professora Elódia Xavier (2012):

> Esse 'peso' representa, durante a narrativa, o passado marcado pela tradição judaico-turca, algo opressivo que a imobiliza, tirando-lhe a liberdade de ação. (p. 119)

Há uma circularidade no processo narrativo da protagonista acompanhada pela circularidade das partidas e retornos. A protagonista nasce em Portugal porque seus pais, sendo comunistas, são lá exilados políticos. Mas é Portugal que expulsa sua família portuguesa séculos atrás, por ser judia, indo em direção a Esmirna, na Turquia. O avô da narradora é então o responsável direto pelo primeiro deslocamento, vindo da Turquia para o Brasil em busca de melhores condições de vida e para esquecer um amor impossível. A partir daí, e formando uma família que perpetua a tradição judaica, porque se casa com uma judia-brasileira, o avô passa a ser a representação dessa herança ancestral que ela traz consigo. Percebendo o sofrimento da neta, o avô trata logo de ajudá-la a libertar-se de tamanho "peso ancestral", dando-lhe a tal chave, que nada mais é que a representação metafórica do retorno às origens — uma judia turca nascida em Portugal e também brasileira, porque, tendo vindo aos nove meses para o Brasil, foi neste país que ela cresceu. Presa a tantas amarras e precisando livrar-se do fardo que carrega, ela parte, mas:

> essa libertação só se concretiza, de fato, quando toma conhecimento, por meio de parentes turcos, de que a casa do avô não mais existe. Foi destruída há cerca de quinze anos. Estratagema para livrá-la da tradição? (XAVIER, 2012, p. 119)

A memória é a grande responsável por sua busca identitária, pelo seu retorno às origens. A memória vista não apenas na sua forma individual, mas na sua coletividade, na sua ancestralidade, como aponta Jacques Le Goff acerca não apenas da importância da memória, mas também do esquecimento para nossa própria sobrevivência.

> Finalmente, os psicanalistas e os psicólogos insistiram, quer a propósito da recordação, quer a propósito do esquecimento [...], nas manipulações conscientes ou inconscientes que o interesse, a afetividade, o desejo, a inibição, a censura, exercem sobre a memória individual. Do mesmo modo, a memória coletiva foi posta em jogo de forma importante na luta das forças sociais pelo poder. Tornarem-se senhores da memória e do esquecimento é uma das grandes preocupações das classes, dos grupos, dos indivíduos que dominaram e dominam as sociedades históricas. Os esquecimentos e os silêncios da história são reveladores desses mecanismos de manipulação da memória coletiva. (LE GOFF, 2013, p. 390)

Para despregar-se desse esquecimento, ou até certo apagamento, a que Le Goff faz referência, a personagem resgata sua memória por meio da escrita, da narrativa, pois com "a passagem da oralidade à escrita, a memória coletiva e, mais particularmente, a "memória artificial" são profundamente transformadas" (LE GOFF, 2013, p. 398). A "memória artificial", conforme Le Goff (2013), vem, desde a Grécia Antiga, pela necessidade de se registrar tudo que se encontra, necessário às várias atividades exercidas pelos homens ao longo dos séculos.

Nossa narradora exerce tal atividade — a rememoração escrita — desde as primeiras páginas do romance, com intuito de (re)contar ao leitor tudo que vivenciou, ao mesmo tempo em que faz um movimento catártico de libertação, indo mais longe, retornando às suas origens ancestrais, portanto, muito anteriores a ela, à sua própria (não) existência, onde, na verdade, tudo começou, para tentar responder à pergunta filosófica heideggeriana acerca da existência e sobre a qual não se tem nenhum controle: e se tivesse sido diferente? E se eu não existisse aqui, onde eu existiria? Eu existiria? Qual a dimensão do meu ser?

> *Nasci no exílio*: em Portugal, de onde séculos antes minha família havia sido expulsa por ser judia. Em Portugal, que acolheu meus pais, expulsos do Brasil por serem comunistas. Demos a volta: fechamos o ciclo: de Portugal para a Turquia, da Turquia para o Brasil, do Brasil novamente para Portugal. Não teria sido menos penoso, menos amargo, se não tivéssemos sido obrigados a fazer esse longo percurso? Por que tivemos que sair de um lugar para voltar ao mesmo lugar?/*Nasci no exílio*, onde meus pais estavam sem querer estar. Nasci fora do meu país, no inverno, num dia frio e cinzento. [...]/*Nasci no exílio*: e por isso sou assim: sem pátria, sem nome. Por isso, sou sólida, áspera bruta. Nasci longe de mim, fora da minha terra — mas afinal, quem sou eu? Que terra é a minha? (LEVY, 2009, p. 25; grifos meus)

A personagem frisa que nasceu no exílio, portanto fora da sua terra natal, mas qual é sua terra natal? Quem é ela, afinal? Qual sua verdadeira identidade? Quantas identidades distintas ela carrega? Em que tempos e espaços? A esse respeito, o crítico indiano Homi Bhabha esclarece que

> A representação da diferença não deve ser lida apressadamente como reflexos de traços culturais ou étnicos preestabelecidos, inscritos na lápide fixa da tradição. A articulação social da diferença, da perspectiva da minoria, é uma negociação complexa,

> em andamento, que procura conferir autoridade aos hibridismos culturais que emergem em momentos de transformação histórica. [...] O reconhecimento que a tradição outorga é uma forma parcial de identificação. Ao reencontrar o passado, este introduz outras temporalidades incomensuráveis na invenção da tradição. Esse processo afasta qualquer acesso imediato a uma identidade original ou a uma tradição "recebida". Os embates de fronteira acerca da diferença cultural têm tanta possibilidade de serem consensuais quanto conflituosos [...]. (BHABHA, 1998, p. 20-21)

É nessa relação conflituosa entre o ir e o voltar que a personagem caminha por tempos e espaços diversos, procurando alguma forma de adequação. Contudo, o ato de "ir além" já denota em si uma impossibilidade. Para Bhaha, "além" significa:

> distância espacial, marca um progresso, promete o futuro; no entanto, nossas sugestões para ultrapassar a barreira ou o limite — o próprio ato de ir além — são incognoscíveis e irrepresentáveis, sem um retorno ao 'presente' [...]. (BHABHA, 1998, p. 23)

O que significa dizer que nossa personagem poderia ficar presa num futuro (projeção), ou olhando para o passado (memória ancestral), sem um encontro possível com a realidade presente, caso ela não conseguisse se libertar pela escrita.

Assim como a personagem sem nome de *A chave de casa*, Luzia, a personagem central do romance homônimo de Susana Fuentes, persegue sua identidade e, para isso, vê-se obrigada a deslocar-se tanto no tempo quanto no espaço. Seu deslocamento no tempo dá-se pelo retorno ao passado, de onde ela tenta, a todo custo, resgatar as memórias de um estupro para livrar-se delas. É uma espécie de catarse. A violência sexual é a responsável por sua fragmentação identitária, por sua fuga para dentro de si mesma, por sua solidão numa cidade grande, como o Rio de Janeiro, e pelo seu trânsito entre dois apartamentos, o da memória materna e o da vida quotidiana. O da memória contém todas as suas lembranças encaixotadas; caixas que deverão ser abertas uma a uma como única forma possível de retorno ao tempo presente, à vida presente, à libertação. É a partir desse ato de coragem que Luzia busca sua escrita da infância. A escrita que conta da violência sofrida. Da gravidez precoce. Da filha morta. Da mãe morta. Dos lutos. Do abandono do pai. Dos maus-tratos da tia. Do desejo de ser menino, para ser livre. Da árvore onde habitam seus "deuses" quotidianos que a ajudam a sobreviver na infância e na adolescência. Do assassinato da árvore, ceifada na raiz, como sua vida. É lá naqueles pequenos papéis, encaixotados, em que tudo está registrado. "Reler" o passado é uma necessidade premente; a única forma de sobreviver a si mesma. A escrita infantil encontrará a escrita de uma mulher de trinta e poucos anos. As duas escritas se completarão para que uma das Luzias possa sobreviver. Mas não sem antes Luzia empreender uma viagem de busca por suas origens paternas, indo ao encontro do mito edipiano. É o abandono que sente por parte do pai que deflagra todas as outras dualidades nela contidas. Luzia é menina/menino; é mãe/irmã; é filha/mãe; é criança/adulta; é pudica/lânguida; é triste/alegre. Luzia contém seus opostos e toda a incerteza do mundo. Luzia é desorientada. Luzia é infeliz. Precisa buscar sua alteridade no "além" de si, na mítica cidade de Esperanza, na ilha de Maraberto, portanto, também no além-mar. Em outro lugar, outro mundo, outra cultura, outra *tradição*.

> O "além" não é nem um novo horizonte, nem um abandono do passado... Inícios e fins podem ser o mito de sustentação dos anos no meio do século, mas neste *fin de siècle*, encontramo-nos em momentos de trânsito em que espaço e tempo se cruzam para produzir figuras complexas de diferença e identidade, passado e presente, interior e exterior, inclusão e exclusão. Isso porque há uma sensação de desorientação, um distúrbio de direção, no "além": um movimento exploratório incessante, que o termo francês *au-delà* capta tão bem — aqui e lá, de todos os lados, *fort/da*, para lá e para cá, para frente e para trás. (BHABHA, 1998, p. 19)

É essa sensação descrita por Homi Bhabha (1998) que é vivida por Luzia e também pelas outras personagens-escritoras deste estudo: um movimento para "além", para fora, para as fronteiras, a fim de ultrapassá-las, de explorá-las, de entendê-las para que possam todas entender a si mesmas, sem exceção. A esse respeito, ele aponta para o:

> afastamento das singularidades de 'classe' ou 'gênero' como categorias organizacionais básicas, resultando em uma consciência das posições do sujeito — de raça, gênero, geração, local institucional, localidade geopolítica, orientação sexual [...]. (BHABHA, 1998, p. 19)

É, portanto, conforme Bhaba (1998), muito grande a pretensão de se possuir uma identidade única no mundo moderno, uma vez que é necessária uma articulação das diferenças culturais para além das subjetividades originárias. Essas diferenças culturais encontram-se nos "entre-lugares" que fornecem novas formas de articulação e que "dão início a novos signos de identidade e postos inovadores de colaboração e contestação, no ato de definir a própria ideia de sociedade" (BHABHA, 1998, p. 20).

A literatura é o ponto crucial para onde convergem todos esses questionamentos a que Bhabha (1998) se refere, pois "a literatura é pensamento e conhecimento do mundo psíquico e social em que vivemos. A realidade a que a literatura aspira compreender é, simplesmente [...], a experiência humana" (TODOROV, 2010, p. 77). A experiência humana é vivenciada de forma singular pela literatura, que "preserva a riqueza e a diversidade do vivido" (TODOROV, 2010, p. 77).

Para Tatiana Salem Levy, em seu livro *A experiência do fora* (2011), na literatura "tudo se passa *como* se estivéssemos em presença da verdade, mas essa presença não chega a acontecer de fato. É justamente essa impossibilidade essencial que determina a possibilidade da literatura" (LEVY, 2011, p. 22).

Todas as personagens femininas deste estudo têm ou buscam ter essa experimentação do vivido a que Todorov (2010) faz referência, essa diversidade de experiências para produzirem escrita, para saírem de seu mundo umbilical e enfrentarem seus dilemas reais, indo em direção a novas descobertas, pois só assim se sentirão aptas, pertencidas, adaptadas, ainda que híbridas e multiculturais. É a coragem que as faz mover. A coragem e o desejo, aliás, sempre moveram as mulheres, desde sua ancestralidade. Há na personagem Luzia um desejo que chega a doer: o desejo de "ser" — representado pela escrita de si:

> Luzia abriu a mochila, tirou o lápis do estojo e arrancou uma folha do caderno. Suas mãos começaram a correr pela folha, não paravam, jorravam palavras, faltavam linhas, outra folha, escreve, escreve, a árvore subia, sumia no céu, as raízes afrouxavam na terra, mas sua vontade não, sua vontade de viver. O lápis riscava sulcos no caderno, afundava na página, foi ali que Luzia, pela primeira vez, agarrou-se ao papel. (FUENTES, 2011, p. 74)

Foi por esse "agarrar-se ao papel" que Luzia conseguiu sobreviver à dupla violência (a do estupro, seguido da gravidez, e a da perda do bebê): "A criança nasceu e morreu, como se acelerando o percurso, simplesmente morresse, sem crescer. Luzia não aceitou a fatalidade, e acreditou que Dora [...] crescia em algum outro lugar" (FUENTES, 2011 p. 74). Adulta, carregando o trauma e o luto e abrindo as caixas da memória, Luzia decide então pela viagem em busca de sua existência, de seu lugar no mundo, de sua identidade.

> Só restava a Luzia respirar o ar e engolir a poeira da estrada, desfolhar-se faz parte de seu rito, o vento-recolhe-seus-pedaços--porque-sabe-que-ela-também-é-vento, é cada lugar onde pisa, é a pedra, a faísca da areia, o besouro azulado que passa sem reverências. Quer ser uma mulher apenas, solta, livre, tudo isso e nada mais. (FUENTES, 2011, p. 76)

Nessa decisão de empreender a viagem para dentro de si, Luzia também faz concomitantemente o movimento inverso, indo para fora, para a posição de *outsider*, de étranger, buscando no exílio sua alteridade:

> O que você vai encontrar? Como saber? Mas agora, em frente. Quero que você se forre de pensamentos. Você tem que se alimentar de imagens. Tome você mesma o pincel (e pegou em sua mão). O quê, exatamente, acontece na tela? [...]
>
> — Distância, exílio — Luzia arriscou dizer da imagem.
>
> — Distância, isso não é concreto. O mar é, mas ainda não é o suficiente. Mais que isso: qual é a praia, o porto, a cor da água, a cor do dia, do tempo? Afinal, qual é o azul? [...] Há brisa? Ou nada se move, silêncio? (Luzia pensou em brisa e voou para longe nesta hora). Os detalhes da paisagem que você deixa, para depois reencontrar só em sonho.
>
> Luzia acompanhava a proliferação de imagens e sentia medo. Pressentia vir à tona algo até então invisível no quadro que aos poucos se formava diante de si. A paisagem que começara a se mover desde os primeiros dias que antecederam a viagem [...] (FUENTES, 2011, p. 77)

Sobre as mudanças de paisagem, ou o deslocamento necessário a esse olhar estrangeiro, ou seja, para o distanciamento em relação à própria sociedade e a aproximação de uma sociedade estrangeira, Todorov adverte que há diferentes olhares, que se distanciam e se aproximam, de um etnólogo sobre o *Outro*.

> Distanciamento um: para sentir atração pelos outros, sem a qual não se é um etnólogo feliz, é preciso sentir um leve deslocamento entre si mesmo e sua própria sociedade [...] Aproximação um: mergulho numa sociedade estrangeira, com o desejo de compreendê-la do interior, como seus próprios membros, aos quais aspiro me identificar [...] mesmo vivendo entre os outros, tendo adotado sua língua e costumes, continuo diferente (conservo minha pronúncia), pois não posso apagar o que fui, continuo a pensar também nas

> categorias que foram as minhas. Distanciamento dois: volto para minha terra (esta pode ser apenas mental ou também física), mas esta "minha terra" é ainda menos próxima do que antes, agora posso lançar sobre ela um olhar estrangeiro, comparável ao que lançava sobre a sociedade estrangeira. Isto significa que me tornei um ser cindido [...] minhas duas metades se comunicam entre si, buscam um terreno comum, traduzem-se uma pela outra até se compreenderem. [...] Vem então a última fase, aproximação dois: não identificando mais as categorias universais do espírito nem com as minhas próprias categorias mentais, nem com as que observo nos outros, mas nem por isso perdendo de vista o horizonte da universalidade, posso estudar a sociedade estrangeira — mas, também, minha própria sociedade, já que segundo a bela fórmula de Hughes de Saint-Victor, o mundo inteiro tornou-se para mim uma terra de exílio. (TODOROV, 1993, p. 97-98)

Tomando como empréstimo a etnologia de Todorov (1993), sobre o olhar estrangeiro de *dentro* e de *fora* da sociedade, logo, distanciando-se e aproximando-se dela, busco aplicar tal visão à criação das personagens-escritoras dos romances analisados, já que todas carregam essa experiência, tendo em vista que "a exterioridade só é vantagem quando se é ao mesmo tempo perfeitamente interior" (TODOROV, 1993, p. 98). Por isso, todas as personagens femininas, sem exceção, empreendem concomitantemente as duas posições, "*in*" e "*out*" e, quando isso ocorre, o mais importante não é mais o distanciamento em relação aos outros/*Outro*, mas a separação em relação a si/*Eu*. "Eu existo". Sobre a importância da existência do *Eu* para a produção das *escritas de si*, Judith Butler enfatiza que

> A narrativa age dentro do contexto de transferência não só como meio de transmissão de informações, mas também como aplicação retórica da linguagem que busca agir sobre o outro, motivado pelo desejo ou pela vontade que assume uma forma alegórica na cena interlocutória da análise. O "eu" é narrado, mas também posto e articulado no contexto da cena de interpelação. O que é produzido no discurso muitas vezes perturba os objetivos intencionais da fala. O "tu" é variável e imaginário, ao mesmo tempo que é delimitado

> e recalcitrante de uma presença obstinada. [...] E o que conto também faz algo comigo, age sobre mim [...] (BUTLER, 2017, p. 71)

No romance *Rio-Paris-Rio*, de Luciana Hidalgo, fica bastante evidente essa sensação, pois Maria, a personagem central, desloca-se do Rio para Paris, e novamente para o Rio, após uma longa temporada no exterior, onde fora cursar a faculdade de Filosofia, na Sorbonne. As diferenças linguísticas, os costumes, vestimentas, paisagens se evidenciam muito para ela, numa mirada totalmente estrangeira e numa adaptação forçosa.

> Sim, porque, concordam os dois, todo estrangeiro se corrompe um pouco todos os dias. Quando, por exemplo pede *une baguette s'il vous plait* na padaria, forçando os músculos do rosto para acertar as vogais internas da língua francesa e agradar o padeiro (que pouco liga). Quando adota códigos sociais que não os seus contra a vontade. Quando fala pela primeira vez alguma gíria estrangeira, fingindo uma intimidade com a linguagem que não tem, nunca terá, soando artificial e colonizado.
>
> Maria passou por tudo isso. Como todo recém-chegado, viu que quanto mais rápido se adaptasse ao novo país, mais integrada estaria, o que de imediato significaria: menos solidão. E tome mimetismo, mudança gradual das roupas, do estilo das roupas, até se misturar sem ser notada e só então ser bem-vinda, até mesmo querida por gentilhommes como Luc. Nesse longo processo, forasteiros como ela podem não perder totalmente a identidade, mas se corrompem. (HIDALGO, 2016, p. 106)

Maria é percebida à medida que se contrapõe ao *Outro*. A esse respeito, a professora e crítica literária Eurídice Figueiredo, em seu livro *Literatura como arquivo da ditadura brasileira* (2017), revela-nos sua própria experiência como exilada política na França, no capítulo final do livro, intitulado "Minha terra tem palmeiras... e me expulsaram de lá (Geração de 1968)". Eurídice afirma que

> O imigrante ou exilado sempre sabe que é estrangeiro quando lhe perguntam de onde ele vem. *D'où venez-vous? Where are you from?* Perguntaram-me repetidas vezes isso, referindo-se à Martinica e a Guadalupe, ao Taiti e a Madagascar, ex-colônias francesas com população mestiça. A análise dos meus traços fisionômicos — algo que os brasileiros nunca fazem — era constante. Como alguns franceses achavam que eu era proveniente de suas ex-colônias, chegavam a duvidar que eu fosse brasileira. (FIGUEIREDO, 2017, p. 148-149)

Maria, a personagem hidalgueana, quer ser aceita pela sociedade estrangeira, daí que prefere ser *outra;* mas não é francesa, e também não se identifica como estrangeira. Com isso, vai mudando seu estilo, suas roupas, para não se sentir solitária. Quer se igualar, "camaleonicamente", àquela paisagem que já está posta, mas não se iguala, ficando, portanto, no *entre-lugar*, entre duas paisagens e duas tradições. Há em Maria certa despersonalização, até conhecer Arthur, o poeta namorado, que leva a vida de uma forma leve, de acordo com seus desejos e com as paisagens que se descortinam ao seu redor. A esse respeito, Leonardo Tonus, professor da Faculdade de Letras da Universidade de Sorbonne, diz em sua página oficial do *Facebook* que

> Desejar equivale a uma força. A uma afirmação. A potência do que é a existência humana. Desejar não se restringe ao fato de querer possuir algo. Desejar, é antes, desejar um conjunto de coisas no centro da qual se revela a força contínua do desejo. Pelo outro. Pela outra. De estar plenamente com o outro. Com a outra. Pois como já sublinhava Proust, não se deseja alguém. Deseja-se antes a paisagem que envolve esse alguém. A paisagem que posso não conhecer. Mas que pressinto. E enquanto não tiver desenrolado a paisagem que este alguém envolve, não ficarei contente. A essência desse desejo está no reconhecimento deste valor. De sua incompletude. (TONUS, 2019)

É pelo desejo e pela incompletude que nos percebemos primeiro: eu existo em algum lugar/espaço (paisagem), em algum tempo, como apontou Heidegger (2009) em seu clássico *Ser e tempo*. O tempo de Maria é, contudo, um tempo despertencido, uma vez que ela cumpre um papel que lhe é imposto pelo avô, general do exército brasileiro, em plena ditadura militar: o "exílio" como forma de estar distante no tempo-espaço dos "subversivos" brasileiros, mas é em Paris que ela descobre exatamente quem ela é. Sua existência no mundo, sua identidade.

> Maria embaralha os flashes que vêm cada vez mais velozes. Martine, os amigos e amantes contra o imperialismo, contra a guerra do Vietnã, contra o fascismo, contra o General De Gaulle, que manda na França. Aliás, tinha esquecido, os franceses também têm um general no poder. Nem por isso é uma ditadura, ela se dá conta, longe disso. Está confusa porque pensava se exilar num país livre, mas se é um país livre, por que os jovens quebram tudo em busca de liberdade, ela pergunta. Vêm à memória as conversas com Martine, a francesa mostrando à brasileira o quanto a França é um país pobre e atrasado, católico e rural. Aí, com um sorrisinho no canto da boca, a neta do general se lembra da quadrilha de generais mantendo seu país na mira do fuzil. E pensa em seu Brasil atrasado, católico e rural. (HIDALGO, 2016, p.93)

E é com a convivência com seu poeta, artista e morador de rua, Arthur, que Maria consegue descolar-se do que era, do seu passado de ingenuidade, de sua bolha, que rompe à medida que consegue entender os momentos e os acontecimentos, fazendo parte deles. Só a partir do momento em que frequenta as reuniões com outros exilados, verdadeiramente exilados políticos em Paris, é que ela passa a perceber sua existência no mundo. Seu lugar.

> Arthur pegou a estrada rumo a Amsterdã, se engajou numa outra luta, pessoal, poética, palavrosa, sem o heroísmo das grandes lutas. Maria ficou. [...] São muito individuais as odisseias [...] Maria não mais flana, apenas vaga. [...] Quando Arthur faz falta, ela deita no colchonete do buraco torto e imundo da ponte onde o namorado

> gosta de ficar, acende o toco da vela que ele um dia acendeu, lê o livro que ele um dia leu a partir da página em que parou [...], só para estar com ele, ser um pouco ele sem deixar um instante de ser ela, ou seja, sendo ele e ela. Flashes dos dois vêm a toda hora. Arthur não a advinha nesse espaço em tempo algum. Não imagina que ela um dia o seguiu numa de suas errâncias, descobrindo, incógnita o muquifo que ele esconde da civilização (dela). (HIDALGO, 2016, p. 128-129)

A memória, sempre presente nos romances analisados, é algo recorrente também na personagem Maria. Ela sobrevive à ausência de Arthur pelas lembranças trazidas à tona. É pela memória que ela pode perceber-se no mundo, em relação a ele, às suas escolhas pessoais, à sua própria existência: "Maria passa horas aí, se alimenta o quanto pode dele, volta para o seu quadrado asséptico, simétrico, cética quanto ao futuro desses dois mundos um dia tão complementares [...]" (HIDALGO, 2016, p. 129). Maria imagina todas as possibilidades com Arthur, mas está pronta também para seguir sem ele.

A imaginação, acompanhada da rememoração dos fatos, é responsável pela integralização da personagem, pelo seu (re)descobrimento, pela fuga e pelo retorno, sem os quais ela não se resgataria. É pelas ausências do outro que ela se mantém. A esse respeito, Paul Ricoeur aponta para a "presença do ausente" como traço comum entre a memória e a imaginação, e, também, como "traço diferencial, de um lado, a suspensão de toda posição da realidade e a visão de um irreal, do outro, a posição de um real anterior" (RICOEUR, 2014, p. 61).

A presença do ausente por meio da memória e a posição de um real anterior, que desencadeiam toda uma trajetória, são também traços marcantes na narrativa vigniana, especialmente no romance *Por escrito*, em que a personagem central e narradora, Valderez, necessita dizer-se, buscando em tempos que se mesclam a sua verdadeira história de vida, escondida sob os escombros da imaginação criativa, e as lacunas deixadas, habilmente fragmentadas, para que o leitor as preencha — traço marcante da escritora Elvira Vigna, repassado à sua personagem-escritora Valderez.

De acordo com Levy, acerca da linguagem literária,

> é porque se projeta para a não linguagem que a linguagem literária se torna real. Essa não linguagem funciona como um aviso à linguagem de sua insuficiência: a literatura tenta permanentemente o suicídio, mas não pode alcançá-lo. (LEVY, 2011, p. 22)

A linguagem literária fragmentada, marca recorrente nas obras de Elvira Vigna, produz no leitor essa sensação de insuficiência e de incompletude, mas, ao mesmo tempo, possibilita a compreensão e a consciência da obra de arte, pois, para Levy, "A arte procura sempre sua própria destruição, a negação de si mesma, mas é nesse movimento que ela termina por se fundar, garantindo sua eternidade" (LEVY, 2011, p. 22). Acerca da importância da obra de arte concebida como "substituto da vida", Ernst Fischer esclarece que "a arte tem sido, e será para sempre necessária" (FISCHER, 1976, p. 12), contudo "para conseguir ser um artista é preciso controlar, dominar e transformar a experiência em memória, a memória em expressão, a matéria em forma" (FISCHER, 1976, p. 14).

> Tive na minha vida essas viagens que nunca acabavam nem começavam, de, e para lugar nenhum, de onde eu parava a maior parte do tempo sem fazer nada, andando nas ruas, sentada em cadeiras pré-moldadas, deitada em colchas de hotéis baratos, olhando o negro das janelas dos metrôs, o branco das janelas dos aviões, falando frases que não eram minhas. Desse período, tão longo, ficaram poucos dias. Uns porque nunca acabaram, outros porque nunca existiram, o anterior se debruçando sobre o novo que não conseguiu se instalar. (VIGNA, 2014, p. 253)

Essa sensação de insuficiência da linguagem na narrativa vigniana, na qual se mesclam tempos e espaços, dá ao leitor uma sensação de inquietude, de deslocamento e também de (des)pertencimento, pois o leitor acompanha essas ausências, por meio das presenças constantes da memória da personagem central, com quem passa a se identificar. É um jogo de contrastes, de negações. O leitor é capaz de deslocar-se para lugar algum com a narradora e sentar-se ao rés do chão com ela ou acompanhá-la em sua fixidez em meio ao burburinho caótico da cidade.

> É preciso criar um ambiente adequado, e ambientes adequados não são realistas. Nunca. Realidade estraga qualquer coisa. Então, depois, já lá, já tendo passado a tarde num quarto de hotel sem fazer nada, já tendo levantado a colcha do hotel, já tendo ido já tendo andado um tanto pela rua que reconheço e não reconheço. Que me irrita e me atrai, vou. Vou para o que acho que será uma chegada que irá me assegurar que de fato parti. E não espero luzes. [...] Chegava naquela hora do mesmo ponto de onde saí, ao perceber afinal que não era aquele o meu lugar [...] Eu não ter lugar fora, longe, não significava que eu não teria lugar dentro, perto. Meus lugares vazios sendo, afinal, bastante bons, ou, pelo menos, meus. (VIGNA, 2014, p. 258-259)

Valderez desconstrói a narrativa à medida que vai se desconstruindo:

> Protegida pela minha invisibilidade (não ver é quase igual a não ser vista), determino um ritmo à caminhada. [...] Lá como em qualquer outra rua. Como em qualquer cidade. Uma espécie de liberdade. *Um eu não eu num espaço não fixo*. (VIGNA, 2014, p. 279; grifos meus)

Essa invisibilidade a que ela se refere é a mesma que acomete o estrangeiro, o exilado ou o autoexilado (em sua própria pátria, ou em outra, por opção), porque, "despertencida", ela não consegue mais se adaptar a uma condição única. Qualquer lugar serve, qualquer condição de vida, desde que esteja em liberdade.

> Mas vou andando, um passo depois do outro, e vou ficando cada vez mais alegre. Uso a palavra "alegre" porque não tenho o hábito de me dizer feliz. Vou ficando feliz a cada passo em que entro no anonimato, em que fico mais parecida com qualquer um que por

> lá andava, os ombros cada vez mais leves, o lugar cada vez mais comum, mais nenhum. (VIGNA, 2014, p. 282)

Essa liberdade que a personagem busca é a liberdade plena, sem amarras, sem alguém que a impeça de realizar o que deseja. Ela com seu *eu*. Isso ela só alcança a partir do resgate de suas memórias, desde a infância até a idade adulta, o que inclui seu relacionamento conturbado com Molly (a mãe), com o amante e com o irmão Pedro, o que a leva direto a outros *atores* que transitam por sua vida, e que lhe são fundamentais para dizer-se: Aleksandra, a bailarina que morre ao cair da janela do apartamento de Molly; o futuro marido do seu irmão, que é homossexual; Zizi, a mulher do seu amante, que tem um câncer em estágio terminal; o emprego no ramo do café, que ela detesta. É juntando seus fragmentos com os fragmentos das histórias paralelas que ela consegue se libertar para produzir sua escrita (sua autobiografia). Todas as histórias estão interligadas entre si. São justamente os pedaços do seu caos que a levarão direto para a literatura, já que toda ficção é uma realidade de máscaras. Sua reconstrução identitária, portanto, só se dá pela própria fuga para lugar algum, para dentro de si, para o passado e, ao mesmo tempo, para fora, pela observação do seu entorno, daí pela junção de seus pedaços de vida para a produção de escrita, para a necessidade de libertar-se pelas palavras.

Acerca da escrita de Elvira Vigna, a pesquisadora Edma Cristina de Góis, do Grupo de Estudos em Literatura Brasileira Contemporânea, esclarece que

> Não é apenas a impureza da linguagem de Vigna que chama atenção. [...] Vigna narra a partir dessas protagonistas, personagens que, voluntariamente, resolvem escrever, assumindo esse ato como uma estratégia de "superação" ou enfrentamento do problema. Interessante notar que, assim como os papéis são divididos pelos gêneros, o ato da escrita, tomado e assumido pelas mulheres é político. As mulheres dos livros, ao escreverem durante a narrativa dessacralizam um espaço socialmente masculino. (GÓIS, 2015, p. 170)

Sobre a necessidade de escrever, Maurice Blanchot, no entanto, adverte que "Essa necessidade deve ser reprimida e contida. Se não o for não há mais lugar ou espaço para que se realize" (BLANCHOT, 2011, p. 48). O que significa dizer que é justo nessa contenção que a escrita se realiza, pois:

> só se começa a escrever quando, momentaneamente, por um ardil, por um salto feliz ou pela distração da vida, consegue-se driblar esse impulso [...] movimento tão difícil e tão perigoso *[de se realizar]* (BLANCHOT, 2011, p.48, grifo da autora)

É nessa tentativa incessante de acertar sem naufragar que as personagens-escritoras deste estudo caminham, especialmente Valderez, por apresentar uma narrativa fluida, porém densa, e que parece desfazer-se à medida em que é tecida, tão logo o leitor dela se aproprie, já que nela não há limites temporais ou espaciais. Tudo se evapora como a memória, contudo o registro escrito ocorre de maneira cuidadosa e, ao mesmo tempo, perigosamente, para que, ao fim e ao cabo, as palavras se libertem do *Eu* da artista, formando um *Nós* com o leitor.

> A obra é o círculo puro onde, enquanto escreve, o autor expõe-se perigosamente à pressão que exige que ele escreva, mas também se protege dela. Daí resulta — pelo menos em parte — o júbilo prodigioso, imenso, que é o de uma libertação, como diz Goethe, de um confronto face a face com a onipotência solitária do fascínio, diante do qual se permanece de pé, sem o trair e sem fugir dele, mas tampouco sem renunciar ao seu domínio. Libertação que, é verdade, terá consistido em encerrar-se fora de si. (BLANCHOT, 2011, p. 48)

Ao retratar as instabilidades identitárias, Elvira Vigna acaba por apresentar também "um panorama dos relacionamentos na contemporaneidade, mostrando que não há qualidades fixas nos sujeitos" (GÓIS, 2015, p. 171). Essa não fixidez dos sujeitos impacta diretamente sua escrita e a escrita da própria personagem-escritora, já que não há heroínas ou anti-heroínas em suas narrativas: ao contrário, o que há é um desfile de personagens comuns, quase reais, que vivem uma vida muito próxima da realidade exterior ao texto, com suas angústias e pequenas, muito pequenas, felicidades. É uma escrita de *si*, refletida na escrita da personagem-escritora, mas é também uma escrita do *Outro*, da sua própria alteridade. É, portanto, a escrita como libertação a que Blanchot faz referência, já que Elvira Vigna parece querer "problematizar a própria prática discursiva como propositora de uma narrativa única", na qual a narradora, ao escrever:

> enfrenta seus próprios fantasmas, expõe seu ponto de vista sobre as pessoas que interferem em sua vida, mostra sua reação diante delas ou narra a reação que gostaria de ter tido [...]. (GÓIS, 2015, p. 171)

Vale ressaltar que a personagem Valderez refugia-se de seu mundo caótico por meio do próprio caos, representado no texto por sua escrita fragmentada, perpassada por ausências-presenças que se completam e se identificam.

A narrativa da protagonista Alice, de *Quarenta dias*, de Maria Valéria Rezende, recorre também à memória, uma vez que ela só consegue escrever depois dos quarenta dias em que perambula pelas ruas de Porto Alegre. É nessa fuga para as ruas, para as periferias, favelas, rodoviárias, hospitais, praças, jardins, viadutos, marquises, livrarias e casas abandonadas que está o distanciamento de que necessita para a produção da escrita e para a negação do seu *eu* atormentado pela fratura entre dois lugares: sua casa, em João Pessoa, com a qual ela dialoga e onde está toda a sua história de vida, e, portanto, suas memórias, e o novo apartamento de Porto Alegre, decorado pela filha, moderno, arrojado e que ela não consegue chamar de seu. É dessa fratura entre universos distintos, dois brasis — o do nordeste ensolarado e fraterno, na visão da narradora, e o do sul, frio e perpassado pelo racismo —, que ela busca sua integralidade, pois, atravessada pela dor da partida, ela precisa encontrar algo que a faça permanecer, sem deixar para trás sua identidade nordestina, sem despersonalizar-se, mesmo indo em direção a uma vida que não é a sua, com a qual não se identifica. É na fuga daquele mundo no qual não gosta de estar, nas ausências, pela memória e pela impermanência que ela segue em busca de sua subjetivação. Para isso, ela empreende uma peregrinação atrás de um nordestino desaparecido, Cícero Araújo, uma metáfora para seu deslocamento, para seu autoexílio nas ruas da urbe, para a produção da escrita e para matar seu desejo de estar entre os seus — outros nordestinos que habitam a periferia da capital sulista.

> Voltar pro apartamento-arapuca montado pela Rainha Nora é que eu não ia. Levantei-me e fui lá [...] Atravessei o que faltava do parque até dar em outra avenida e vi a placa, que sorte!, Av. João Pessoa. Achei primeiro que era um bom augúrio, mas logo me doeu a saudade, querendo voltar para casa, minha verdadeira casa, que ali não tinha nenhuma, só um pouso temporário, eu habitante provisória para sempre impermanente. (REZENDE, 2014, p. 165-166)

Em suas perambulações pelas ruas de Porto Alegre em busca de um suposto peão de obra desaparecido, ou de uma história qualquer na qual pudesse se ancorar para dar algum sentido à vida, Alice descobre sua capacidade de adaptação e sua completa invisibilidade (e gosta de estar invisível), daí podendo observar seu entorno sem ser notada. Alice transformava-se paulatinamente numa moradora de rua (e lhe agradava a nova vida), carregando uma mochila de rodinhas com alguns livros adquiridos num sebo. Alice, a ex-professora Póli, a tradutora.

> Já então eu sabia que andava por andar, por vilas, ruelas, becos e acampamentos de operários, ao léu, a qualquer lugar a que me conduzisse o ônibus que calhasse, dormitando embalada pelo sacolejo do veículo ou mirando vagamente a paisagem incógnita, as mesmas casinhas com grades e jardinzinhos, as mesmas, sempre as mesmas avenidas exageradamente largas pra meu olhar paraibano, me perguntando aqui e ali, o que era "brique", o que era isso ou aquilo que via escrito em placas por toda a parte sem descobrir o significado, por que será que tem tanta casa funerária nesta cidade?,

> andava só pra não voltar, eu rebelde peão de xadrez a correr atrás de um peão de obra imaginário, a ouvir histórias de gente quase reduzida a corpo e dor, quase. (REZENDE, 2014, p. 217-218)

A respeito do afastamento do mundo real para a produção da escrita, ou seja, a *experiência do fora*, Maurice Blanchot salienta que

> o artista que se oferece aos riscos da experiência que é a dele, não se sente livre do mundo, mas privado do mundo, não senhor de si mesmo, mas ausente de si mesmo, e exposto a uma exigência que, ao repeli-lo para fora da vida, torna-o vulnerável a esse momento em que nada pode fazer e já não é ele próprio. [...] Na obra, o artista não se protege somente do mundo, mas da exigência que o atrai para fora do mundo. A obra doma e submete momentaneamente esse "lado de fora", restituindo-lhe uma intimidade, ela impõe silêncio, confere uma intimidade de silêncio a esse lado de fora sem intimidade e sem repouso que é a fala da experiência original. [...] O terceiro risco é que o autor queira conservar o contato com o mundo, consigo mesmo, com a fala em que ele pode dizer "Eu": quer porque, se se perder a obra também se perde, mas se permanece muito cautelosamente ele mesmo, a obra é sua obra, exprime-o, seus dons, mas não a exigência extrema da obra, a arte como origem. (BLANCHOT, 2011, p. 49-50)

Para Tatiana Salem Levy:

> é preciso negar o real para se construir a (ir)realidade fictícia. A "outra coisa" fundada pela literatura, ou pela arte em geral, é sempre, em relação ao real, irreal. O mundo é aqui realizado pela negação de todas as coisas particulares. (LEVY, 2011, p. 23)

Isso é o que a personagem-escritora Alice faz de melhor: cria "realidades" paralelas, metaforiza a existência de um homem, Cícero Araújo, inicia sua busca por essa história que na verdade é a sua própria, em segundo plano.

Eurídice Figueiredo comenta acerca da difícil separação entre personagem/narradora/autora, em seus estudos sobre autobiografia, ficção e autoficção em textos produzidos por mulheres contemporâneas, levando-nos ao cerne da questão aventada por Blanchot, sobre o *eu* do artista presente na obra de arte. Figueiredo adverte que

> a figura da escritora já é uma ficcionalização, porque não há como escrever sem organizar, selecionar, dar ênfase, ocultar ou velar, criar um certo suspense de maneira a manter o interesse do leitor; em suma, a escrita literária exprime, paradoxalmente, a verdade e a mentira. Serge Doubrovisky, criador do termo "autoficção", questiona a categoria da verdade, mostrando quão construída é toda autobiografia. Se no romance o caráter fictício está posto, cabendo ao autor inventar eventos que se sucedem, na autobiografia o autor sabe de antemão o que aconteceu, não pode inventar para suscitar interesse do leitor. [...] "Uma vida real passada se apresenta como uma vida fictícia futura. Contar sua vida é sempre o mundo às avessas". (FIGUEIREDO, 2013, p. 10-11)

Dessa maneira, reafirmando o capítulo dois deste estudo, pube observar que as personagens-escritoras produzem escrita a partir de suas próprias experiências. Ou seja, são *escritas de si*, numa dupla ficção: a da autora empírica problematizada na autora ficcional, produzindo uma "autorreflexividade". Nas palavras de Figueiredo (2013), "a presença do escritor em sua mesa, suas crises e suas dificuldades no trabalho de criação" (p. 14), ao que eu acrescentaria a necessidade de fuga, da *flânerie*, impactando em seu processo identitário, em certa fragmentação do sujeito, como uma forma de libertação do *Eu,* para que um *Outro* surja, e que distanciado possa representar um conjunto de sentimentos e sensações que serão expressos na escrita, necessários à libertação e à retotalização do sujeito. Na "fuga identitária" das personagens surgem sensações de (des)pertencimento, de estrangeiridade, de (in)adaptação, de (in)visibilidade, de necessidade de autoexílio, de deslocamentos, entre outros comportamentos visíveis nos romances analisados.

Na verdade, toda a problemática que envolve identidades, estrangeiros, exilados, deslocados e inadaptados é trazida à tona na ficção contemporânea por meio das próprias personagens centrais e, também, em certa medida, das personagens secundárias, tornando a ficção muito próxima da realidade. É o que ocorre também no romance *Mar azul*, de Paloma Vidal.

Em *Mar azul* é flagrante o desajuste da personagem central, que não possui nome, e que narra a história tentando distanciar-se dela pela memória, mas também sendo impelida pela mesma memória a continuar a viver naquele passado, já que o presente é sempre balizado por ela como um cansaço imposto pela velhice, pelas muitas ausências, inclusive de companhia, e pela constante negação, especialmente do que deixou escapar. Como a personagem não possui nome, parece que ela está mais distante do leitor, mas isso é apenas uma percepção inicial, uma vez que, muitas vezes, em narrativas assim, o leitor acaba por não se desgrudar, nesse caso, da própria autora empírica. O mesmo ocorre com a narradora e, também, personagem-escritora de *A chave de casa*.

Personagens centrais sem nome são, aliás, um estratagema, em certa medida, que algumas autoras contemporâneas encontraram para *as escritas de si*. Tatiana Salem Levy e Paloma Vidal utilizam-se desse recurso para falar de personagens estrangeiras que se identificam com sua própria estrangeiridade: "[...] a autorreflexividade é absorvida pela ficção; o que parece indicar simultaneamente que tudo é fictício, mas também tudo é real, de modo que se inverte a hierarquia representativa literária tradicional" (SCHØLLHAMMER, 2011, p. 75).

Paloma Vidal utiliza-se do mesmo recurso em seu primeiro romance, *Algum lugar* (2009). Outro traço recorrente da autora é a constante mescla entre as línguas, e as culturas, aproximando ainda mais o leitor da autora, que é argentina, vinda para o Brasil aos dois anos de idade, época da ditadura argentina. Sobre isso, Figueiredo afirma que:

> Em 1976, quando começou a última ditadura argentina, a repressão no Brasil se abrandava porque todas as organizações armadas já estavam destruídas e seus militantes mortos, presos ou exilados. Era o momento em que as forças repressivas atacavam os membros

> do Partido Comunista, que optara desde 1964, pela não violência e que esperava que mudanças aconteceriam por pressão das forças democráticas. As mortes do jornalista Vladimir Herzog, em outubro de 1975, e do operário Manuel Fiel Filho, em janeiro de 1976, nas dependências do doi-codi de São Paulo, provocaram uma grande comoção nacional. O presidente Geisel percebeu que a chamada linha dura não estava aceitando seu projeto de "distensão lenta, gradual e segura" e decidiu intervir. [...] A partir daí a situação mudou, o que possibilitou que muitos argentinos viessem para o Brasil. Alguns tomaram outros rumos, outros voltaram para a Argentina ao final da ditadura e muitos permaneceram no Brasil e hoje eles e seus filhos estão radicados na sociedade brasileira. (FIGUEIREDO, 2017, p. 112)

Paloma Vidal, nascida em Buenos Aires em 1975 e vinda para o Brasil em 1977, juntamente com seus pais, é um exemplo claro dos filhos da ditadura exilados aqui. Sua escrita é, portanto, perpassada por duas culturas, duas terras: a de lá, de onde se distanciou, mas para onde sempre retorna, e a de cá, que a acolheu. Culturas híbridas, claramente retratadas em seus romances. Sobre a fuga da personagem narradora para o Brasil, Figueiredo acrescenta:

> Em 1976, já durante a última ditadura argentina, a narradora decidiu subir em direção ao norte, repetindo o movimento do pai vinte anos antes. A razão que a levou a essa mudança foi o desaparecimento de Vicky, que se tornara uma militante. Como Vicky era sua quase-irmã, com quem continuava vivendo, a protagonista não se sentia mais segura na Argentina. Assim, tomou um ônibus e veio para o Rio de Janeiro. Na verdade, ela não tinha destino certo, poderia ter ficado no meio do caminho, ou prosseguido até Brasília, onde morava o pai. (FIGUEIREDO, 2017, p. 113)

Néstor Garcia Canclini, em seus estudos sobre o hibridismo cultural imposto pela desterritorialização dos povos, provocada por ditaduras e guerras, salienta que

> A internacionalização latino-americana se acentua nas últimas décadas, em que as migrações não abrangem apenas os escritores, artistas e políticos exilados, como ocorreu desde o século passado, mas populações de todos os estratos. [...] Seriam dois milhões, de acordo com as cifras mais tímidas, os sul-americanos que por perseguição ideológica e sufocamento econômico abandonaram nos anos 70 a Argentina, o Chile, o Brasil e o Uruguai? Não é por acaso que a reflexão mais inovadora sobre desterritorialização esteja se desenvolvendo na principal área de migração do continente, a fronteira do México com os Estados Unidos. (CANCLINI, 2013, p. 311-312)

Hoje, porém, o que se vê é o mundo inteiro se movimentando. O êxodo migratório não se concentra mais no muro (real) que vinha sendo construído pelo fascismo do presidente americano Donald Trump, mas por outros regimes totalitários mundo afora, desencadeando uma crise humanitária sem precedentes. Talvez a maior do século — que só se inicia. Quanto à crise na América Latina, Canclini é categórico ao afirmar sobre a produção das obras de arte fora do país de origem do artista:

> É sabido quantas obras da arte e da literatura latino-americana, avaliadas como interpretações paradigmáticas de nossa identidade, foram realizadas fora do continente ou ao menos dos países natais de seus autores. Desde Sarmiento, Alfonso Reyes e Oswald de Andrade até Cortázar, Botero e Glauber Rocha. O lugar a partir do qual vários milhares de artistas latino-americanos escrevem, pintam ou compõem músicas já não é a cidade na qual passaram sua infância, nem tão pouco é essa na qual vivem há alguns anos, mas um lugar híbrido, no qual se cruzam os lugares realmente vividos. (CANCLINI, 2013, p. 327)

Tal hibridismo a que Canclini (2013) faz referência é notadamente visível na literatura brasileira contemporânea, em particular pelos deslocamentos constantes de seus autores, muitos dos quais vivendo entre duas ou mais "pátrias", países e continentes. Há ainda que se observar o grande fluxo migratório da população em geral vinda para o Brasil, sobretudo de refugiados venezuelanos e de outras nacionalidades, como sírios e haitianos, estes desde 2010, o que, de certa forma, mais adiante, poderá impactar, acredito que de forma positiva, não só a economia e a sociedade como um todo, mas a produção artística e literária nacional.

A atual produção literária nacional, aqui representada pelas autoras, é exemplo desse multiculturalismo e hibridismo mencionados por Canclini (2013), pois todas, sem exceção, tiveram a "experiência do fora", por razões diversas, para produzir literatura. Tal experiência, a meu ver, impactou decisivamente na criação de suas personagens e seus enredos.

Em *Mar azul*, de Paloma Vidal, o que temos é uma narradora já em idade avançada, que narra (e escreve) suas memórias a partir da experiência do trânsito imposto pela ditadura militar argentina, bem semelhante ao vivido pela própria autora aos seus dois anos de idade. Essa narradora vive no Rio de Janeiro, local que a família de Vidal também escolheu para morar. Contudo, é claro que a idade da narradora não coincide com a da autora, Paloma Vidal. A narradora "teria aproximadamente a idade de sua mãe" (FIGUEIREDO, 2017, p. 114).

Segundo Figueiredo, a respeito da narradora idosa de *Mar azul*, "O processo memorial se dá com idas e vindas do presente até diferentes camadas do passado. Não é que ela não queira lembrar, ela simplesmente não consegue fazer outra coisa" (FIGUEIREDO, 2017, p. 113): "Por mais que me esforce para não lembrar é o que faço o dia inteiro [...] minha mente parece obstinada a reter tudo até o final" (VIDAL, 2012, p. 41). Ou ainda, sobre a memória retida do mar:

> Só o mar me acolhe do lado de fora. Será ele uma espécie de memória? O receptáculo de um corpo estranho, que é o meu próprio, em movimento, no tempo em que ele mal sabia de sua própria existência, mas se movia com prazer ondulando na água? Desço do táxi sem espaço na mente para nenhuma dúvida porque há coisas que não se desaprendem e um dia, há muitos anos, eu era uma menina que nadava. (VIDAL, 2012, p. 76)

A voz da narradora sem nome é ouvida pelo leitor por meio de um diálogo com sua melhor amiga, Vicky, que é uma "quase-irmã" para ela. Vicky, com quem fora criada, desaparece quando decide entrar para a luta armada. É Vicky sua referência de família, pois, abandonada pelo pai e sem conhecimento do paradeiro da mãe, a narradora é criada pela mãe de Vicky, com quem o pai a deixou por um sonho, ao que parece, a construção de Brasília, já que ele era engenheiro; e também pela fuga, já que era também militante.

"Em 1956 a Argentina vivia sob a ditadura da Revolução Libertadora [...] Embora a filha fosse ainda criança, ela percebeu que se passava algo de clandestino com o pai" (FIGUEIREDO, 2017, p. 113). Mas tudo está subentendido na narrativa. Nada é claramente explicitado, a não ser o real desaparecimento da amiga, motivo para sua fuga, cruzando de ônibus a fronteira em direção ao norte. Rio de Janeiro?

> Vicky desapareceu no dia 26 de junho de 1976. O desenho dessas cifras é ainda hoje para mim, um desenho a ser decodificado. Assim como os sinais às avessas daquele dia. [...] Ela me ligou de manhã mais cedo do que de costume e me disse que estava com medo. [...] ela me ligou para me alertar de algo vago e que minha ida ao apartamento algumas horas mais tarde respondeu àquele apelo, só que tardiamente. De algum modo aquele dia foi regido por um atraso na percepção, minha, que demorei a chegar, dela, que demorou a sair. (VIDAL, 2012, p. 77-78)

O deslocamento da narradora para o Brasil, supostamente para o Rio de Janeiro, faz com que ela analise sua vida sob outra ótica, a de fora, a do estrangeiro, a do *outsider*, muitas vezes (in)adaptado no país eleito:

> Por isso quando leio no caderno *Revertere ad locum tuum*, em letras maiúsculas, me pergunto ao que ele pode estar se referindo. Que lugar é esse ao qual se volta? (VIDAL, 2012, p. 152)

Volta-se às origens?

Essas duas pátrias sempre presentes nas obras de Paloma Vidal talvez sejam o indício dessa crise de subjetividade, ou de identidade, que passam todos que vivem nos *entre-lugares*, habitando duas ou mais culturas, duas ou mais línguas, duas ou mais tradições. É a herança ancestral grudada, aquela herança da qual a narradora de *A chave de casa* tenta se livrar, mas que está encarcerada nos que viveram alguma experiência traumática. "As pessoas marcadas pelo trauma, habitadas pelos fantasmas do passado, precisam enfrentá-los para poder viver. Assim, haveria, segundo Žižek, um paradoxo: para poder esquecer um acontecimento, é preciso ter a força de lembrá-lo" (FIGUEIREDO, 2017, p. 114).

> [...] Seu José me esperava com o jornal aberto sobre sua mesa na página das notícias internacionais. Perguntou se era o meu país e eu respondi que sim. No centro, a foto do ditador octogenário. Na manchete a frase traduzida da outra língua, que me pus mentalmente a retraduzir como se a simples leitura não fosse capaz de me fazer entendê-la. Não sei o que me impactou mais inicialmente, se a imagem ou a frase. Havia muitos anos que não via aquele rosto que tinha sido a imagem do terror, junto com algumas outras mais íntimas, como um quarteirão por onde nunca mais passei ou um bar onde nunca mais entrei, um mapa do medo sobreposto ao da cidade conhecida. (VIDAL, 2012, p. 169-170)

Para libertar-se da experiência do trauma, a narradora já idosa escreve palimpsesticamente nos "cadernos azuis", deixados para ela pelo pai, já falecido. Sua escrita confunde-se com a dele, caligrafias quase idênticas.

Ela escreve como um ato de subversão, de "desobediência" ao pai, na tentativa de entendê-lo e de se fazer ouvir, de perdoá-lo pelo abandono, para perdoar-se, para libertar-se do peso (ancestral?) que carrega. A escrita como libertação do que está *dentro*, preso, e do que ela vive *fora*: o peso da rejeição, da solidão e da ausência de explicações.

> No diário o ano de 1956 aparece em quase todas as listas, mas nunca seguido de um comentário. Hoje então fiz uma coisa que me pareceu

temível: escrevi eu mesma no caderno dele. [...] Temi a profanação. Continuei só porque já havia começado. Não. Continuei só porque me deu alegria brincar de ser ele [...] 1956: *nuestra historia es un conjunto de malentendidos*. 1956: *fusilamientos de José Léon Suaréz*. 1956: *me siento incómodo dentro de mi propia piel*.

> Escrever isso é um modo de entender. Não posso saber se foi assim também para ele. Imagino que ele sofreu por mim, por Vicky, pela mãe dela. O sofrimento pode ter sido insuportável, pois ele ficou alguns minutos em silêncio quando contei, eu mesma com um fio de voz, sobre o desaparecimento da minha amiga. Quando falou, foi incapaz de me consolar. Foi tão duro comigo como era com ele. Disse que eu não deveria ter fugido e desligou. (VIDAL, 2012, p. 162)

A personagem é marcada pelas fugas: a da mãe, que ela nem conheceu, desaparecida sem deixar rastros; a do pai, que a abandona ainda na infância, pela militância e pela construção de Brasília; a de Vicky, sua melhor amiga e quase irmã, que se engaja na luta armada; a de R, o primeiro namorado, que a violenta; e a de si mesma, que muda de país, de vida, fugindo também dos encontros que poderiam fazê-la feliz. Logo, o que resta à narradora é apenas a memória como forma de resgate de sua vida vazia de acontecimentos. Uma memória também fragmentada, espedaçada, que ela resgata na tentativa de juntar as partes, de montar o quebra-cabeças da sua vida, pois, conforme Ecléa Bosi:

> começa-se a atribuir à memória uma função decisiva na existência, já que ela permite a relação do corpo presente com o passado e, ao mesmo tempo, interfere no curso atual das representações. (BOSI, 2003, p. 36)

Assim, o leitor se depara com uma narradora idosa que ainda busca explicações para seu processo identitário, para sua subjetivação, para seu desenraizamento, percorrendo toda a narrativa apenas com as lembranças do que poderia ter sido, mas não foi, poderia ter feito, mas não fez.

> Pela memória, o passado não só vem à tona das águas presentes, misturando com as percepções imediatas, como também empurra, "descola" estas últimas, ocupando o espaço todo da consciência. A memória aparece como força subjetiva ao mesmo tempo profunda e ativa, latente e penetrante, oculta e invasora. (BOSI, 2003, p. 36)

Ainda conforme com estudos de Bosi, embasados em pesquisas de Simone Weil (1996):

> O enraizamento é talvez a necessidade mais importante da alma humana [...] O ser humano tem uma raiz por sua participação real, ativa e natural na existência de uma coletividade que conserva vivos certos tesouros do passado [...]. (BOSI, 2003, p. 175)

É essa ausência de participação real dentro de uma determinada coletividade, no caso a argentina, e, depois, a brasileira, que talvez tenha levado a protagonista a um processo de despertencimento e de solidão, muito comum àquele imigrante que não mergulha de alma na nova vida. Sua história é tecida de lacunas, porque também não pertenceu ao seu país de origem.

> Quando escrevo isso é grande meu desamparo. Houve algo que não fiz para que ela sobrevivesse? Creio que a pergunta, que me parece tão imprescindível neste momento, era impensável até então. Tínhamos medo. Pensávamos no pior, às vezes. Mas Vicky era quem nos estava salvando. Não tinha sentido achar que havia outra coisa a fazer; nem negar aquela experiência, mesmo para alguém que sempre se sentiu fora dela como eu. (VIDAL, 2012, p. 141)

A respeito do exílio e do nacionalismo — ambos sentimentos que acometem personagens deste estudo, em suas variantes —, Edward Said diz serem questões que não podem ser completamente respondidas, porque

> Ambos os termos incluem tudo, do mais coletivo dos sentimentos à mais privada das emoções, dificilmente haverá uma linguagem adequada para ambos. [...] Porque o exílio, ao contrário do nacionalismo, é fundamentalmente um descontínuo estado do ser.

> Exilados são arrancados de suas raízes, de sua terra, de seu passado. Eles geralmente não têm armas ou estados, embora estejam frequentemente à procura deles. Exilados sentem, por essa razão, uma urgente necessidade de reconstruir suas vidas partidas, usualmente escolhendo ver a si mesmos como parte de uma ideologia triunfante — desenhada para remontar a história partida de um exílio em uma nova totalidade — o que é virtualmente impossível no mundo atual. (SAID, 2000, p. 177; livre tradução minha)

Esse estado descontínuo do ser, a que Said (2000) se refere, leva o exilado a uma constante busca, seja por raízes, por um lugar ou pelo próprio passado. Essa busca incessante por algo maior é na verdade a busca do ser pela existência do *Eu*, pela subjetividade, já que, conforme Sartre:

> o primeiro esforço do existencialismo é o de pôr todo homem no domínio do que ele é e de lhe atribuir a total responsabilidade da sua existência [...]. (SARTRE, 1978, p. 218)

Pois, para o autor, quando um homem é responsável por si mesmo, ele é também responsável por todos os outros, pela humanidade que reside nele, não apenas pela sua individualidade. E é dessa humanidade que nasce sua subjetividade, pois, de acordo com o filósofo:

> [...] subjetividade é interiorização e retotalização [...] é viver o seu ser; vive-se o que se é, e o que se é em uma sociedade, pois não conhecemos outro estado do homem; ele é precisamente um ser social, ser social que, ao mesmo tempo vive a sociedade inteira do seu ponto de vista. Aliás, é apenas porque podemos conceber o jogo dialético de uma totalização de envolvimento, isto é, de uma totalização que se estende ao conjunto social [...], que faz com que cada indivíduo seja a representação total de sua época. (SARTRE, 2015, p. 99)

Indo nesta direção está também a personagem Anna Mariani do romance *Com armas sonolentas*, de Carola Saavedra. É pela falta de subjetividade, no sentido sartreano do termo, pelo próprio egoísmo, pela fuga de sua ancestralidade e, por isso, pela perda identitária, que Anna Mariani se desconstrói, impactando para sempre a vida de sua filha, Maike, de sua mãe e da "Avó" (representada pela figura indígena ancestral). O efeito da fuga geográfica da personagem, que vai para a Alemanha, faz desmoronar toda uma estrutura familiar matriarcal. Como é um romance polifônico e, por isso, centrado em todas as mulheres da família, é possível perceber que há uma voz maior — a junção de todas as vozes —, uma voz ancestral que ressoa em uníssono para tentar solucionar o problema gerado pelo abandono do "sítio natal", o abandono das origens, das tradições culturais. Para a retotalização do *Eu*, Anna Mariani precisa retornar à sua ancestralidade. Ela não consegue se retotalizar no sentido sartreano do termo, porque, na pequena cidade alemã, ela vive a experiência do confinamento, da solidão, da falta de convívio social, imposta não apenas pela dificuldade linguística, mas, sobretudo, pela depressão que se instala ao deparar-se com uma realidade distante da imagem que ela carregava:

> O problema da construção das imagens é idêntico ao da construção do objetivo. A imagem é, entre os dados sensíveis, o que não pode passar para o objetivo. A imagem é subjetividade. (SARTRE, 2013, p. 89)

Sobre a obsessão pelas origens, pela ancestralidade, entendida como "começo histórico", Flora Süssekind pergunta: o que a origem pode trazer consigo? E responde:

> Linhas duplas, linhas de sombra, marcos de terras inundadas e formigueiros, em vez da reafirmação de essências e atemporalidades. Pois demarcar de forma concreta origens é simultaneamente historicizá-las [...]. (SÜSSEKIND, 1990, p. 15)

Paloma Vidal e Tatiana Salem Levy marcam suas origens de forma concreta, historicizando-as por meio da ficção (relação Argentina-Brasil; relação Portugal-Turquia-Brasil). Já Carola Saavedra, no romance *Com armas sonolentas*, afasta-se de sua origem chilena e brasileira (porque vive aqui) para pôr em evidência a América Latina como nação.

A respeito da estrangeiridade dentro do próprio país, da América Latina ou tendo o "mundo inteiro como um lugar estrangeiro", Canclini (2015) adverte que a estrangeiridade não é apenas territorial e implica a perda da identidade, como ocorre com as personagens-escritoras deste estudo.

> Estrangeiro não é só o excluído da lógica social predominante. É também o que tem um segredo: sabe que existe outro modo de vida, ou existiu ou poderia existir. [...] a estrangeiridade (clandestinidade) como consciência de um desajuste, perda da identidade na qual antes nos reconhecíamos. Podemos sentir-nos estrangeiros/clandestinos em nosso próprio país, tão somente porque nos movemos junto com outro estrangeiro, ou porque nos aplicam uma categoria com a qual nunca nos identificamos [...] que vem do olhar dos outros ou que nós ativamos nos mostrando como estranhos [...]. Descobrir o poder criativo da estrangeiridade leva a experimentá-la não só como expulsão ou perda, senão como desejo. (CANCLINI, 2015, p. 50; livre tradução minha)

Carola Saavedra lança mão de uma galeria de personagens femininas que têm não apenas uma herança brasileira, indígena, mas, sobretudo, latino-americana, portanto, híbrida, estrangeira. A autora lança mão de poemas de Juana Inés de la Cruz, evidenciando o caráter libertador da escrita de forma duplicada: pelos versos da poeta considerada a "fênix" da América Latina, e pela narrativa catártica de suas personagens, especialmente de Anna Mariani, que só se liberta após escrever, produzir e encenar sua própria peça, num monólogo em que narra sua dor, na tentativa de perdoar-se e ser perdoada por seu passado. A arte e o desejo são como formas de libertação para a personagem, que representa a si mesma no teatro e se (re)afirma como atriz. Quando se liberta, ela então resgata sua ancestralidade, pois consegue retornar ao ponto inicial onde tudo começou.

> *(Anna veste-se novamente)* Uma vez li a seguinte frase: *(Imposta a voz)* Aprende, aprende o quanto custa renegar o sítio natal *(Pausa)* Não lembro mais nada, não quero lembrar, só essa frase que ficou ressoando na memória, desconectada do resto do corpo, a frase feito vingança ou vaticínio. Tempos depois, fui numa cartomante, ela jogou as cartas, apontou para a imagem de um velho segurando uma lanterna, me olhou com tristeza e disse, ninguém consegue esquecer para sempre. E as palavras foram se abrindo em pétalas. (SAAVEDRA, 2018, p. 174)

Novamente, a memória funciona como forma de resgate do passado histórico, e, para isso, tem que ocorrer o perdão. Para Paul Ricoeur, "o perdão faz referência à culpabilidade e ao castigo [...]" (RICOEUR, 2007, p. 300). Anna Mariani necessita do castigo para obter o perdão por ter abandonado a filha ainda bebê num parque na Alemanha. É da culpa gerada pelo abandono que ela busca o castigo casando-se novamente, mas, dessa vez, com um homem rico (perpetuando seu "amor" ao dinheiro, como um vício), que a espanca e a violenta seguidas vezes.

> Ele me virou de bruços e adentrou com esse órgão um dos buracos do meu corpo enquanto me apertava pelo pescoço, esta é a única linguagem que você entende, não é?, sexo e dinheiro, é só o que te interessa, puta, puta, puta, puta, e a palavra puta estalava louca em meus ouvidos, enquanto ele me penetrava alheio ao sangue no tapete do quarto, e eu pensava que teria que mandar para a lavanderia, o tapete alheio ao meu silêncio composto, cadela, cadela, cadela, já a palavra cadela meio que me acariciava, não fique assim, vai passar, dizia a palavra cadela, e ele sentia um prazer extremo que é o prazer de uma potência infinita, sim, sim, sim, ele podia tudo, e eu não podia nada, ele tinha um órgão, eu só tinha aquele buraco [...]. (SAAVEDRA, 2018, p. 181)

Ao colocar-se no papel da vítima *indefesa*, a personagem toma para si o desejo de continuar se castigando, como única forma possível de se livrar do seu passado. Segundo Ricoeur, "O problema da memória foi fundamentalmente o da fidelidade ao passado; ora a culpabilidade aparece como um componente suplementar em relação ao reconhecimento das imagens do passado" (RICOEUR, 2007, p. 300). Essa culpabilidade que permeia a personagem Anna Mariani também atravessa a mãe da personagem, e a avó da mãe, já que a última acaba por perder muito de sua sabedoria indígena por ser a primeira a abandonar o "sítio natal", o que gera uma espécie de "castigo coletivo", que se espalha pelas outras gerações. Mas alguém tem que reverter o processo. A única capaz de fazer isso é Anna Mariani, já que, sendo artista, é capaz de escrever, produzir e representar nos palcos sua dor, que é a dor de todas as outras personagens, para, libertando-se, conseguir libertá-las.

> [...] se, por um lado, a culpa acrescenta seu peso ao do ser em dívida, por outro, o perdão propõe-se como o horizonte escatológico de toda a problemática da memória, da história e do esquecimento. Tal heterogeneidade de origem não impede que o perdão imprima a marca de seus signos sobre todas as instâncias do passado: é nesse sentido que ele se oferece como seu horizonte comum de cumprimento. (RICOEUR, 2007, p. 301)

A literatura como forma de representação artística dá ao escritor/leitor essa visão diferenciada do mundo, essa libertação, essa experiência do "fora" para o resgate do "dentro". Acerca dessa manifestação, Todorov relata sua própria experiência enquanto leitor ao afirmar que:

> Hoje, se me pergunto por que amo a literatura, a resposta que me vem à cabeça é: porque ela me ajuda a viver. Não é mais o caso de pedir a ela, como ocorria na adolescência, que me preservasse das feridas que eu poderia sofrer nos encontros com pessoas reais; em lugar de excluir as experiências vividas, ela me faz descobrir mundos que se colocam em continuidade com essas experiências e me permite melhor compreendê-las. Não creio ser o único a vê-la assim. (TODOROV, 2010, p. 23)

Ao abrir-se a essas infinitas possibilidades, a literatura consegue alcançar diferentes dimensões do ser — psicanalítica, filosófica, social e política — para além da obra de arte.

As obras analisadas retratam temas atuais contra os quais a sociedade vem se rebelando, especialmente as mulheres. Todos os sete romances retratam a violência contra a mulher; cinco deles, no entanto, destacam casos de estupro ocorridos com as personagens centrais e/ou com as personagens secundárias.

A fragmentação identitária e a perda da subjetividade gerada particularmente pela violência doméstica leva à fuga dessas mulheres, não apenas para fora, num processo de deslocamento, de mudança, mas, ao contrário, pela experiência do confinamento. Acerca do confinamento, o pesquisador Jorge Marques adverte que

> quando se pensa em alguém confinado, a imagem que vem à mente é a de um indivíduo isolado em um determinado local. Cabe, entretanto, observar que, algumas vezes, o sujeito tem a percepção de que o espaço de confinamento que lhe compete é ele mesmo, ou seja, de que está encerrado no próprio corpo. Nesse caso, a consciência/individualidade (que pode ser denominada pelos religiosos de formas variadas, como alma, espírito ou essência) está encarcerada pelo invólucro material que a recobre. (MARQUES, 2014, p. 70)

Esse invólucro, a que Marques faz referência, é o corpo castigado pela brutalidade, pela violência e pelo trauma. O corpo que precisa ser controlado pelo "biopoder", de acordo com Michel Foucault.

> Não se deve descrever a sexualidade como um ímpeto rebelde, estranha por natureza e indócil por necessidade, a um poder que, por sua vez, esgota-se na tentativa de sujeitá-la e muitas vezes fracassa em dominá-la inteiramente. Ela aparece mais como um ponto de passagem particularmente denso pelas relações de poder; entre homens e mulheres [...]. Nas relações de poder, a sexualidade não é o elemento mais rígido, mas um dos dotados de maior instrumentalidade: utilizável no maior número de manobras e

> podendo servir de ponto de apoio, de articulação às mais variadas estratégias. (FOUCAULT, 2018, p. 112)

As estratégias de dominação pela sexualidade são pontos a ser observados em todos os romances. Todas as narrativas trazem personagens desestabilizadas pelo sofrimento impingido pela tentativa de dominação masculina, seja por meio da força física — estupro —, seja pela força simbólica do discurso patriarcal, para o qual as narradoras, que também são personagens-escritoras, apontam, como forma de denúncia social, tendo em vista os mecanismos de opressão a que são submetidas.

Sobre o estupro, a ativista americana Angela Davis afirma que esse tipo de violência tem relação direta com todas as estruturas de poder existentes em uma determinada sociedade e que "essa relação não é simples, mecânica, mas envolve construções complexas que refletem a interligação da opressão da raça, gênero e classe" (DAVIS, 2017, p. 49). Essa afirmação de Davis vem ao encontro das representações ficcionais. A exemplo, destaco o estupro sofrido pela mãe de Anna Mariani, de cuja filha é fruto. Abusada sexualmente pelo filho da patroa, fica nítida a questão da opressão pela classe social, pois a moça, saída do mato, não tinha a menor ideia do que se passava com ela: "[...] e ela não sabia o que pensar, porque depois daquele dia ele voltou ao seu quarto mais cinco vezes, aos sábados, ele entrava no seu quarto e acontecia a mesma coisa [...]" (SAAVEDRA, 2018, p. 146). Ela não conseguia compreender o que ocorria, mas sabia que a gravidez era fruto dessa violência. E ela se apegou à criança como tábua de salvação para aquela vida dura de maus-tratos como empregada doméstica: "[...] tinha a esperança de que a barriga não sumisse, que continuasse ali, cada vez maior, até sair esse filho de dentro dela, esse filho era tudo o que ela tinha, que era a primeira vez que ela tinha alguma coisa" (SAAVEDRA, 2018, p. 148). Sua perda identitária é nítida quando a patroa decide criar a menina à revelia dela:

> [...] se você, pelo motivo que for, disser, para quem quer que seja, que esse filho é do Renan, bom nesse caso nós daremos um jeito de te colocar na cadeia pelo resto de sua vida, e você nunca mais verá esta criança, está claro? (SAAVEDRA, 2018, p. 149)

É a partir daí, com a melancolia gerada pela perda dos laços afetivos com a filha, que ela começa a sofrer com a falta de memória e a imaginar o retorno de sua avó (seu *alterego*?), uma índia com conhecimentos ancestrais que lhe aparece, como um espírito, lhe diz o que fazer e lhe fala também das diferenças raciais e de classe entre ela e o filho branco dos patrões:

> [...] eles não são como nós, são feitos de outra pele, outro material, e vai ser sempre assim, será que você não vê?, e agora você vai ter essa filha, porque é menina, infelizmente, e essa filha é meio a gente, meio eles, vai habitar aqui e lá, sem nunca ter um lugar seu, sem nunca saber quem é, culpa sua, e ela também tinha vontade de dizer que ela também não tinha um lugar que fosse seu e que tampouco sabia quem era, mas que agora havia algo que realmente importava, e era essa filha na barriga [...] agora eu vou ter que ficar aqui até a criança chegar, espantando os espíritos maus que se aproveitam de quem ainda está nas sombras [...] nem morta eu posso deixar de me preocupar com você [...] eu sabia que era menina porque se você abandona sua terra, da sua barriga só sai menina, e assim foi, e vai continuar sendo, porque maldição é coisa que passa de mãe para filha [...] (SAAVEDRA, 2018, p. 151)

A problemática da origem, do "lugar" da mulher (do gênero, da misoginia), das perdas culturais, do hibridismo está latente por toda a narrativa, seja no diálogo interior com a avó, seja no pouco diálogo da mãe com a filha, depois que Anna Mariani começa a crescer — criada pela patroa, que, além de avó, se diz sua madrinha —, deserdando as origens maternas: fruto da mistura de raças, de culturas, terá grande dificuldade para saber qual a sua identidade. Ela nega sua condição de filha de empregada doméstica; nega ter uma mãe que não seja branca, como ela (que saiu com a cor do pai); nega a pobreza. Anna Mariani também não tem esse nome, esse é um nome artístico, um pseudônimo, que ela cria depois de adulta. Seu nome pouco se lhe dá, pois na narrativa o único nome que é apresentado ao leitor é esse. A questão da perda identitária da personagem é muito forte e é apresentada de muitas formas ao leitor, sendo a violência sexual a desencadeadora de tal processo. Em relação à experiência traumática do estupro, Angela Davis afirma que

> Se nós não compreendemos a natureza da violência sexual como sendo mediada pela violência e poder raciais, classistas e governamentais, não podemos ter esperança de desenvolver estratégias que nos permitam um dia purgar nossa sociedade da violência opressiva misógina. (DAVIS, 2017, p. 49)

É pela escrita, portanto pela narração autobiográfica, que todas as personagens centrais desse estudo conseguem subverter. Para cada cicatriz, muitas palavras, ou, como diria o poeta paraibano André Ricardo Aguiar, "Toda palavra é cicatriz" (AGUIAR, 2012, p. 33). E são muitas as feridas expostas e as cicatrizes deixadas nessa galeria de mulheres.

No romance *Com armas sonolentas*, a personagem Anna Mariani consegue subverter-se à medida que representa no palco sua biografia, escrita por ela própria. É a partir de suas tantas cicatrizes, ocasionadas por uma espécie de fuga para fora de si, depois de perder-se por caminhos diferentes de sua essência original, que ela se reconcilia consigo, entendendo que a vida continua, apesar de tudo.

> Me cobri com um cobertor, fechei os olhos e pensei, enfim, o casamento acabara, e agora que as coisas não tinham mais volta eu poderia, enfim, seguir em frente. *(Anna se levanta, dá um passo em direção ao público)*
>
> Eu peguei minhas coisas e fui embora, simples assim. *(Pausa)* Porque há momentos, depois das violências mais terríveis, quando olhamos em volta e percebemos, cheios de horror, que o mundo continua existindo. (SAAVEDRA, 2018, p. 181)

Nesse processo de reconciliação, Anna Mariani resgata seu corpo violentado, despersonalizado, fragmentado, por meio de seu corpo anterior, ancestral, retornado do passado, através da memória, e da aceitação de sua origem. É pela sobreposição de corpos violados que ela consegue se reconstituir.

> Paro diante do corpo vazio da minha mãe, ele se move e vai até a esquina, e, usando um uniforme azul-marinho, limpa a casa de D. Clotilde, minha madrinha, limpa as privadas da casa de D. Clotilde, minha madrinha, os dejetos das privadas da casa de D. Clotilde, minha madrinha. Aos domingos, o corpo vazio da minha mãe veste sua roupa de domingo e vai ao cinema, ela tem adoração pelas atrizes do cinema, tão lindas e altas e louras [..] O corpo vazio da minha mãe, olho para ele cheia de espanto, é o corpo de uma pessoa. Tento dar ao corpo de outra pessoa o estofo das palavras, tento recobri-lo outra vez de significado, cada vez que me aproximo, cada vez que repito, na esperança de recuperar, resgatar em algum lugar, algo meu que ficou pelo caminho. Minha filha, minha filha. (SAAVEDRA, 2018, p. 183)

O professor Jorge Marques, acerca da espacialidade do corpo e da reconciliação do corpo com sua subjetividade, afirma que

> Quando suficientemente maduros para enveredar pelo mundo, é a partir da sua espacialidade corporal que homens e mulheres descobrem emoções, sensações desejos, carências, angústias, faltas. Entretanto, quando o físico por algum motivo falha e imobiliza, deixando a mente em um funcionamento quase estéril (já que dificilmente os pensamentos resultarão em alguma ação prática, em virtude da inatividade corpórea), um drama agudo de imediato se instala: o ser humano, essa junção intrínseca de carne e subjetividade, fica confinado em si mesmo. Não há dúvida de que um episódio como esse constitui uma das situações mais angustiantes que pode atingir qualquer indivíduo. (MARQUES, 2014, p. 72)

Essa subjetividade resgatada por Anna Mariani só ocorre depois da experiência do confinamento, na Alemanha, já que ela não se sentia em casa, não se identificava com aquela vida, com a língua, com o país, com as pessoas. E seguia cada vez mais solitária, cada vez mais pensativa e agarrada ao passado, deixado no Brasil.

> Anna se olhava no espelho e não se reconhecia, a Alemanha, o clima ou o que quer que havia por lá, a transformara em outra pessoa. [...] Alguém fora do seu idioma e de seu código social, reduzido a momices e estertores, uma caricatura de si mesma, ou pior, uma versão piorada, desprovida de humor, na qual seus maiores medos vinham à tona. Talvez fosse um fenômeno comum, as pessoas eram elas mesmas mais a variável correspondente ao lugar onde se encontravam, e essa equação podia provocar as transformações mais assustadoras [...] O que acontecera?, Anna se perguntava, e a cada dia tornava-se mais difícil levantar da cama, e até mesmo seus sonhos com uma trajetória artística iam perdendo a cor, talvez ela não fosse tão incrível assim, talvez Heiner, iludido pelo entusiasmo solar da cidade maravilhosa, houvesse se enganado, e só percebido o engano ao olhar para ela em Mainz-Gonsenheim, como realmente era, uma aspirante a atriz como tantas outras [...] No início nem percebia que se tratava de raiva, ódio até, sentia apenas um incômodo, uma inquietação, depois dores de cabeça, cada vez piores, que a faziam parar no hospital, soro, descanso, enxaqueca, diagnosticara o médico, prescrevendo um tratamento para evitá-la, analgésicos fortíssimos que a deixavam com sono e a sensação ainda mais forte de estar em outro lugar. (SAAVEDRA, 2018, p. 37)

A mesma experiência do confinado tiveram a personagem central do romance *A chave de casa*, de Tatiana Salem Levy, a personagem sem nome, de *Mar azul*, de Paloma Vidal, e a personagem *Luzia*, do romance homônimo, de Susana Fuentes. Todas essas personagens recolheram-se em espaços solitários (quartos, camas, casas, árvores, cadeiras de rodas), espaços de "inatividade corpórea", como aponta Marques (2014), para viverem intensamente a experiência da dor e, só depois, conseguirem se libertar, resgatando sua subjetividade, e, com isso, seu processo identitário.

A respeito dos espaços da dor e do "refúgio das individualidades", é na casa:

> que se processa o drama mais íntimo de cada um. Dores e tragédias podem ser encenadas nos salões, gritadas nas ruas, mas é em casa, diante da cama vazia, do quarto desabitado, que a ausência se insinua, machuca aquele que ficou. (DALCASTAGNÈ, 1996, p. 113)

É essa ausência que também perpassa a personagem Maike, do romance de Carola Saavedra, a filha de Anna Mariani, abandonada ainda bebê na Alemanha. Maike é uma personagem que está fora do lugar, totalmente deslocada: "Tudo começou no dia em que eu decidi estudar português. Ou talvez tenha começado bem antes [...] quando eu, amontoado de células, comecei a habitar um ventre desconhecido" (SAAVEDRA, 2018, p. 65).

Ela não se vê uma alemã, não se assemelha etnicamente: mesmo sendo filha do alemão Heiner, é morena, como a avó materna. Durante toda a sua infância, até o início da vida adulta, ela sempre fora lembrada de que em nada se assemelhava a uma garota alemã.

> — Você é alemã?
>
> — Sou, claro.
>
> — Não parece — Lupe sorriu irônica.
>
> — Aquilo me incomodou, como sempre me incomodava quando faziam esse comentário, você não parece alemã, ou me perguntavam de onde eu era, definitivamente a pele morena era um elemento incompatível com a Alemanha. Eu me limitava em responder, sou daqui mesmo, de Berlim. (SAAVEDRA, 2018, p. 77-78)

Maike também carrega uma androginia, inclusive no nome. Não parece menino, tampouco se assemelha a uma garota. Não sabe quais as suas origens, o que fazer, por onde começar. Entretanto, sabe que precisa fazer algo por si mesma. Maike gosta de estar só para pensar, de estar longe dos olhares inquisidores da mãe, tão diferente dela em tudo. Sua rota de fuga são as bibliotecas.

> Já as bibliotecas, eu tinha verdadeiro amor por elas, funcionavam como uma redoma da casa dos meus pais, um lugar onde era possível ficar só, sem fazer nada, e, o mais importante, em silêncio, protegida dos olhares inquisidores da minha mãe, suas perguntas, seu jeito suave de fazer eu me sentir culpada, seus excessos travestidos de amor. Minha mãe, que era toda brilho e superfície, toda Chanel, toda Yves Saint Laurent, minha mãe, uma aparição que tudo ofuscava, mas por baixo, por dentro, aquela massa escura de enganos, de gestos pela metade. E então a biblioteca, esse refúgio onde eu me instalava, feito um inseto sob uma folha protegendo-se da tempestade. (SAAVEDRA, 2018, p. 68)

Sabe que é adotada e tem uma identificação com a língua portuguesa, que é bonita, que lhe soa familiar: "Eu acho lindo o idioma [...] e sem pensar no que estava falando, disse — a sonoridade, por algum motivo me parece familiar" (SAAVEDRA, 2018, p.77). Mas não sabe por que quer aprender português. Mesmo assim, matricula-se na disciplina oferecida na faculdade:

> Na primeira aula a professora perguntou a cada um o que o havia levado àquela decisão, o estudo da língua portuguesa [...] Quando chegou a minha vez, eu não soube o que responder, gaguejei um pouco, a professora insistiu, acabei confessando que não sabia, que decidira aquela manhã mesmo. (SAAVEDRA, 2018, p. 67)

Maike possui uma estranheza, um estrangeirismo para com a pátria onde nasceu. Não sabe quem são os pais biológicos. Ainda bebê é encontrada por uma mulher no parque onde fora abandonada.

Até a casa em que vive com os pais adotivos não se parece em nada com a casa que ela gostaria de habitar. A casa é fria, arrumada demais, bonita demais, como a mãe adotiva. Ela não gosta, não se encaixa na casa. Sente uma inadaptação, um despertencimento, não só em relação à casa, mas à própria família. Quer fugir, descobrir qual a sua identidade, sonha em vir para o Brasil.

> Eu olhava para nossa casa e me sentia nas páginas de uma revista, num mostruário, eu, uma foto bidimensional, num mostruário em que tudo era limpo, arrumado [...] E até mesmo o porão parecia artificial, um porão com seu carpete macio e quadros nas paredes, cheio de armários [...] tudo catalogado, o porão, um lugar que, ao menos simbolicamente, deveria guardar toda a porqueira da família, mas na nossa família não havia porqueira, dizia minha mãe [...] No fundo eu suspeitava que, dentro de mim, o que havia estava muito mais próximo da pocilga do que daquela casa de revista. Uma espécie de caos. Uma tristeza que eu não entendia de onde vinha, mas que permeava tudo que eu pensava, as mínimas atitudes [...] Havia algo em mim, eu sempre tivera essa impressão, desde pequena, que destoava daquele mundo, daquela falsa tranquilidade. Eu um objeto descombinado. Eu não sabia onde me colocar. E, mesmo que minha mãe me espanasse e recobrisse com as melhores roupas, eu era um rastro de descontrole. Desde muito cedo. (SAAVEDRA, 2018, p. 72-73)

Há em Maike uma inadaptação contínua à sua própria vida, ao seu corpo, gostos, lugares, carreira profissional:

> O direito está no sangue — anunciou minha mãe. [...] Havia um claro desconforto, eles sabiam que não, o direito não estava no sangue, ao contrário, meu sangue era feito de outro material, mais pesado, mais lento. (SAAVEDRA, 2018, p. 71)

Estuda Direito para perpetuar a tradição familiar (de uma família com a qual não possui laços sanguíneos), mas acaba por desistir. No entanto, o primeiro passo para a mudança de Maike ocorre quando ela decide assumir sua paixão por Lupe, uma colega mexicana que também estuda português, e decide sair de casa. Lupe representa, simbolicamente, a ruptura, a passagem de Maike para uma outra vida, mais íntegra, mais adaptada, ao assumir a homossexualidade, que era uma descoberta:

> [...] eu percebia pela primeira vez um tipo de sentimento que até então não existia, ou se existia, eu nunca tinha percebido. Um desejo, não um desejo exato, mas algo que se alastrava [...]. (SAAVEDRA, 2018, p. 81)

Maike começa a compreender sua inadequação:

> Eu havia beijado uma mulher e isso não era como ir à esquina e tomar um sorvete [...] e nada do que ela dissesse me convenceria da desimportância desse acontecimento [...] era algo muito mais revelador, mais importante do que só haver beijado Lupe. Depois ela me perguntaria, mas você não havia percebido antes? E eu mesma me faria essa pergunta [...] onde eu estaria até então? Se qualquer um percebia, como ela afirmaria depois, como era possível que eu não tivesse me dado conta? (SAAVEDRA, 2018, p. 89)

Ainda assim, ela sabe que não é Lupe que irá preenchê-la, que sua busca só está no início, que precisa se libertar, inclusive de Lupe, para buscar sua verdadeira identidade, suas origens.

> Peguei a câmera e comecei a passar as fotos que ela fizera, era eu mas eu não me reconhecia, havia algo de fantasmagórico, artificial naquilo, como se a imagem que eu havia aprendido a reconhecer como minha, não passasse de um embuste, bastava me olhar no espelho para perceber que se tratava de outra pessoa, uma interpretação, e me veio a angustiante certeza de que aquilo que era de verdade o meu rosto, as suas discretas, mas constantes transformações, ficaria para sempre vedado ao seu entendimento, restando apenas o artifício desse algo incompreensível e a prisão de estar dentro de um corpo que reconhecemos e não reconhecemos como nosso. (SAAVEDRA, 2018, p. 197)

A inadequação de Maike começa a se solucionar quando decide sair de casa e morar sozinha: "[...] o surgimento de Lupe e suas inesperadas consequências tinham revelado, ao menos em parte, esse inexistente texto subterrâneo [...] tive a certeza de que a pessoa que habitara aquela casa não existia mais" (SAAVEDRA, 2018, p. 97). Entretanto, o Brasil está lá, uma ideia fixa em sua mente. Ela não sabe o porquê, mas precisa achar as respostas. Precisa ir sozinha e descobrir o país, descobrir-se. E, sem ao menos ter ideia de por onde começar, segue a ideia de Max, o amigo da infância, o mesmo que a apunhala com golpes de tesoura nas costas quando do seu primeiro surto, agora esquizofrênico, e apelidado por si mesmo de "Fênix", internado numa clínica psiquiátrica. É ele quem lhe dá o rumo, a direção que Maike deverá seguir se quiser saber sobre onde estariam fincadas suas origens. Há aqui também parte do realismo fantástico a que narrativa faz eco, porque vários pontos não se encaixam:

> O fantástico é a hesitação experimentada por um ser que só conhece as leis naturais, face a um acontecimento aparentemente sobrenatural. [...] O conceito de fantástico se define pois em relação ao de real e de imaginário. (TODOROV, 2012, p. 31)

A verossimilhança do romance é quebrada várias vezes para dar lugar a estranhezas sem explicação verossímil, e uma delas é um amigo de infância, louco, internado em clínica psiquiátrica durante anos, saber das origens da amiga, sem nenhuma explicação plausível. Mas a narrativa se desenrola com Maike seguindo rumo ao Brasil, ao Rio de Janeiro, para fazer um intercâmbio da universidade.

> [...] o descobrimento da cidade, as burocráticas conversas ao telefone com meus pais, a distância geográfica havia intensificado uma distância emocional que sempre existira, ao menos da minha parte, a troca de mensagens com Lupe, agora mais apaixonadas que nunca, a distância nos oferecendo uma nova possibilidade, ou uma desculpa. Sentia que meu conhecimento da língua ia ficando cada vez melhor, mais fluente, e junto a isso a sensação de que viver numa língua estrangeira era tornar-se, mesmo que sutilmente, outra pessoa. No meu caso, essa pessoa que eu me tornava, apesar de um pouco tosca, me parecia muito mais próxima de mim do que a que vivia na Alemanha, como se em português eu me tornasse quem eu realmente era. (SAAVEDRA, 2018, p. 217; grifos meus)

Mesmo que haja a princípio uma distopia no romance, sem um encontro feliz entre a mãe (que está no palco do Municipal, encenando sua vida) e a filha Maike, que espera por uma amiga nas escadarias do Teatro, ou entre a mãe de Anna Mariani, senil e demente, que parte em companhia da "Avó" — um fantasma, que representa a sabedoria ancestral resgatada — na tentativa de trazer de volta a filha ao "sítio natal", o que se dá é um encontro às avessas entre a avó e a neta Maike, sem que saibam quem são. Ou seja, a princípio, não se resolve o problema do resgate da ancestralidade, do retorno ao "sítio natal", pois a idosa também não consegue ver a filha no palco, trazê-la de volta: a peça já havia começado, o guarda não a deixa entrar. Vários problemas impedem os encontros, e, com isso o retorno, a tentativa de consertar o passado:

> [..] talvez ela até consiga fazer a travessia, talvez não, talvez a filha de sua filha, ou quem sabe a filha da filha da sua filha, é difícil prever, de qualquer forma, seja como for, tudo já aconteceu, tudo é passado, fora isso não há nada. (SAAVEDRA, 2018, p.251)

Fica nítida a questão da tradição, da tentativa de retorno ao passado para consertar os erros deflagrados pelas gerações, e a questão da tradução. Maike sente-se traduzida em língua portuguesa; no entanto, o peso que a narrativa dá à ancestralidade é muito grande, esbarra no

> problema do livre-arbítrio, gostamos de imaginar que somos livres, completamente livres, mas isso não passa de ilusão, somos a nossa herança, uma herança gravada nas palavras de nossos ancestrais. (SAAVEDRA, 2018, p. 250)

A distopia se dá porque não ocorre o encontro entre a tradição e a tradução cultural. Todavia, como em *A chave de casa*, a demolição da casa em Esmirna seria uma forma de ruptura com o fardo da ancestralidade, um retorno ao presente.

> [...] o movimento fazia com que as coisas se reordenassem de forma incomum na sua mente, sentia que pouco a pouco ia se afastando de si mesma, e aquilo que ela era se transformava numa roupa que agora tirava, seu nome, seu passado, o lugar onde morava, sentia que o corpo adquiria vida própria, o corpo sabia as coisas que não contava a ninguém. (SAAVEDRA, 2018, p. 256)

No entanto, ainda que a distopia seja uma sensação nítida para o leitor, nas linhas finais da narrativa da Avó, antes de serem iniciados trechos dos poemas de sor Juana Inés de la Cruz, com notas explicativas, fica claro que, depois de tudo o que passou para encontrar a filha, a ela resta uma esperança, pois como ela declara: "[...] como tudo anda em círculos, mais cedo ou mais tarde, voltaremos ao ponto de partida" (SAAVEDRA, 2018, p. 262), o que atesta não apenas a circularidade da narrativa, em capítulos que se repetem, com novas abordagens sobre o mesmo tema, mas também a circularidade da própria vida, como explicam várias teorias religiosas (nascimento-vida-morte-(re)nascimento), trazidas à tona no romance, por meio da "casa", uma casa longínqua, uma casa imaginária, onde tudo se inicia, o "sítio natal". Maike talvez represente o mito do "eterno retorno", já que é por meio dela que ocorrerá o resgate às origens, ao sítio natal, à tradição cultural.

Todas as personagens femininas deste estudo lidam com a solidão da casa vazia. Cada uma a sua maneira, todas têm no espaço do lar o lugar de repensar suas vidas, um lugar de se ressignificação. Todas sofrem diferentes formas de abandono, e se veem obrigadas a se deslocar para outros espaços em busca da subjetividade perdida. Só após o sofrimento e o retorno às suas origens conseguem, de fato, subverter o *status quo* da dominação masculina, o que se dá pelo processo narrativo, pela escrita.

# CAPÍTULO 5

# ALGUMAS CONSIDERAÇÕES

Chegar ao fim de uma pesquisa não é simples, e é só neste momento que percebo o quanto ainda há para ser dito. Dessa maneira, chego a um suposto fim, porque sei que a caminhada não cessou. O gosto pelo tema e o desejo de continuar me levarão a outras histórias, a outras narrativas, novos mundos, outras paisagens e novas personagens, e, como diria Barthes, a continuar olhando para a fala/escrita do Outro, pois olhar para o Outro implica minha própria alteridade.

Regina Dalcastagnè diz que "a narrativa atual engendra o olhar que incide sobre aqueles que a sociedade brasileira não quer ver" (2008, p. 8). Meu olhar se coaduna com as declarações da autora, pois sempre tive fascínio por aqueles e aquelas que a sociedade insiste em tratar como invisíveis, a tirar-lhes os direitos, a escorraçá-los para fora, para outras paragens e outras paisagens interiores, talvez porque eu mesma tenha já sofrido na pele algumas formas de exclusão. Afinal, como saber quem está "autorizado" a utilizar os dispositivos que controlam o poder? O que é o poder? Perguntas difíceis de serem respondidas, especialmente porque o poder é uma linha tênue quase invisível que perpassa muitas áreas, incluindo o conhecimento e a própria crítica literária, eu diria. Então, redefinindo a pergunta em termos foucaultianos, ela seria mais bem representada da seguinte forma: "como administramos as relações de poder pelas quais somos administrados, e em qual direção?" (BUTLER, 2017, p. 107; b).

Vivendo em uma sociedade como a brasileira, fundada sob a estrutura patriarcal, é fácil desde sempre perceber quem dita as regras, porém os mecanismos do poder não existem apenas na dualidade homem *versus* mulher. Não é mais uma questão de gênero apenas, mas de inúmeras outras estruturas fundamentadas na raça, na classe social, no grau de escolaridade, nos círculos sociais, nos interditos: "estranhamento, exotismo, crueldade, melancolia, cinismo, testemunho são termos que reaparecem aqui e ali, seja como centro de análise, seja como tentativa de saber o que se passa do lado de dentro da obra, ou mesmo nas suas cercanias [...]" (DALCASTAGNÈ, 2008, p. 8-9). Por essas searas procurei caminhar, ao dar lume às personagens-escritoras que escrevem suas histórias como forma de catarse, de libertação das estruturas de poderes visíveis e invisíveis que permeiam a sociedade.

Ter escolhido como tema de pesquisa assuntos relacionados à busca identitária, ao gênero, ao feminismo e à própria criação literária me fez crer que é sempre possível um novo olhar sobre velhos paradigmas. O problema da representação perpassa todas as temáticas abordadas, pois o que importa é saber qual é de fato a *representatividade* dos discursos das personagens-escritoras, ou melhor, qual é o seu lugar de fala. Partindo do pressuposto de que todas foram criadas por autoras e que não há como fugir da "autorreflexividade", como apontou Eurídice Figueiredo (2013) em suas pesquisas, o que busquei demonstrar nos capítulos deste livro foi como as escritoras conceberam as personagens femininas, impactando a literatura recente e obrigando-a a novas miradas, especialmente no que tange à mulher produtora de seu próprio discurso, de seu protagonismo, da sua escrita, eu diria.

No decorrer dos capítulos levantei alguns questionamentos que me foram imprescindíveis, entre os quais a diferença na composição das personagens femininas criadas por autores, daquelas criadas por autoras. Cheguei à conclusão de que há, sim, diferenças na abordagem de determinadas temáticas, como a violência sexual, por exemplo, e, ainda que eu não tenha citado romances escritos por homens no estudo, foram muitos os exemplos que rondaram minha cabeça. Nos romances de autoria feminina pude perceber uma mudança paradigmática no comportamento da personagem feminina no que diz respeito à forma como encarna o sofrimento, com muito mais intensidade. São dores imensas, profundas. A alma da personagem feminina é exposta ao rés do chão, revirada do avesso para, em seguida, retotalizar-se, reintegrar-se ao quotidiano, transformando-o a seu favor. Crescendo, as personagens são capazes de retomar percursos interrompidos pela violência. Então, (se) escrevem e, paulatinamente, subvertem os mecanismos de poder. Aprendem. Transformam-se. Reconfiguram suas trajetórias de vida. Transgridem em muitas situações. Ainda que grandes dores as atravessem — violência doméstica, estupro, deslocamentos forçados, gravidez interrompida, abandono de todo tipo, confinamentos, inadaptações, relações homoafetivas que não se resolvem, problemas de gênero, de etnia ou de classe etc. –, todas as personagens femininas conseguem recuperar sua autoestima nas e pelas "escritas de si".

Poderíamos, então, falar no poder da escrita como arma de libertação? Lembrando as palavras de Deleuze (via Espinoza) acerca da potência da natureza humana em relação à própria natureza humana, ou de um corpo em relação a outro(s) corpo(s):

> será dito bom (ou livre, ou razoável, ou forte) aquele que se esforça, tanto quanto pode, por organizar os encontros, por se unir ao que convém à sua natureza, por compor suas relações com relações combináveis e, por esse meio, aumentar sua potência. [...] Quando um corpo "encontra" outro corpo distinto, uma ideia, outra ideia, tanto acontece que as duas relações se compõem para formar um todo mais potente, quanto decompõe o outro e destrói a coesão de suas partes. Eis o que é o prodigioso, tanto no corpo quanto no espírito: esses conjuntos de partes vivas que se compõem e se descompõem seguindo leis complexas. A ordem das causas é então uma ordem de composição e decomposição de relações que afeta infinitamente toda a natureza. (DELEUZE, 2002, p. 25 e 29)

Partindo da citação de Deleuze (2002), tento explicitar os dois grandes eixos temáticos que perpassam esta pesquisa: o corpo e o espaço como representações da mulher, aqui, especialmente, da personagem-escritora.

Ou seja, em que medida ou em que circunstâncias esse corpo feminino está "sujeitado" a um "determinado" espaço, especialmente se considerarmos espaços de "dominação" masculina, como apontou Pierre Bourdieu (2017).

Para Judith Butler, "Sujeição significa tanto o processo de se tornar subordinado quanto o processo de se tornar um sujeito" (2017, p. 10; b). Com efeito, partindo da premissa de Butler, no sentido de que o corpo da mulher foi, antes, um corpo sujeitado, subordinado aos mecanismos do poder, pois, em cada caso, "o poder que a princípio aparece como externo, imposto ao sujeito, que o pressiona à subordinação, assume uma forma psíquica que constitui a identidade pessoal" (BUTLER, 2017, p. 11;b), tento comprovar que todas as personagens deste estudo só subvertem essa imposição do poder e tornam-se sujeitos, protagonistas de suas vidas, quando tomam consciência desse poder que carregam do lado de *dentro* e partem para o que chamo de "fuga" de si, indo em direção a sua alteridade, pois, como diria Rimbaud, "*Je est un autre*". Nessa fuga para fora, para a posição de *outsider*, como prenunciou Todorov (1999), o que ocorre é um processo de despersonalização, de fragmentação identitária, imprescindível para que a subjetividade se (re)estabeleça. A personagem se desloca, olha de *fora* — olhar estrangeiro — e, após, retorna às origens com o olhar modificado, aquela mirada que trouxe da experiência do *outsider*. Só assim, ela consegue produzir escrita. É pelo distanciamento do *Eu* que ela produz.

A ensaísta Bella Josef, em seus estudos acerca da necessidade de a mulher buscar sua identidade "fora" de casa, utiliza-se do termo "mulher-sociedade" para referir-se à mulher protagonista como aquela que vive o conflito entre "o *eu*, o que o *eu* deseja e o que o mundo oferece ao *eu* desejante" (JOSEF, 1989, p. 52; grifos meus). A mulher vem, portanto, desde muitos anos, desejando seu protagonismo, pois, se antes ela olhava para si "tomando o homem como núcleo de referência" (JOSEF, 1989, p.53) e esse, ao contrário, sempre definiu sua existência a partir de uma variedade de "elementos provenientes de suas atividades públicas, no âmbito social e histórico" (JOSEF, 1989, p. 53), hoje os parâmetros da mulher são outros;

são também exteriores às paredes da casa: é o que o mundo lhe oferece; é o público e não mais o espaço privado do lar. A casa é, sim, como dito anteriormente por Elódia Xavier (2012), um espaço importante para a reconfiguração da mulher; todavia, este não é mais o único espaço que ela ocupa. Aliás, a casa como espaço habitado pela família, espaço no qual a mulher desenvolve atividades domésticas, como cozinhar e cuidar da prole, não aparece em nenhum dos romances analisados, à exceção do romance *Com armas sonolentas*, no qual a "Mãe" da personagem Anna Mariani, sendo empregada doméstica, se insere neste espaço com uma função específica, um emprego, mesmo sendo explorada e oprimida pelos patrões. A casa deixa de ser um elemento sacralizado (lar) para se transformar tão somente no espaço da dor, da solidão, do "confinamento" (MARQUES, 2014), mas também da cura, conforme visto em Regina Dalcastagnè (1996).

Em todos os romances analisados é a rua que ganha espaço. É a *flânerie* no sentido benjaminiano (1991) que importa às personagens. É o trânsito pelos *labirintos da urbe* que vai interessar às personagens que buscam material de escrita, como Alice, de *Quarenta dias*; Valderez, de *Por escrito*; a personagem sem nome de *A chave de casa*; Luzia, personagem do romance homônimo; Maria, de *Rio-Paris-Rio*; Maike e Anna Mariani, de *Com armas sonolentas*. No entanto, a personagem sem nome de *Mar azul* tem como espaço de produção escrita a memória, já que é uma idosa que confessa não conseguir fazer outra coisa que não seja rememorar o passado. A casa no romance *Mar azul* é apenas o lugar para onde a idosa volta, após suas aulas de natação ou suas constantes idas ao médico. A rua para ela não significa espaço de reconfiguração do *Eu*. Ela tem uma vida pacata. Apenas o "espaço da memória" funciona todo o tempo, independentemente de estar ou não em casa. A casa para ela é tão somente o espaço de leitura. É em casa que ela lê os "cadernos azuis" deixados pelo pai, completando-os, como uma forma de transgressão, para vingar-se de sua solidão, do abandono em que foi posta desde a infância.

O corpo feminino é também casa habitada, lugar onde digladiam Eros e Tânatos em busca de um equilíbrio, que só é alcançado quando a mulher se torna híbrida, multicultural, de acordo com o que o mundo lhe oferece, mesclando-se a ele camaleonicamente, como forma de adaptação, ou rebelando-se, pois "O *encontro* equilibra o nomadismo" (KRISTEVA, 1994, p. 18). Esse encontro a que Kristeva se refere representa na análise dos romances o encontro da mulher com ela mesma, o que a faz produzir escrita. Ou seja, é o encontro com suas *ausências* e *presenças*, como diz Valderez, a personagem vigniana, uma vez que "o *encontro* deve a sua *felicidade* exatamente ao provisório, pois os conflitos o dilacerariam se ele tivesse que se prolongar" (ibid., p. 18; grifo meu). Daí a fuga e as "ausências" necessárias. Solidão necessária à produção de todo artista.

A escritora e ensaísta Helena Parente Cunha diz que:

> O desejo, de acordo com as propostas psicanalíticas, permanece no âmbito do conflito, sem jamais se satisfazer, no interminável movimento de um objeto para outro, em busca da *felicidade* [...]. (CUNHA, 1994, p. 35; grifo meu)

Pois é essa *felicidade*, posta por Kristeva e por Cunha, ideologizada e, de certa maneira, irreal, que perpassa todas as personagens-escritoras. O desejo da felicidade é muito grande. A busca identitária se traduz claramente no desejo de encontrar a felicidade e de fazer um pacto com ela, especialmente depois do sofrimento. "Desejar superar o conflito corresponde a aspirar à paz e à plenitude" (CUNHA, 1994, p. 35). É na paz e na plenitude a que Cunha se refere que está a *felicidade* tão almejada, já que nenhuma das personagens acredita realmente nessa felicidade romantizada, mas no seu poder de *estar* no mundo, de fazer parte dele, de poder transformá-lo de acordo com suas crenças, valores e necessidades.

Todas as personagens hibridizam-se depois das violências que sofrem. O híbrido que nelas persiste é o que juntam das experiências que trazem do público para o privado, ou seja, dos lugares por onde transitam, das pessoas com quem cruzam, dos países para onde viajam. Elas *encontram-se* (consigo), porque encontram antes sua alteridade.

A título de exemplo, podemos citar: a personagem sem nome de *A chave de casa*, quando se desloca para os Estados Unidos, para acompanhar o tratamento da mãe com câncer em estágio terminal, quando vai para Esmirna, na Turquia, em busca das origens, para Lisboa, em busca de algo novo, um amor (?), ou quando transita pelas ruas do Rio de Janeiro, cidade onde sempre morou; a personagem Luzia, quando se desloca entre dois apartamentos no Rio de Janeiro, ou quando sai em busca de seu passado indo à cidade de Esperanza, na Ilha de Maraberto; Anna Mariani e Maike, do romance *Com armas sonolentas*, quando fazem percursos inversos: a primeira indo para a Alemanha, e a segunda saindo de lá em direção ao Brasil, ou mesmo da Mãe/Avó, quando saem do coração do Brasil em direção ao Rio de Janeiro; Alice, de *Quarenta dias*, que alça seu voo pelas ruas da capital gaúcha comparando os brasis dentro do Brasil, o das periferias, onde encontra seus pares (nordestinos como ela), e o do asfalto; Maria, de *Rio-Paris-Rio*, quando tenta adaptar-se a Paris, esforçando-se linguisticamente para falar sem sotaque, tentando uma forma de adaptação, para ser aceita no grupo social; Valderez, de *Por escrito*, quando viaja para várias cidades a trabalho e/ou quando transita pelas ruas de grandes capitais, como Rio ou São Paulo, fazendo questão absoluta de dizer ao leitor que gosta de fixar-se em lugares públicos para observar e registrar o que vê em seus muitos bloquinhos de papel, mesclando lugares e paisagens, com sua linguagem fragmentada e fluida, que se confunde com a própria memória; a personagem sem nome de *Mar azul*, que rememora suas paisagens interiores e seu deslocamento entre dois países, Argentina e Brasil, em busca do pai, que a abandonara por um projeto individual de vida, no qual ela não caberia. Todas as personagens trazem para sua produção escrita suas próprias experiências, incrustradas nos seus corpos hibridizados por suas múltiplas vivências como *outsiders*, estrangeiras, expatriadas de si mesmas.

> Ninguém melhor que o estrangeiro conhece a paixão da solidão: ele acredita tê-la escolhido para gozar ou tê-la suportado para padecer. [...] O "Eu é um outro" de Rimbaud [...] anunciava o exílio, a possibilidade ou a necessidade de ser estrangeiro e de viver no estrangeiro, prefigurando assim a arte de viver, numa era moderna, o cosmopolitismo dos esfolados. A alienação de mim mesmo, por mais dolorosa que seja, proporciona-me esse distanciamento requintado, onde se inicia tanto o prazer perverso quanto a minha possibilidade de imaginar e de pensar: é o impulso de minha cultura, desdobrada, caleidoscópio de identidades [...]. (KRISTEVA, 1994, p. 21)

Olhando para o "caleidoscópio de identidades" de Kristeva, tema do último capítulo deste estudo ("Identidades em fuga"), busquei fazer uma análise comparativa com os deslocamentos planetários (fuga) impostos pelas guerras e por sistemas autoritários e excludentes que fazem desmoronar não apenas identidades (o "não-eu"), mas dignidade, cultura, tradição, crenças, destruindo famílias, pessoas, cidades, países, impactando não só as identidades individuais mas as identidades coletivas e todo o processo de criação, que passa a ser *traduzido*, conforme Stuart Hall (2015). Pego de empréstimo o termo "tradução" para aplicá-lo ao processo identitário das personagens-escritoras que, deslocando-se, fragmentam-se para em seguida tornarem-se sujeitos traduzidos. Quem são esses sujeitos moventes? Para esclarecer minha teoria, ao fim e ao cabo, lanço mão da teoria de Merleau-Ponty, que cria o conceito de "corpo próprio" para mostrar que o sujeito é também um "sujeito-corpo", ou seja, um sujeito que "participa e impõe sua forma de organização ao mundo e ao modo de percepção de toda a realidade" (apud SOMBRA, 2006, p. 25-26). As personagens-escritoras deste estudo percebem o mundo por meio da atividade de seus "corpos situados", ou como prefere Merleau-Ponty, através de "um ponto de vista (nosso corpo e nossa situação) sobre o mundo" (apud SOMBRA, 2006, p. 48).

Para Anélia Pietrani, o corpo feminino é "alvo de violências, torturas, paixões, prazeres, [pois] a mulher tem vivido as mutações da sociedade e sobrevivido às imposições masculinas [...]" (PIETRANI, 2000, p. 15).

Em relação ao "sujeito-corpo", representado por meio das personagens femininas, cabe ressaltar, ancorada nas palavras de Pietrani, que a violência sexual a que a maioria delas é submetida chamou minha atenção e, por isso, decidi fazer um paralelo entre o corpo violado das *mulheres de papel* e o corpo violado das mulheres reais, constatando o número alarmante de feminicídios a que as latino-americanas têm sido expostas, em especial as brasileiras, representado aqui pelo último estudo (2017) da Comissão Econômica para a América Latina e o Caribe (CEPAL), vinculado à ONU. O levantamento mostra como o machismo arraigado na sociedade brasileira desde os séculos passados, demonstrado no capítulo quarto desta pesquisa, é o maior causador dos feminicídios que se alastram por todo o país e em todas as camadas da sociedade. A violência contra a mulher perpassa todos os romances analisados na pesquisa, o que indica que a temática vem chamando atenção das autoras, por motivos óbvios e tristes, e, também, da crítica literária. As personagens-escritoras produzem por meio do sofrimento, e não da felicidade ou da paz. Felicidade e paz estão no campo dos desejos, mas não da realidade (*sic*) que vivem.

Em relação à representatividade da mulher na literatura brasileira contemporânea, Regina Dalcastagnè (2012) registra um mapa das "ausências" das mulheres, especialmente no que diz respeito à autoria de romances publicados por grandes editoras, no período de 1990 a 2004. Aqui, mesmo tendo sido analisados apenas sete romances, busquei privilegiar autoras e personagens-femininas, tendo em vista, conforme pude observar, que todos os romances deste estudo foram lançados por médias e grandes editoras, tendo também concorrido a ou recebido importantes prêmios literários, conquistando, por isso, uma fatia cada vez mais significativa do mercado editorial brasileiro, dos estudos acadêmicos e da crítica literária especializada, o que sugere que um número maior de leitores (mulheres e homens) vem consumindo literatura contemporânea de autoria feminina, tão valorosa e rica em temáticas quanto a literatura produzida por homens.

Beatriz Resende, no ensaio *Paloma Vidal e o trânsito de culturas* (2008), salienta que a autora surge em sua leitura como um exemplo de literatura do pós-feminismo, marcando de vez a escrita de autoria feminina:

> Talvez esta seja uma vantagem que as mulheres de sua geração poderão usufruir: escrever depois do movimento feminista. Não que todas as batalhas feministas estejam ganhas, mas muitas, sobretudo o direito à palavra, em grande parte do mundo (não em todo) estão. As muitas necessidades de afirmação que a literatura de mulheres teve que enfrentar, especialmente nos heroicos anos de 1960 e 1970, já estão superadas. A autora — sim, no feminino — pode, sem maiores traumas ou conflitos, apossar-se de uma escrita que evidencie a voz feminina ou transite livremente do ponto de vista da mulher para o de um personagem masculino. Indo e vindo no exercício da função autoral. (RESENDE, 2008, p. 108- 109)

As declarações de Resende aplicam-se a outras autoras deste estudo. Na verdade, a todas, pois mesmo Elvira Vigna e Maria Valéria Rezende, que já escreviam no auge do movimento feminista, parecem ter encontrado uma força maior no pós-feminismo. Uma maior liberdade de escrita, talvez. E, como diria Regina Lúcia Pontieri: "Eis a mulher, eis a narrativa. Constelação de uma infinidade de sentidos possíveis, mulher e palavra trabalham para que seu sentido nunca se feche na univocidade" (PONTIERI, 1988, p. 17). Ou, como diz a professora Adriana Maria de Abreu Barbosa,

> Eu tenho insistido em ler as autoras, divulgá-las e apreciá-las, de modo a dar visibilidade às mulheres escritoras num ato absolutamente político. Confesso, importa menos o estudo das estéticas, me interessa mais a função libertadora da escrita: a escrita como ato político de libertação. Ao ler essas mulheres, me encontro e desencontro, me revejo: revejo minha mãe, avós, tias, amigas, irmãs, colegas, alunas e todas as mulheres ao meu redor. (BARBOSA, 2011, p. 99)

Para finalizar meu estudo, em meio a tantas personagens, autoras e críticas literárias, decido debruçar-me sobre uma ficcionista, professora emérita da UFRJ, ensaísta e crítica literária, Helena Parente Cunha, por ela ter se dedicado às pesquisas na área da autoria feminina, além de ter me levado como leitora não apenas ao prazer do texto, mas, sobretudo, ao pensamento crítico. Talvez tenha sido o romance *Mulher no espelho* (1983), lido muito antes de eu estar do lado de dentro dos muros da UFRJ, o que primeiro despertou em mim o desejo de pesquisar sobre mulheres na literatura, especialmente sobre mulheres que (*se*) (re)escrevem no texto, (re)afirmando-se e exigindo seu direito inalienável de pertencimento, seu lugar no mundo.

> A mulher que me escreve me despreza por causa da minha passividade. O meu dizer sim é um modo de dizer não. Ao me afirmar, eu a nego. Ela, por mais que me tenha negado, não se subtrai ao meu poder. Eu a tenho presa, mesmo quando ela não me escreve. Eu a importuno, porque a obrigo a olhar para o que ela supõe ter esquecido. Abro a ferida dela. Não por vingança, mas por sobrevivência. Eu a tenho em suspense, pois ela nunca sabe nem saberá como dar prosseguimento ao que lhe forneço página por página, sílaba por sílaba. Ela pensa que sabe ler e escrever, quando na realidade mal me soletra. Ela só escreve quando eu quero. Agora é assim. Ela quer o meu querer. Mesmo ao não pensar em mim. Ela não sabe que me ama no seu ódio. Ao me negar, ela me afirma de corpo inteiro. (CUNHA, 2013, p. 95)

## Minha palavra

Minha palavra presa na garganta
ganhou ares de papagaio e voou.
Voou alto,
rasgou céus,
bateu em galhos e fios de alta tensão.
Minha palavra, feita de suor e lágrimas,
escorreu pelo meu rosto
e empapou de sal meu vestido-floral.
Minha palavra hemorrágica fluiu de mim
e estancou no outro, sua fala.
Perplexa, minha palavra foi vomitada,
expurgada do meu peito
em meio a espasmos dolorosos.
Minha palavra é tão forte,
é tão alta,
é tão grande,
que ecoa por aí gritando,
jorrando líquidos em delirantes contrações.
Minha palavra libertou-se de mim.

*Brotaram flores*
*nos meus pés.*
*E o quotidiano*
*na minha vida*
*complicou-se*

Hilda Hilst

# REFERÊNCIAS


ABBAGNAMO, N. (1998). *Dicionário de filosofia*. São Paulo: Martins Fontes.

ADICHIE, C. N. (2015). *Sejamos todos feministas*. Trad. Christina Baum. São Paulo: Companhia das Letras.

AGAMBEM. G. (2009). *O que é o contemporâneo? e outros ensaios*. Trad. Vinícius Nicastro Honesko. Chapecó, SC: Argos.

AGUIAR, A. R. (2012). Colheita. IN: *A idade das chuvas*. São Paulo: Editora Patuá.

ALENCAR, J. DE. (1965). *Ficção completa e outros escritos*. Volume 1. Rio de Janeiro: Editora Aguilar.

ALMEIDA, S. R. G. (2015). *Cartografias contemporâneas*: espaço, corpo, escrita. Rio de Janeiro: 7Letras.

__________. (2010). Mulheres tão diferentes que éramos: a escritora contemporânea e as narrativas cosmopolitas na aldeia global. IN: DALCASTAGNÉ, R.; LEAL, V. M. V. (ORGS.). *Deslocamentos de gênero na narrativa brasileira contemporânea*. São Paulo: Editora Horizonte.

ANDRADE, M. DE. (1984). *Amar, verbo intransitivo*. São Paulo: Círculo do Livro.

ARAÚJO, E. (2011). A arte da sedução: sexualidade feminina na Colônia. IN: DEL PRIORE, M. (ORG.) e PINSKY, C. B. (COORD. DE TEXTOS). *História das mulheres no Brasil*. São Paulo: Contexto.

ARFUCH, L. (2002). *El espacio biográfico*: dilemas de la subjetividad contemporánea. Buenos Aires, AR: Fondo de Cultura Económica.

ARRUDA, H. (2014). *Interditos* — poemas. Rio de Janeiro: Editora Batel.

__________. (2016). *Mulheres na ficção brasileira*: aproximações e distanciamentos. Rio de Janeiro: Batel.

ASSIS, M. DE. (1959). *Obra Completa*. (org. Afrânio Coutinho). Volume 1 — Romance. Rio de Janeiro: Editora José Aguilar Ltda.

AUGÉ, M. (2007). *Não-lugares*: introdução a uma antropologia da supermodernidade. Trad. Maria Lúcia Pereira. Campinas: Papirus.

BHABA, H. K. (1998). *O local da cultura*. Trad. Myriam Ávila, Eliana Lourenço de Lima Reis e Gláucia Renate Gonçalves. Belo Horizonte: Editora da UFMG.

BACHELARD, G. (2010). *La poética del espacio*. Trad. Ernestina de Champourcín. México: FCE.

BAKTHIN, M. (1998). *Questões de literatura e de estética*: a teoria do romance. Trad. Aurora Fornoni Bernardini et al. São Paulo: Editora Unesp.

BARBOSA, A. M. DE A. (2011). (Re)visões de gênero: escritoras na imprensa brasileira. IN: CUNHA, H. P. (coord.); LUCIANO, A. [et.al]. *Violência simbólica e estratégias de dominação*: produção poética de autoria feminina em dois tempos. Rio de Janeiro: Editora da Palavra e Programa de Pós-Graduação em Ciência da Literatura da UFRJ.

BARTHES, R. (1971). *Sade, Fourier, Loyola*. Trad. Maria de Santa Cruz. Lisboa: Edições 70.

__________. (1982). *Crítica e verdade*. Trad. Geraldo Gérson de Souza. São Paulo: Perspectiva.

__________. (1984). *A câmara clara*: nota sobre fotografia. Trad. Júlio Castañon Guimarães. Rio de Janeiro: Nova Fronteira.

__________. (2004). *O prazer do texto*. Trad. J. Guisnburg. São Paulo: Perspectiva.

BAUMAN, Z. (2005). *Identidade*: entrevista a Benedetto Vecchi. Trad. Carlos Alberto Medeiros. Rio de Janeiro: Zahar.

BEAUVOIR, S. DE. (1987). *O segundo sexo*. Vol 1. Trad. Sérgio Milliet. Rio de Janeiro: Círculo do Livro.

BEAUVOIR, S. DE. (1980). *O segundo sexo*: a experiência vivida. Vol.2. Trad. Sérgio Milliet. Rio de Janeiro: Nova Fronteira.

BEMONG, N. [et al.] (2015). *Bakhtin e o cronotopo*: reflexões, aplicações, perspectivas. Trad. Ozíris Borges Filho, et al. São Paulo: Parábola Editorial.

BENJAMIN, W. (1986). *Magia e técnica, arte e política*: ensaios sobre literatura e história da cultura. Trad. Sérgio Paulo Rouanet. São Paulo: Editora Brasiliense.

__________. (1991). *Charles Baudelaire, um eu lírico no auge do capitalismo*. Trad. José Carlos Martins Barbosa; Hemerson Alves Batista. São Paulo: Editora Brasiliense.

__________. (2017). *Baudelaire e a modernidade*. Trad. João Barrento. Belo Horizonte: Autêntica.

BLANCHOT, M. (2011). *O espaço literário*. Trad. Álvaro Cabral. Rio de Janeiro: Rocco.

BORGES FILHO, O. (2007). *Espaço e literatura*: introdução à topoanálise. Franca, SP: Ribeirão Gráfica.

BOSI, E. (2013). *O tempo vivo da memória*: ensaios de psicologia social. São Paulo: Ateliê Editorial.

BOURDIEU, P. (2017). *A dominação masculina*: a condição feminina e a violência simbólica. Trad. Maria Helena Kühner. Rio de Janeiro: BestBolso.

BRAIT, B. (2006). *A personagem*. São Paulo: Ática.

BRAVO, A. C. J. (2009). La civilización post-urbana y los conflitos de territorialidade, identidad y re-construcción en las ciudades latinoamericanas. IN: SANTOS, A. C. dos [et al.] (ORGS.) *Identidades fora de foco*. Rio de Janeiro: de Letras (Instituto de Letras da UERJ).

BUTLER, J. (2016). *Problemas de gênero*: feminismo e subversão da identidade. Trad. Renato Aguiar. Rio de Janeiro: Civilização Brasileira.

__________. (2017). *Relatar a si mesmo*: crítica da violência ética. Trad. Rogério Bettoni. Belo Horizonte: Autêntica. (a.)

__________. (2017). *A vida psíquica do poder*: teorias da sujeição. Trad. Rogério Bettoni. Belo Horizonte: Autêntica. (b.)

CANCLINI, N. G. (1997). *Imaginarios Urbanos*. Buenos Aires: Editorial Universitaria de Buenos Aires.

__________. (2003). *A globalização imaginada*. Trad. Sérgio Molina. São Paulo: Iluminuras.

__________. (2008). *Latino-americanos à procura de um lugar neste século*. Trad. Sérgio Molina. São Paulo: Iluminuras.

__________. (2013). *Culturas híbridas*: estratégias para entrar e sair da modernidade. Trad. Ana Regina Lessa; Heloísa Pezza Cintrão e Gênese Andrade (Trad. da Introdução). São Paulo: Edusp.

__________. (2015). *El mundo entero como lugar extraño*. Barcelona, España: Gedisa Editorial.

CANDIDO, A. [et al.]. (2014). *A personagem de ficção*. São Paulo: Perspectiva.

CERTEAU, M. DE. (2003). *A invenção do cotidiano*. 1. Artes de fazer. Rio de Janeiro: Vozes.

CHAUÍ, M. (1984). *Repressão sexual*: essa nossa (des)conhecida. São Paulo: Editora Brasiliense.

CHEVALIER, J.; GHEERBRANT, A. (2006). *Dicionário de símbolos*: (mitos, sonhos, costumes, gestos, formas, figuras, cores, números). Trad. Vera Costa e Silva [et al.] Rio de Janeiro: José Olympio.

CHIARELLI, S.; OLIVEIRA NETO, G. DE. (ORGS.). (2016). *Falando com estranhos*: o estrangeiro e a literatura brasileira. Rio de Janeiro: 7Letras.

CLÉMENT, C.; KRISTEVA, J. (2001). *O sagrado feminino*. Trad. Rachel Gutiérrez. Rio de Janeiro: Rocco.

COMPAGNON, A. (2009). *Literatura pra quê?*. Trad. Laura Taddei Brandini. Belo Horizonte: Editora da UFMG.

__________. (2014). *O demônio da teoria. Literatura e senso comum*. Trad. Cleonice Paes Barreto Mourão e Consuelo Fortes Santiago. Belo Horizonte: Editora da UFMG.

CUNHA, H. P. (1983). *Mulher no espelho*. Florianópolis: FCC.

__________. (1994). *Mulheres inventadas: leitura psicanalítica de textos na voz masculina*. Rio de Janeiro: Tempo Brasileiro.

__________. (1997). Mulher partida: a busca do verdadeiro rosto na miragem dos espelhos. IN: SHARPE, P. (ORG.). *Entre resistir e identificar-se: para uma teoria prática na narrativa brasileira de autoria feminina.* Florianópolis: Editora Mulheres; Goiânia: Editora da UFG.

__________. (COORD.); LUCIANO, A. [et.al]. (2011). *Violência simbólica e estratégias de dominação*: produção poética de autoria feminina em dois tempos. Rio de Janeiro: Editora da Palavra e Programa de Pós-Graduação de Ciência de Literatura da UFRJ.

DALCASTAGNÈ, R. (1996). *O espaço da dor*: o regime de 64 no romance brasileiro. Brasília: Editora Universidade de Brasília.

__________. (2008). *Ver e Imaginar o outro*: alteridade, desigualdade, violência na literatura brasileira contemporânea. São Paulo: Editora Horizonte.

__________. (2012). *Literatura brasileira contemporânea*: um território contestado. Rio de Janeiro: EDUERJ.

DALCASTAGNÈ, R.; LEAL, V. M. V. (ORGS.). (2010). *Deslocamentos de gênero na narrativa brasileira contemporânea.* São Paulo: Editora Horizonte.

__________. (2015). *Espaço e gênero na literatura brasileira contemporânea.* Porto Alegre: Zouk.

DaMATTA, R. (1985). *A Casa e a Rua.* Espaço, cidadania, mulher e morte no Brasil. São Paulo: Brasiliense.

DAVIS, A. (2017). *Mulheres, cultura e política*. Trad. Herci Regina Candiani. São Paulo: Boitempo.

DE LAURETIS, T. (1987). *Technologies of gender*. (Theories of representation and difference). Bloomington, IN, USA: Indiana University Press.

DELEUZE, G. (2002). *Espinosa, Filosofia prática.* São Paulo: Escuta.

DEL PRIORE, M. (2011). Magia e medicina na colônia: o corpo feminino. IN: DEL PRIORE, M. (ORG.) e PINSKY, C. B. (COORD. DE TEXTOS). *História das mulheres no Brasil*. São Paulo: Contexto.

D'INCAO, M. Â. (2011). Mulher e família burguesa. IN: DEL PRIORE, M. (ORG.) e PINSKY, C. B. (COORD. DE TEXTOS). *História das mulheres no Brasil*. São Paulo: Contexto.

DOURADO, A. (1995). *Ópera dos mortos*. Rio de Janeiro: Francisco Alves.

DOVAL, C. C. (2016). *Mulheres escritas por mulheres*: personagens femininas no romance brasileiro contemporâneo (2000-2014). (283f.) Tese de Doutorado. Programa de Pós-Graduação da Faculdade de Letras da PUC-RS, Porto Alegre.

DUCROT, O.; TODOROV, T. (1972). *Dictionaire enciclopedique des sciences du language*. Paris: Seuil.

EAGLETON, T. (1994). *Teoria da literatura: uma introdução*. Trad. Waltensir Dutra. São Paulo: Martins Fontes.

ENGEL, M. (2011). Psiquiatria e feminilidade. IN: DEL PRIORE, M. (ORG.) e PINSKY, C. B. (COORD. DE TEXTOS). *História das mulheres no Brasil*. 10ª edição, São Paulo: Contexto.

FISCHER, E. (1976). *A necessidade da arte*. Trad. Leandro Konder. Rio de Janeiro: Zahar Editores.

FIGUEIREDO, E.; NORONHA, J. M. (2005). Identidade Nacional e identidade cultural. IN: FIGUEIREDO, E. (ORG.) *Conceitos de literatura e cultura*. Juiz de Fora: UFJF.

FIGUEIREDO, E. (2013). *Mulheres ao espelho:* autobiografia, ficção e autoficção. Rio de Janeiro: EDUERJ.

___________. (2017). *A literatura como arquivo da ditadura*. Rio de Janeiro: 7Letras.

FOUCAULT, M. (2011). *Microfísica do poder*. Trad. Roberto Machado. São Paulo: Graal.

__________. (2014). *Vigiar e punir*: nascimento da prisão. Trad. Raquel Ramalhete. Petrópolis, RJ: Vozes.

__________. (2018). *História da sexualidade 1*: a vontade de saber. Trad. Maria Thereza da Costa Albuquerque e J. A. Guilhon Albuquerque. Rio de Janeiro/São Paulo: Paz e Terra.

FUENTES, S. (2011). *Luzia*. Rio de Janeiro: 7Letras.

GENETTE, G. (1979). *Discurso da narrativa*. Trad. Octávio Mendes Cajado. São Paulo: Cultrix.

GÓIS, E. C. DE. (2015). Entre muros e abrigos: o lugar dos corpos femininos no romance contemporâneo. IN: DALCASTAGNÈ, R.; LEAL, V. M. V. *Espaço e gênero na literatura brasileira contemporânea*. Porto Alegre: Zouk.

GUATTARI, F.; ROLNIK, S. (1999). *Micropolítica*: cartografias do desejo. Petrópolis: Vozes.

HALL, S. (2015). *A identidade cultural na pós-modernidade*. Tradução: Tomaz Tadeu da Silva e Guacira Lopes Louro. Rio de Janeiro: Lamparina.

HEIDEGGER, M. (2009). *Ser e tempo*. Trad. Márcia de Sá Cavalcante. Petrópolis: Vozes.

HIDALGO, L. (2016). *Rio-Paris-Rio*. Rio de Janeiro: Rocco.

HILST, H. (2017). *Da poesia*. São Paulo: Companhia das Letras.

HOLANDA, H. B. DE. (2018). *Arte e qualidade de vida*. Escrito em 29 de março de 1993. Atualizado em agosto de 2018. Disponível em: http://www.heloisabuarquedeholanda.com.br. Acesso em: 18 de dezembro de 2018. (a.)

__________. (2018). *A explosão feminista*: arte, cultura, política e universidade. São Paulo: Companhia das Letras, 2018. Rio de Janeiro: Rosa dos Tempos. (b.)

HOOKS, B. (2018). *O feminismo é para todo mundo*: políticas arrebatadoras. Trad. Ana Luiza Libânio. Rio de Janeiro: Rosa dos Tempos.

ISER, W. (2013). *O fictício e o imaginário*: perspectivas de uma antropologia literária. Trad. Johannes Kretschmer. Rio de Janeiro: EdUERJ.

IVO, L. (2018). Minha Pátria. IN: *Textos escolhidos*. Disponível em: https://www.academiabrasileiradeletras.org.br Acesso em: 17 de dezembro de 2018.

JOBIM, J. L. (2006). Identidade nacional e outras identidades. IN: JOBIM, J. L.; PELOSO, S. (ORGS.). *Identidade e literatura*. Rio de Janeiro/Roma: de Letras (Instituto de Letras da UERJ)/Sapienza.

JOSEF, B. (1989). A mulher e o processo criador. IN: COELHO, N. N. [et al.] *Feminino singular*: a participação da mulher na literatura brasileira contemporânea. São Paulo: GRD; Rio Claro, SP: Arquivo Municipal.

__________. (2005). O lugar da América. IN: JOBIM, J. L. [et al.]. *O sentido dos lugares*. Rio de Janeiro: ABRALIC.

KEHL, M. R. (2016). *Deslocamentos do feminino*: a mulher freudiana na passagem para a modernidade. São Paulo: Boitempo.

KRISTEVA, J. (1994). *Estrangeiros para nós mesmos*. Trad. Maria Carlota Carvalho Gomes. Rio de Janeiro: Rocco.

LE GOFF, J. (2013). *História e memória*. Trad. Bernardo Leitão [et al.], Revista. Campinas: Editora da Unicamp.

LEJEUNE, P. (2014). *O pacto autobiográfico:* de Rosseau à Internet. Organização: Jovita Maria Gerheim Noronha. Trad.: Jovita Maria Gerheim Noronha e Maria Inês Coimbra Guedes. Belo Horizonte: Editora da UFMG.

LEVY, T. S. (2009). *A chave de casa*. Rio de Janeiro: Record.

__________. (2011). *A experiência do fora*: Blanchot, Foucault e Deleuze. Rio de Janeiro: Civilização Brasileira.

LOURO, G. L. (ORG.). (2018). *O corpo educado*: pedagogias da sexualidade. Trad. Tomaz Tadeu da Silva. 4ª edição. Belo Horizonte: Autêntica.

LUDMER, J. (2013). *Aqui América Latina*: uma especulação. Trad. Rômulo Monte Alto. Belo Horizonte: Editora UFMG.

LUKÁCS, G. (2009). *A teoria do romance*. Trad. José Marcos Mariani de Macedo. São Paulo: Duas Cidades; Editora 34.

MACEDO, A. G. (2001). Os estudos feministas revisitados: finalmente visíveis?. IN: BUESCU, H. C.; DUARTE, J. F.; GUSMÃO, M. (ORGS.). *Floresta encantada*: novos caminhos da literatura comparada. Lisboa: Dom Quixote.

MACEDO, J. M. DE. (1962). *A Moreninha.* Rio de Janeiro: Editora Melhoramentos.

________. (1949). *Os dois amores.* Rio de Janeiro: Editora Melhoramentos.

MANGUEL, A. (1997). *Uma história da leitura.* Trad. Pedro Maia Soares. São Paulo: Companhia das Letras.

MARQUES, J. (2014). *Personagens femininas*: confinamentos, deslocamentos. Rio de Janeiro: Oficina Raquel.

MCLAREN, M. A. (2016). *Foucault, feminismo e subjetividade.* São Paulo: Intermeios. (Coleção Entregêneros).

MURARO, R. M. (1983). *Sexualidade da mulher brasileira*: corpo e classe social no Brasil. Petrópolis: Vozes.

NANCY, J. L. (2015). *Corpo, fora.* Trad.: Márcia Sá Cavalcante Shuback. Rio de Janeiro: 7Letras.

OLIVEIRA NETO, G. DE. (2011). *Amores exilados.* Rio de Janeiro: Record.

__________. (2013). *A ficcionista.* Rio de Janeiro: Imã Editorial.

PAZ, O. (1972). *El arco y la lira*: el poema, la revelación poética, poesía e historia. México: Fondo de Cultura Económica.

PEDRO, J. M. (2011). Mulheres do Sul. IN: DEL PRIORE, M. (ORG.) e PINSKY, C. B. (COORD. DE TEXTOS). *História das mulheres no Brasil.* São Paulo: Contexto.

________. (2011). Corpo, prazer e trabalho. IN: DEL PRIORE, M. (ORG.) e PINSKY, C. B. (COORD. DE TEXTOS). *Nova história das mulheres no Brasil.* São Paulo: Contexto.

PESSOA, F. (2018). *O livro do desassossego*: Fernando Pessoa (1888-1935). Barueri, SP: Ciranda Cultural.

PIETRANI, A. M. (2000). *O enigma da mulher no universo machadiano*. Niterói: EDUFF.

PIGLIA, R. (2006). *O último leitor*. Trad. Heloisa Jahn. São Paulo: Companhia das Letras.

__________. (2014). *Crítica y ficción*. Buenos Aires: Debolsillo.

PINSKY, C. B. (2013). A era dos modelos flexíveis. IN: DEL PRIORE, M. (ORG.) e PINSKY, C. B. (COORD. DE TEXTOS). *Nova história das mulheres no Brasil*. São Paulo: Contexto.

PINTO, C. F. (1990). *O bildungsroman feminino*: quatro exemplos brasileiros. São Paulo: Perspectiva.

PINTO, S. R. (2006). Identidade e realismo na ficção contemporânea. IN: JOBIM, J. L.; PELOSO, S. (ORGS.). *Identidade e literatura*. Rio de Janeiro/ Roma: de Letras (Instituto de Letras da UERJ)/Sapienza.

POLLOCK, G. (2002). *A política da teoria*: gerações e geografias na teoria feminista e na história das histórias de arte. Trad. Ana Gabriela Macedo e Maria Amélia Carvalho. IN: *Gênero, Identidade e desejo*: Antologia crítica do feminismo contemporâneo. Lisboa: Cotovia.

PONTIERI, R. L. (1988). *A voragem no olhar*. São Paulo: Perspectiva.

PRATT, A. (1981). *Archetipycal Patterns in Women's Ficction*. Bloomington: Idiana UP.

RAMOS, T. R. O. (2015). *Começar de novo*: a escrita feminina na zona de afeto. IN: DALCASTAGNÈ, R.; LEAL, V. M. V. *Espaço e gênero na literatura brasileira contemporânea*. Porto Alegre (RS): Zouk.

RESENDE, B. (2008). *Contemporâneos*: expressões da literatura brasileira no século XXI. Rio de Janeiro: Casa da Palavra.

REZENDE, M. V. (2014). *Quarenta dias*. Rio de Janeiro: Objetiva.

RICH, A. (2002). Notas para uma política de localização (1984). Trad. Maria José da Silva Gomes. IN: MACEDO, A. G. (ORG.). *Gênero, identidade e desejo*: Antologia crítica do feminismo contemporâneo. Lisboa: Cotovia.

RIBEIRO, L. F. (2008). *Mulheres de papel*: um estudo do imaginário em José de Alencar e Machado de Assis. Rio de Janeiro: Forense Universitária.

RICOEUR, P. (2007). *A memória, a história, o esquecimento*. Trad. Alain François [et. al]. Campinas: Editora da Unicamp.

ROBBINS, B. (1998). Introduction Part I: Actually Existing Cosmopolitanism. IN: CHEACH, P.; ROBBINS, B. (ORGS.). *Cosmopolitics*: Thinking and Feeling beyond the Nation. Minneapolis: Minnesota UP. pp. 1-19.

SÁ, S. DE. (2010). *A reinvenção do escritor*: leituras e *mass media*. Belo Horizonte: Editora da UFMG.

SAAVEDRA, C. (2018). *Com armas sonolentas*: um romance de formação. São Paulo: Companhia das Letras.

SAFFIOTI, H. I. B. (2004). *Gênero, patriarcado, violência*. São Paulo: Editora Perseu Abramo. (Coleção Brasil Urgente).

SAID, E. (2012). *Reflections on exile and other essays*. Great Britain: Granta.

SANTIAGO, S. (2000). *Uma literatura nos trópicos*: ensaios sobre a dependência cultural. Rio de Janeiro: Rocco.

__________. (2002). *Nas malhas da letra*. Rio de Janeiro: Rocco.

SANTOS, A. C. dos. (2009). Construção Identitária feminina em El infinito en la palma de la mano, de Gioconda Belli. IN: SANTOS, A. C. dos [et al.] (ORGS.) *Identidades fora de foco*. Rio de Janeiro: de Letras (Instituto de Letras da UERJ).

SANTOS, L. A. B.; OLIVEIRA, S. P. DE. (2001). *Sujeito, tempo e espaço ficcionais*: introdução à teoria da literatura. São Paulo: Martins Fontes.

SARLO, B. (2007). *Tempo passado*: cultura, memória e guinada subjetiva. Trad. Rosa Freire d'Aguiar: São Paulo: Cia das Letras; Belo Horizonte: UFMG.

SARTRE, J. P.; FERREIRA, V. (1978). *O existencialismo é um humanismo*. Trad. Vergílio Ferreira. Lisboa: Editorial Presença.

SARTRE, J. P. (1989). *O que é literatura?* Trad. Carlos Felipe Moisés. São Paulo: Ática.

__________. (2013). *A imaginação*. Trad. Paulo Neves. Porto Alegre, RS: L&PM.

__________. (2015). *O que é a subjetividade?* Trad. Estela dos Santos Abreu. Rio de Janeiro: Nova Fronteira.

SCHØLLHAMMER, K. E. (2011). *Ficção brasileira contemporânea*. Rio de Janeiro: Civilização Brasileira.

SCHMIDT, R. T. (1995). Repensando a cultura, a literatura e o espaço de autoria feminina. IN: NAVARRO, M. H. (ORG.). *Rompendo o silêncio*: gênero e literatura na América Latina. Porto Alegre: Editora da UFRGS.

SILVA, M. C. (2013). As múltiplas identidades do narrador pós-moderno. IN: MEDEIROS, L. B.; PASCHE, M. *Hoje é dia de hoje em dia*: literatura brasileira da primeira década do século XXI. Rio de Janeiro: Multifoco.

SOMBRA, J. de C. (2006). *A subjetividade corpórea*: a naturalização da subjetividade na filosofia de Merleau-Ponty. São Paulo: UNESP.

SONTAG, S. (1986). *Sob o signo de saturno*. Trad. Anna Maria Capovilla e Albino Poli Jr. São Paulo: LP&M.

SPIVAK, G. C. (1996). *Diaspora Old and New*: Women in Transnational World. *Textual Practice*, v. 10, n. 2. p. 245-69.

STAROBINSKI, J. (2016). *A tinta da melancolia*: uma história cultural da tristeza. Trad. Rosa Freire D'Aguiar. São Paulo: Companhia das Letras.

SÜSSEKIND, F. (1990). *O Brasil não é longe daqui*: o narrador e a viagem. São Paulo: Companhia das Letras.

TELLES, N. (2011). Escritoras, escritas, escrituras. IN: DEL PRIORE, M. (ORG.) e PINSKY, C. B. (COORD. DE TEXTOS). *História das mulheres no Brasil*. São Paulo: Contexto.

TODOROV, T. (1976). *Estruturalismo e poética*. Trad. José Paulo Paes; Frederico Pessoa de Barros. São Paulo: Cultrix.

__________. (1993). *Nós e os outros*: a reflexão francesa sobre a diversidade humana. Trad. Sérgio Góes de Paula. Rio de Janeiro: Jorge Zahar Ed. 2º vol.

__________. (1999). *O homem desenraizado.* Trad. Christina Cabo. Rio de Janeiro: Record.

__________. (2010). *A literatura em perigo.* Trad. Caio Meira. Rio de Janeiro: DIFEL.

__________. (2012). *Introdução à literatura fantástica.* Trad. Maria Clara Correa Castello. São Paulo: Perspectiva.

TONUS, L. (2019). *Leonardo Tonus escritor.* Página oficial do escritor. Disponível em: https://m.facebook.com<public>leonardotonus Acesso em: 20 de fevereiro de 2019.

TOSCANO, M.; GOLDENBERG, M. (1992). *A revolução das mulheres*: um balanço do feminismo no Brasil. Rio de Janeiro: Revan.

VELOSO, C. (2018). *Língua.* Disponível em: https://m.letras.mus.br Acesso em: 17 de dezembro de 2018.

VIDAL, P. (2009). *Algum lugar.* Rio de Janeiro: 7Letras.

__________. (2012). *Mar azul.* Rio de Janeiro: Rocco.

VIEGAS, A. C. (2006). A "invenção de si" na escrita contemporânea. IN: JOBIM, J. L.; PELOSO, S. *Identidade e literatura.* Rio de Janeiro/Roma: de Letras (Instituto de Letras da UERJ)/Sapienza.

VIGNA, E. (2014). *Por escrito.* São Paulo: Companhia das Letras.

WOOLF, V. (2014). *Um teto todo seu.* Trad. Bia Nunes de Sousa; Glauco Mattoso. São Paulo: Tordesilhas.

XAVIER, E. (2012). *A casa na ficção de autoria feminina.* Florianópolis: Editora Mulheres.

ZINANI, C. J. A. (2013). *Literatura e gênero*: a construção da identidade feminina. Caxias do Sul, RS: Educs.

**HELENA ARRUDA**

nasceu em Petrópolis, RJ. É mestre e doutora em Literatura Brasileira pela Faculdade de Letras da UFRJ. Poeta, contista, ensaísta, é autora dos livros *Interditos — poemas* (Batel, 2014); *Mulheres na ficção brasileira — ensaios* (Batel, 2016); *Corpos-sentidos — poemas* (Patuá, 2020). Helena também possui trabalhos publicados em diversas antologias e revistas literárias. Suas publicações mais recentes constam dos livros *Ficção e travessias — ensaios* (7Letras, 2019), *Ato Poético — poemas antifascistas* (Oficina Raquel, 2020) e das antologias: *Ruínas* (Patuá, 2020); *Elas e as Letras: insubmissão ancestral* (In-Finita, Lisboa, 2021); *As mulheres poetas na literatura brasileira* (Arribaçã, 2021). Finalista do Prêmio Off-Flip de Literatura (2021), no gênero poesia, e semifinalista, no gênero crônica, Helena escreve quinzenalmente para a coluna *Flauta Vertebrada*, do jornal eletrônico *O Partisano*, e é membro do corpo editorial da *Revista Topus — espaço, literatura e outras artes*, da UFTM.